Le prince du désert

MARGUERITE KAYE

Le prince du désert

Les Historiques

éditions HARLEQUIN

Collection : LES HISTORIQUES

Titre original : THE GOVERNESS AND THE SHEIKH

Traduction française de ANA URBIC

Photos de couverture
Sceau : © ROYALTY FREE/FOTOLIA
Mosaïque : © GRAPHICOBSESSION/SANDRO DI CARLO DARSA/PHOTOALTO
Homme : © SIEPHOTO/MASTERFILE
Réalisation graphique couverture : L. SLAWIG (Harlequin SA)

83-85, boulevard Vincent-Auriol, 75646 PARIS CEDEX 13.
Service Lectrices — Tél. : 01 45 82 47 47
www.harlequin.fr

ISBN 978-2-2802-8542-1 — ISSN 1159-5981

Chapitre 1

Daar-el-Abbah, Arabie, 1820

Assis sur son trône, les sourcils froncés, le cheikh Jamil al-Nazarri, prince de Daar-el-Abbah, examinait avec attention les différents points du contrat qu'il avait sous les yeux. Son turban en pure soie mettait en valeur les traits parfaits de son visage et les nuances dorées de sa cape s'accordaient à merveille avec sa peau hâlée. Sa bouche était pincée en une ligne ferme, signe d'une réflexion profonde. Toutefois, les coins légèrement retroussés de ses lèvres pleines laissaient paraître sur son visage une expression chaleureuse, qu'il entendait dissimuler à tout prix.

Il était bel homme, mais c'était surtout son regard qui le rendait captivant. Il avait des yeux d'une couleur particulière, un mélange de brun sombre et d'orange intense, presque pétillant, et ces deux nuances prenaient le pas l'une sur l'autre en fonction de son humeur.

Pour le Conseil des Anciens, il incarnait l'autorité et devait être un modèle pour ses sujets, une idée que Jamil avait rejetée sans discussion. Servir les intérêts de son royaume était une chose ; servir d'exemple pour son peuple en était une autre.

Pourtant, la réputation du prince de Daar-el-Abbah ne s'était pas faite sur sa seule beauté. Elle lui venait avant tout de son statut de cheikh, en l'occurrence, le plus puissant et le plus respecté dans l'est de la péninsule Arabique. Jamil était né pour régner, né pour diriger. A vingt et un ans à peine, il avait hérité du trône à la mort de son père et cela faisait déjà huit ans qu'il régnait sur Daar-el-Abbah d'une main ferme mais juste. Grâce à lui, le royaume était libre et indépendant, et il était même devenu une puissance incontournable de l'Arabie. Le peuple respectait et appréciait Jamil, qui n'avait jamais eu besoin de recourir à la force pour affirmer son autorité.

Le prince était à la fois un fin diplomate et un adversaire redoutable et redouté. Ces deux qualités lui avaient assuré une position très avantageuse : chacun savait qu'il valait mieux l'avoir pour allié que comme ennemi. Et même s'il n'avait pas combattu depuis un certain temps, son cimeterre, une pièce magnifique dont la poignée en or était incrustée de diamants et d'émeraudes, ne le quittait jamais.

Jamil se leva sans cesser de lire le document et arpenta l'estrade sur laquelle s'élevait son trône majestueux. Sous sa cape en satin doré brodée de passementerie et ornée de pierres précieuses, il portait une tunique d'un blanc immaculé qui mettait en valeur un corps svelte et musclé. A l'instar de la panthère, son emblème, Jamil respirait l'élégance, tout en dégageant quelque chose de mystérieux et de puissant.

— Un problème, Votre Altesse ? s'enquit Halim, son homme de confiance.

Tiré de ses pensées, Jamil s'immobilisa. Hormis les membres du Conseil, Halim était la seule personne qui pouvait s'adresser à lui sans lui en demander la permission au préalable. Il semblait néanmoins demeurer en permanence sur ses gardes, conscient sans doute que ce privilège pouvait se retourner contre lui à tout instant. Il était vrai que sa relation avec le prince était strictement professionnelle. Il n'y avait entre eux aucun lien d'amitié.

— Non, répondit froidement Jamil. Ce contrat de fiançailles me semble correct.

— Comme vous avez pu le constater, toutes vos conditions ont été acceptées, indiqua Halim d'un ton prudent. Et la famille de la princesse Adira s'est montrée plus que généreuse.

— Oui, car c'est dans son intérêt. Vous avez bien sûr conscience que cette alliance sera une bénédiction pour elle. Elle lui garantira des avantages non négligeables dont ne bénéficient pas les royaumes voisins. Les quelques mines de diamants que j'obtiendrai en retour pèsent bien peu par rapport à ces privilèges.

— Vous avez raison, Votre Altesse, acquiesça Halim. A présent, peut-être pourriez-vous signer le contrat, s'il vous convient ?

Jamil retourna prendre place sur son trône, un somptueux fauteuil revêtu de velours rouge. L'assise épaisse s'appuyait sur deux lions majestueux en or jaune éclatant, alors que le dossier était en forme de soleil. Ce fauteuil était bien plus qu'un trône : il symbolisait la glorieuse et riche histoire du royaume de Daar-el-Abbah. Il n'avait pas changé de place depuis trois cents ans et l'on disait qu'une terrible malédiction s'abattrait sur toute personne qui se risquerait à s'y asseoir sans être de sang noble. L'impudent qui oserait le faire mourrait dans les trois cent soixante-six jours suivants. Le père de Jamil était très attaché à ce trône et à ce qu'il représentait, alors que Jamil, pour sa part, le trouvait ridicule et inconfortable. Il ne s'en séparait pas pour autant, car l'objet faisait partie de sa culture et de son héritage.

Le cheikh posa le contrat sur la petite table devant lui et le fixa encore. Il sentait peser sur lui les regards anxieux des Anciens, assis en bas de l'estrade. Ceux-ci n'attendaient qu'une chose : le voir signer le document.

En son for intérieur pourtant, Jamil n'était pas pleinement satisfait. Il n'était pas toujours facile de diriger un royaume aussi puissant que le sien. Cette alliance avec la famille de la princesse Adira était certes importante, mais, en ce moment, il avait des choses plus graves à l'esprit et il n'ignorait pas que ce mariage profiterait bien plus au Conseil qu'à lui-même. C'était d'ailleurs le Conseil qui l'avait persuadé d'envisager cette union en faisant valoir tout ce qu'elle représentait sur le plan stratégique. Avec les nombreux accords commerciaux et politiques qui seraient ratifiés en faveur du royaume, lui avait-on assuré, Daar-el-Abbah renforcerait encore sa position sur la péninsule Arabique. Il ne resterait plus à Jamil qu'à remplir son devoir conjugal, afin d'engendrer un héritier. Mais que lui apporterait cette alliance, à lui ?

Rien.

Absolument rien.

Jamil se redressa sur son trône. Il ne voulait pas se remarier. Il estimait en avoir déjà assez fait pour son peuple et son royaume. Il ne voulait pas d'une autre épouse, et surtout pas d'une femme choisie par le Conseil.

Il repensa à sa première épouse, la princesse Karida, morte en couches peu après l'accession au trône de Jamil. A part un profond respect, elle ne lui avait jamais rien inspiré. Ils n'avaient à vrai dire pas grand-chose en commun : elle ne songeait qu'au luxe et au confort, tandis que lui, de son côté, passait son temps à batailler sur tous les fronts pour redonner un nouveau souffle au royaume.

Non, il n'avait vraiment pas besoin d'une autre épouse

du même acabit. En outre, il se méfiait : la princesse Adira avait été choisie par Halim et le Conseil qui, Jamil le savait, ne se souciaient que de leurs intérêts personnels.

Le problème, c'est qu'il n'avait pas vraiment le choix. En tant que souverain, il avait l'obligation de produire un héritier et l'avenir de son royaume passait avant ses envies personnelles. Selon l'usage, c'était au Conseil de lui choisir une épouse. Une coutume que Jamil n'approuvait pas, sans toutefois avoir jamais pris le temps de s'y intéresser pour la réformer. C'était la tradition et il se devait de la respecter, d'autant qu'il souhaitait lui-même avoir un héritier. Ne devait-il pas assurer sa descendance et rassurer ses sujets ? Si, bien sûr. Mais il n'était pas certain d'être prêt à assumer un deuxième enfant. Linah, sa fille de huit ans, lui donnait assez de fil à retordre comme cela.

Jamil soupira et un murmure d'impatience parcourut le Conseil. Il leva la tête pour observer les vingt-quatre Anciens et Halim, qui semblaient pendus à ses lèvres. Les membres du Conseil portaient tous une tunique sur laquelle était brodée une panthère en fil noir satiné. Ils étaient coiffés d'un kéfié attaché par un agal doré qui le maintenait en place. Ce couvre-chef était d'un vert flamboyant, couleur emblématique de la dynastie al-Nazarri.

De son trône, il parcourut les visages inquiets des conseillers avant de porter son regard sur la porte principale. L'immense salle était décorée dans un élégant style oriental. Cinq lustres en fer forgé dotés de centaines de bougies pendaient du plafond. Les murs blancs et lisses étaient percés d'une enfilade de petites fenêtres rondes, placées juste en dessous du plafond pour mettre en valeur les dimensions de la salle. La lumière qui filtrait par la fine grille dorée dont elles étaient munies se réfléchissait au sol, mélange subtil de marbre blanc pur et vert veiné d'or.

Le regard du prince retourna aux membres du Conseil. Ceux-ci exerçaient leur fonction depuis bien trop longtemps. La plupart d'entre eux avaient été choisis par son père. Très attachés à la tradition, ils étaient peu enclins au changement, ce qui avait le don de l'agacer. L'idéal serait donc de dissoudre le Conseil et de s'entourer d'individus qui partageraient sa vision des choses ; il pourrait alors enfin faire évoluer les mœurs et moderniser le royaume. Toutefois, imposer de tels changements à un peuple qui n'y était pas prêt se solderait sans doute par un bain de sang et prendre un tel risque était hors de question. Non, il devait s'armer de patience. Il aborderait ce sujet délicat le moment venu, avec tact et diplomatie. D'ailleurs, accepter le mariage avec la princesse Adira était peut-être un moyen d'ouvrir la voie à ces transformations dont il rêvait. Si le Conseil le voyait disposé aux compromis, peut-être accepterait-il à son tour de considérer de nouvelles idées.

Il allait signer le contrat de fiançailles. Il le ferait pour le bien de tous. A quoi bon retarder l'inévitable ?

Sa décision était prise, mais il n'en dit rien pour autant.

— Rien ne presse, déclara-t-il au contraire en rassemblant les documents pour les tendre à Halim. Nous allons les faire patienter encore un peu. Nous n'avons rien à perdre, alors qu'eux ont beaucoup à gagner. Ils attendront.

Il se leva brusquement et les membres du Conseil s'agenouillèrent aussitôt. Voilà une autre tradition qu'il entendait changer !

— Levez-vous ! leur ordonna-t-il d'un ton sec.

Combien de fois leur avait-il dit qu'il n'était pas nécessaire de respecter le protocole à la lettre lors des sessions privées ? Seul Halim était resté debout, peu désireux, sans doute, de s'attirer ses foudres.

Jamil descendit de l'estrade et se dirigea vers l'imposante porte vitrée, à l'extrémité de la salle. Halim lui emboîta le pas.

— Votre Altesse, sauf votre respect, je…

— Pas maintenant ! coupa Jamil en ouvrant brusquement la porte, ce qui fit sursauter les gardes postés de l'autre côté.

— Mais, Votre Altesse, je ne comprends pas. Je pensais que vous étiez…

— J'ai dit pas maintenant ! répéta-t-il sans même le regarder.

Il accéléra le pas. Halim fit de même, le suivant en silence jusqu'à ses appartements privés.

— J'ai reçu une lettre très intéressante de lady Celia, déclara Jamil en entrant dans sa cour privée.

— L'épouse anglaise du prince Ramiz d'A'Qadiz ? Pour quelle raison vous écrit-elle ? s'enquit Halim d'un ton surpris.

— Sa lettre concerne ma fille Linah.

— Linah ? Que peut-elle bien avoir à dire à ce sujet ?

— La princesse a eu vent de mes difficultés à trouver une gouvernante capable d'assurer l'éducation de Linah. On voit que c'est la fille de lord Armstrong : elle a hérité de son tact et de sa diplomatie. Elle doit être parfaitement au courant que Linah est une enfant infernale et capricieuse et qu'aucune des gouvernantes que j'aie pu lui trouver n'a réussi à l'assagir.

— Pardonnez-moi, mais je doute que lady Celia ait son mot à dire quant au comportement de votre fille, répondit Halim. Vos problèmes personnels ne concernent absolument pas le sultanat d'A'Qadiz, et encore moins le prince et son épouse.

— Halim, ne soyez pas aussi étroit d'esprit ! Cette lettre marque peut-être le début d'une alliance entre nos royaumes. J'ai beaucoup de respect pour le prince Ramiz, car nous avons la même vision des choses, le même souhait de modernisation pour nos royaumes respectifs. C'est également un excellent souverain, juste et honnête.

— Vous avez parfaitement raison, Votre Altesse, murmura Halim en baissant la tête. C'est pourquoi vous êtes un prince respecté, et moi, votre humble serviteur.

— Epargnez-moi cette fausse modestie. Vous savez comme moi que vous êtes loin de n'être qu'un « humble serviteur ».

Jamil pénétra dans son bureau. Ses appartements privés, succession de pièces formant un rectangle, s'organisaient autour de la cour, au centre de laquelle trônait une fontaine.

Il détacha sa cape et la jeta sur un divan. Son turban et son cimeterre connurent le même sort.

— Ah, voilà qui est mieux ! estima-t-il en se passant la main dans ses cheveux châtain foncé.

Il se dirigea alors vers son bureau, qui occupait la moitié de la pièce, et sortit la lettre de lady Celia d'un tiroir. Il la relut une fois de plus.

— Et que propose lady Celia pour régler votre fameux problème ? s'enquit Halim, qui l'avait également suivi dans la pièce.

Un sourire énigmatique se dessina sur les lèvres de Jamil. La proposition de l'épouse du prince Ramiz n'allait guère plaire au Conseil. Les traditions relatives à l'éducation d'une princesse arabe seraient clairement bafouées. Cependant, la session qui venait de se dérouler l'avait agacé au plus haut point et il avait envie de prendre certaines choses en main.

— Lady Celia nous propose les services de sa sœur, expliqua-t-il calmement.

— De sa sœur… ?

— Oui. Lady Cassandra Armstrong.

— Mais en quoi cette femme pourrait-elle vous aider ?

— Elle serait la nouvelle gouvernante de Linah. C'est une excellente idée, vous ne trouvez pas ?

— Une excellente idée ? répéta Halim, abasourdi. Mais elle ne sait rien de nous, de nos coutumes ! Qu'est-ce qui vous fait croire qu'une Anglaise puisse être capable de préparer Linah à son rôle de princesse ?

— Elle n'en sera pas capable, et c'est justement pour cela que l'idée me plaît.

Jamil ne souriait plus à présent. La réaction de son homme de confiance avait suscité en lui un agacement mêlé d'inquiétude.

— Halim, l'Empire britannique est aujourd'hui une puissance mondiale incontournable, ce qui en dit long sur les qualités que possèdent les Anglais ! poursuivit-il. Ma fille manque cruellement d'éducation et son comportement laisse à désirer. Une bonne dose de discipline anglaise ne lui fera pas de mal, bien au contraire. Je ne veux pas qu'elle devienne comme ces jeunes filles gâtées pour qui le mot *non* n'existe pas.

Je ne veux pas qu'elle devienne comme sa mère, ajouta-t-il en son for intérieur en fronçant les sourcils. Tout le palais avait assisté un jour ou l'autre aux crises de la princesse Karida ou subi ses caprices. Et il ne tenait pas à ce que l'histoire se répète avec sa fille.

— Et je veux que Linah réfléchisse par elle-même, finit-il par ajouter, excédé.

— Mais, Votre Altesse… ! s'exclama Halim le visage pâle et les yeux ronds. La princesse Linah est l'atout principal de Daar-el-Abbah. Souvenez-vous, l'autre jour, le prince…

— Un atout ? l'interrompit Jamil. Vous pensez vraiment que ma fille est un *atout* pour le royaume ? Pour l'amour de Dieu, elle n'a que huit ans et elle est infernale !

Halim le dévisagea, visiblement au comble de la surprise. Il était vrai que, si Jamil faisait de son mieux pour remplir ses devoirs de père, il n'avait jamais manifesté une grande affection à Linah.

— Comme vous le savez, fit-il prudemment remarquer, il faut du temps pour préparer un mariage en bonne et due forme.

— Le mariage de ma fille n'est pas à l'ordre du jour ! rétorqua Jamil en soupirant. De toute façon, étant donné son comportement, quel est l'homme sain d'esprit qui la prendrait pour femme ?

Il se laissa tomber dans son somptueux siège en cuir. L'homme de confiance demeurait immobile devant lui, le fixant toujours.

— Voyons, Halim, ne me regardez pas comme ça, reprit-il, agacé. Vous n'ignorez pas à quel point cette enfant peut être difficile. Pour ma part, je ne sais plus quoi faire avec elle. Et je suis le seul fautif. Je n'aurais jamais dû accepter qu'elle soit aussi gâtée après le décès de sa mère.

— Mais cela va changer, maintenant que vous allez épouser la princesse Adira, assura Halim. Ce sera la présence féminine dont Linah a besoin.

— J'en doute. Quoi qu'il en soit, je ne veux pas que Linah soit élevée dans des traditions dictées par le Conseil.

Tout comme je ne souhaiterais pas que mon futur fils soit élevé dans ces mêmes traditions, songea-t-il.

Une sensation de douleur lui étreignit la poitrine. Il se souvenait de l'éducation plus que sévère que lui avait infligée son père. Non, il ne traiterait pas ses enfants de la même façon.

— Vous préféreriez donc qu'elle ressemble à une aristocrate anglaise ? demanda Halim, l'air inquiet, le tirant de ses pensées.

— Si lady Celia est ce que l'on peut qualifier de parfait exemple d'aristocrate anglaise, alors oui, j'aimerais que ma fille lui ressemble. Et si cette lady Cassandra ressemble un tant soit peu à sa sœur, je suis convaincu qu'elle fera l'affaire.

Jamil reposa les yeux sur la lettre qu'il tenait à la main.

— Lady Celia m'écrit que lady Cassandra a vingt et un ans et qu'elle a participé à l'éducation de ses trois autres sœurs, qui sont bien plus jeunes qu'elle. Vous imaginez, *trois* sœurs ! A côté de cela, s'occuper de Linah sera pour elle… Comment dit-on en Europe déjà ? Ah oui : du gâteau !

Halim ne semblait pas partager son point de vue. Toujours debout devant lui, il secoua la tête.

— Vous n'êtes pas de mon avis, apparemment, dit Jamil avec un petit rire. Vous me décevez, Halim. Je sais que j'aurai du mal à faire passer cette idée auprès du Conseil, mais je ne m'attendais pas à une telle désapprobation de votre part aussi.

Il se redressa sur son siège avec un soupir.

— Ecoutez, Halim, les Armstrong sont une famille puissante, des gens respectés qui ont beaucoup de relations. Le père de lady Celia et de lady Cassandra est un diplomate très influent en Egypte, mais aussi aux Indes, et leur oncle est un ministre du gouvernement britannique. Stratégiquement parlant, accueillir une fille Armstrong au palais pourrait nous être profitable. D'autant que, selon lady Celia, nous leur rendrions même service.

— Comment cela ?

— Lady Cassandra est déjà à A'Qadiz et elle souhaiterait prolonger son séjour. Elle veut prendre le temps de mieux découvrir notre pays et notre culture. Elle doit être assez cultivée. C'est une intellectuelle.

— Et vous dites qu'elle a vingt et un ans ? demanda Halim en fronçant les sourcils. Je m'étonne qu'elle n'ait toujours pas trouvé d'époux à cet âge.

— Je suis d'accord avec vous. Mais en lisant entre les lignes je soupçonne lady Cassandra d'être assez renfermée sur elle-même. C'est sans doute le genre de femme qui préfère les livres aux hommes, dit Jamil sans pouvoir dissimuler un sourire moqueur. Elle fera une gouvernante parfaite pour Linah. Une femme insipide de bonne famille, capable de lui inculquer la discipline.

— Mais, Votre Altesse, comment pouvez-vous être sûr que…

— Ça suffit, Halim ! Ma décision est prise. J'ai essayé en vain de faire éduquer Linah dans le respect des traditions. Maintenant, j'entends bousculer les règles. En espérant bien sûr que le Conseil et le peuple de Daar-el-Abbah comprendront qu'il n'y a aucun mal à élargir nos horizons.

Sur ces mots, il se leva et regarda Halim droit dans les yeux.

— Je ne vous demande pas votre avis, et encore moins votre accord, lança-t-il avec détermination. J'ai déjà répondu à lady Celia pour lui signifier que nous acceptions sa proposition avec plaisir. Nous avons rendez-vous à la frontière d'A'Qadiz dans trois jours. Lady Cassandra sera accompagnée par le prince Ramiz. Nous pourrons ainsi discuter de l'alliance entre nos deux royaumes avant de récupérer lady Cassandra. Je suis certain que vous comprenez l'enjeu de cette rencontre. Veillez donc à ce que ma caravane soit impeccable pour l'occasion. Ce sera tout, vous pouvez vous retirer.

Halim s'inclina et quitta la pièce sans rien dire. Il était clair que ce qu'il devait considérer comme une lubie du prince ne lui faisait pas plaisir, mais il s'était abstenu de protester davantage. Jamil se félicita de le voir disparaître derrière la porte.

Dans le royaume d'A'Qadiz, à l'ombre d'un magnifique citronnier, lady Celia et sa sœur cadette, lady Cassandra, étaient confortablement assises sur un entassement de coussins. Une tasse de thé à la main, elles contemplaient l'enfant qui dormait dans un couffin à côté d'elles. Chaque fois que la petite princesse Bashirah remuait dans son sommeil, les deux jeunes femmes souriaient en échangeant des regards complices. Il allait de soi que la petite fille était le plus beau bébé du royaume, voire de toute la péninsule.

— Je peux la prendre dans mes bras ? demanda soudain Cassie en posant sa tasse à côté du samovar.

— Bien sûr, répondit allègrement Celia.

Elle sortit l'enfant du couffin et la plaça délicatement dans les bras de sa sœur.

— Bashirah, murmura Cassie en lui caressant la joue de l'index. C'est un très joli prénom. Que signifie-t-il ?

— Celle qui apporte la joie.

— Ça lui va à ravir.

— Elle a l'air de bien t'aimer, en tout cas.

Cela faisait déjà plusieurs semaines que Cassie était arrivée à A'Qadiz, mais Celia ne pouvait se lasser de voir sa chère sœur tenir sa fille dans ses bras. Pourtant, en dépit du bonheur qui se peignait sur les traits de Cassie, Celia savait celle-ci terriblement malheureuse. Ses magnifiques yeux bleus, d'habitude si pétillants, semblaient avoir perdu leur éclat.

Cet air chagrin n'altérait cependant en rien sa beauté. A A'Qadiz, tout le monde s'accordait à trouver Cassandra rayonnante, avec ses longs cheveux blond vénitien et ses courbes voluptueuses. Personne ne soupçonnait la souffrance dissimulée sous son joli sourire.

Celia, elle, n'était pas dupe, et la tristesse de sa sœur bien-aimée lui brisait le cœur. Malgré la distance qui les séparait désormais, les deux femmes étaient restées très proches, d'autant que les malheurs qu'elles avaient vécus avaient renforcé leurs liens. Elles avaient perdu leur mère très tôt et avaient dû élever leurs trois sœurs cadettes.

— Ma pauvre Cassie, soupira Celia en lui caressant le bras, ces trois derniers mois n'ont pas été de tout repos pour toi, n'est-ce pas ? Es-tu sûre de vouloir y aller quand même ?

— N'aie pas pitié de moi, Celia, rétorqua sa sœur avec un agacement mal dissimulé. Vois-tu, je ne peux m'en prendre qu'à moi-même.

— Comment peux-tu dire une chose pareille ? C'est *lui* qui t'a abandonnée devant l'autel !

— N'exagère pas ! objecta Cassie en se mordant la lèvre. Il m'a quittée *deux semaines* avant le mariage.

— Vos fiançailles avaient déjà été célébrées, vous aviez commencé à recevoir des cadeaux de mariage, nous-mêmes vous en avions envoyé un. Même les invitations au repas de noces avaient été lancées. Je sais que tu l'aimais, mais tu ne peux pas le défendre après ce qu'il…

— Je ne le défends pas ! s'écria Cassandra. Je dis juste que les torts sont partagés. Je ne peux pas tout mettre sur le dos d'Augustus.

Celia regarda sa sœur droit dans les yeux. Jusqu'à présent, Cassie avait refusé d'évoquer les raisons qui avaient provoqué la rupture des fiançailles.

— Ah non ? Et pourquoi pas ? s'enquit Celia.

Cette question la hantait depuis des semaines. Au début, elle avait préféré ne pas aborder le sujet avec Cassie. Elle savait que celle-ci traversait une période difficile et n'avait pas voulu l'assaillir de questions. Lorsque Cassie serait prête, elle se confierait, avait-elle pensé. Mais maintenant que la conversation était engagée sur ce terrain, la curiosité prenait le dessus.

Bashirah, qui dormait dans les bras de Cassie, ouvrit soudain les yeux et commença à pousser de petits cris stridents.

— Attends, je vais la prendre. Elle doit avoir faim.

Celia saisit doucement l'enfant pour lui donner le sein. Elle pensa à Ramiz et sourit. Il était clair que la petite avait hérité du tempérament fougueux de son père.

— Tu sais, Cassie, tu peux me dire ce qui s'est passé, reprit-elle d'une voix douce lorsque le bébé eut commencé à têter. Je me doute que ce n'est pas facile pour toi, mais en parler te fera du bien, c'est sûr. Je m'inquiète pour toi, vois-tu.

— Tu n'as pas à t'inquiéter, je vais très bien, affirma Cassie.

Celia poussa un soupir. Le visage de sa sœur démentait ses paroles.

— Tu mens !

— Bon, d'accord, je ne vais peut-être pas *très* bien en ce moment, mais ça viendra, assura la jeune femme avec un sourire contrit. Je dois juste me changer les idées, me prouver, à moi-même et aux autres, que je suis capable d'accomplir quelque chose de bien, quelque chose dont je serai fière.

— Nous t'aimons tous Cassie. Rien ni personne ne changera jamais quoi que ce soit à cette vérité.

— Je sais, mais je ne peux pas effacer ce qui s'est passé. C'est impossible. J'ai eu un comportement inapproprié et Père doit m'en vouloir terriblement. Je ne retournerai pas en Angleterre tant que je ne lui aurai pas prouvé que je ne suis pas une idiote.

— Cassie, voyons ! C'est Augustus qui t'a abandonnée, pas l'inverse.

— Oui, mais c'est moi qui l'avais choisi.

— L'amour est plus fort que la raison.

— En tout cas, une chose est sûre ; je ne tomberai plus jamais amoureuse. Jamais !

— Ne dis pas de bêtises ! lança Celia en lui prenant la main. Bien sûr que tu retomberas amoureuse ! Je suis d'ailleurs étonnée qu'Augustus ait été le premier. Tu es si romantique !

— C'est justement le problème, je suis trop romantique. Mais maintenant, c'est fini, j'ai compris la leçon. Je ne veux plus jamais me sentir aussi malheureuse.

Elle essuya une larme qui menaçait de couler sur sa joue.

— Je vais te dire ce qui s'est passé, reprit-elle. Peut-être qu'ensuite tu comprendras mieux ma position. Pour le moment, tu dois me prendre pour une petite sotte.

— Cassie, arrête de dire n'importe quoi ! la réprimanda sa sœur.

— Celia, par pitié, ne me regarde pas comme ça !

Cassie baissa la tête et se mit à jouer nerveusement avec les rubans bleu céruléen lacés le long des manches de sa robe en mousseline.

— Augustus était poète, tu sais… Il me disait souvent que ces rubans étaient de la même couleur que mes yeux, murmura-t-elle d'un ton mélancolique. Mais bon, il me disait aussi que mes yeux étaient aussi beaux qu'un ciel d'été parsemé d'étoiles et que la couleur des champs de lavande, aussi belle soit-elle, lui semblait fade chaque fois qu'il plongeait son regard dans le mien. Une fois, il m'a offert un petit bouquet de violettes avec un filigrane en argent. *Pour les plus beaux yeux du monde*, m'a-t-il dit. Je buvais ses belles paroles, tant j'étais éprise de lui. Et pourtant, je sais très bien que mes yeux sont bleus, c'est tout, et pas lavande ni violets. Quelle sotte j'ai pu être !

Elle détourna la tête, rougissante. Même trois mois après, le sentiment de honte restait vivace et douloureux. Elle devait prendre du recul, songea Celia. Cesser de s'adresser des reproches à elle-même !

— Augustus St John.

Celia fronça les sourcils. Sa sœur avait prononcé ce nom avec dédain.

— Nous nous sommes rencontrés au club Almack, commença Cassandra. J'y étais allée ce jour-là parce que je m'étais disputée une fois de plus avec Bella.

— Bella Frobisher ! soupira Celia. Je n'arrive toujours pas à comprendre ce que Père lui trouve. Et j'ai du mal à me faire à l'idée qu'elle a pris la place de Mère dans la maison. Je ne peux même pas me résoudre à l'appeler lady Armstrong.

— Moi non plus. Et tante Sophia a du mal à s'y faire elle aussi, même si je pense qu'elle a un peu plus d'estime pour elle depuis la naissance de James. Il est vrai que notre demi-frère est tout simplement a-do-rable ! conclut Cassie avec un sourire.

— Depuis le temps que Père espérait un fils ! Enfin, un héritier, surtout ! Mais serais-tu en train de me dire que Bella Frobisher a réussi à adoucir notre tante si redoutée ? s'étonna Celia.

Les deux jeunes femmes éclatèrent de rire.

— Pour reprendre les termes exacts de notre chère tante, *Bella Frobisher a beau être une vraie tête de linotte, elle a donné un héritier à ton père, un magnifique petit garçon qui perpétuera le nom de la famille. Et je dois avouer que, contre toute attente, elle s'occupe très bien du petit James*, déclara Cassie en imitant à la perfection la voix sévère de tante Sophia. Mais tu devrais voir Père : il est tellement fier ! Il passe ses journées dans la chambre de James, chose qu'il n'a jamais faite avec nous. Il l'a même déjà inscrit à Harrow. Bien sûr, Bella dit que je suis jalouse de cette attention qu'il porte à James.

Cassie fronça les sourcils.

— Peut-être qu'elle n'a pas tout à fait tort, enchaîna-t-elle. Père ne s'intéresse à nous que dans le cadre de ses affaires diplomatiques. Figure-toi que Bella et lui ont même dressé une liste de prétendants pour moi ! Une liste ! Quel manque de romantisme ! C'est d'ailleurs à cause de cela que je me suis disputée avec Bella le jour où j'ai rencontré Augustus.

— Ah !

— Quoi donc ?

— Non, non, rien. Mais tu dois bien reconnaître que tu as une fâcheuse tendance à faire exactement le contraire de ce qu'on te dit.

— Ce n'est pas vrai ! s'écria Cassie d'un ton indigné.

Je ne suis pas tombée amoureuse d'Augustus pour me rebeller contre Père. Je suis tombée amoureuse de lui parce qu'il m'a séduite avec ses mots, parce que c'était un poète. Et parce que je pensais que nous avions les mêmes goûts. Et parce qu'il était beau et compréhensif et…

— Et parce qu'il était exactement le genre d'homme dont tu as toujours rêvé, conclut Celia.

La petite Bashirah s'était endormie sur sa poitrine. Celia lui déposa un baiser sur le front, puis la réinstalla délicatement dans son couffin.

— Et n'était-ce pas également une façon détournée de contrarier les plans que Bella et Père avaient pour toi ?

— Non, pas du tout…, bougonna Cassie en baissant les yeux. Enfin, je reconnais que l'idée m'a peut-être traversé l'esprit.

Celia réprima un sourire. Elle la connaissait par cœur. Cassandra n'avait pas dû apprécier du tout de recevoir une liste de prétendants élaborée par son père, surtout des mains de Bella ! Celle-ci avait dû se mettre en colère face à tant d'obstination et cela s'était terminé en dispute. Cassie avait dû sortir de la maison en claquant la porte et foncer tout droit au club Almack, sur King Street.

— Quand je suis arrivée là-bas, raconta Cassandra, j'étais si furieuse que je n'ai même pas remarqué Augustus tout de suite. C'est lui qui est venu vers moi. Il était beau et charmant, et quand je lui ai raconté ce qui venait de se passer, il s'est dit outré par le comportement de Bella à mon égard.

» Nous avons dansé le quadrille ce soir-là, poursuivit-elle. Et il m'a même écrit un quatrain sur une serviette du club, comparant ma beauté à celle d'Aphrodite. C'était tellement spontané et romantique que j'ai eu l'impression d'être comme une muse pour lui. Et lorsqu'il a évoqué la précarité de sa situation financière, j'ai su que c'était l'homme qu'il me fallait. Evidemment, Père et Bella n'ont guère approuvé mon choix, mais cela ne m'a pas empêchée de me fiancer, au contraire.

Elle cligna plusieurs fois les yeux et une larme coula sur sa joue. Elle l'essuya d'un geste vif.

— Au fond de moi, j'ai toujours su que rien de tout ça n'était vrai. Combien de fois ai-je regardé Augustus en me demandant si je comptais réellement l'épouser ! Mais ensuite je me sentais coupable de penser cela, parce que j'étais persuadée qu'il m'aimait. Et puis, je ne voulais surtout pas donner raison à Bella en annulant les fiançailles. Le plus drôle, dans tout ça, c'est que j'ai remis à maintes reprises mes sentiments en question et que je n'ai jamais douté de ceux d'Augustus. Il faut croire qu'il trouvait toujours les mots justes, les mots que je voulais entendre.

Sa gorge parut se serrer et les larmes lui montèrent de nouveau aux yeux, mais elle les retint.

— J'étais très choquée quand… quand il a rompu. D'autant qu'il l'a fait par lettre ; il n'a même pas eu le courage de me l'annoncer en face.

Celia serra les poings à ces mots.

— Mais quel lâche ! s'exclama-t-elle. Et qui est donc cette riche héritière pour laquelle il t'a quittée ? Je la connais ?

— Je ne crois pas. Elle s'appelle Millicent Redwood. Son père est un magnat du charbon, dans le nord de l'Angleterre. Il paraît que sa dot s'élève à cinquante mille livres, soupira Cassie d'une voix tremblante. La mienne était insignifiante, à côté. Peut-être qu'il serait resté avec moi si…

Les larmes l'empêchèrent de poursuivre.

— Oh ! Cassie..., s'exclama Celia en se précipitant pour prendre sa sœur dans ses bras.

Elle repoussa les cheveux de ses joues désormais trempées de larmes. La dernière fois qu'elle avait dû la consoler ainsi, c'était à la mort de leur pauvre mère, et elles n'étaient encore que de petites filles.

Blottie contre sa sœur aînée, Cassie laissa libre cours aux larmes qu'elle retenait depuis trop longtemps. Celia la serra un peu plus contre elle, soucieuse de la réconforter et de lui faire comprendre, sans rien dire, qu'elle pouvait compter sur elle. De toute façon, elle avait le sentiment que le fameux Augustus ne méritait pas tant de larmes.

Cassie se redressa en cherchant son mouchoir et s'essuya les joues d'un geste résolu, comme pour effacer cette partie peu glorieuse de sa vie.

— Bella et Père avaient raison, en fait, dit-elle d'une petite voix. Non seulement je suis sotte, mais en plus je suis égoïste et têtue. J'ai bien compris qu'il n'y a pas de place pour le romantisme dans ce monde. Tante Sophia n'a pas tort lorsqu'elle dit qu'un cœur qui prend le pas sur la raison de façon si légère ne pourra jamais être un cœur digne de confiance. L'amour est un cadeau empoisonné, et moi, des cadeaux comme celui-là, je n'en veux plus jamais, conclut-elle sur un ton théâtral.

Celia pinça les lèvres pour ne pas rire. Sa sœur était égale à elle-même : sa raison était toujours en contradiction avec ses sentiments. Mais il était rassurant de voir que, malgré son état d'esprit, elle n'avait rien perdu des qualités qui faisaient d'elle la personne qu'elle était et que Celia aimait tant. A n'en pas douter, elle oublierait Augustus St John Marne bien plus vite qu'elle ne le pensait.

Celia sourit. Si Augustus avait été dans les parages, Ramiz se serait sûrement occupé de lui. Elle imagina le poète disgracieux, affaibli et assoiffé, errant dans le désert sous un soleil accablant ou au milieu d'une tempête de sable. Tel était le châtiment réservé à ceux qui transgressaient les lois d'A'Qadiz. Non, le pauvre Augustus n'aurait eu aucune chance d'en sortir vivant.

— Tu es attendue à la frontière de Daar-el-Abbah dans trois jours, indiqua-t-elle à Cassandra. Ramiz t'y amènera, mais j'ai bien peur de ne pas pouvoir venir avec vous.

Elle regarda en souriant Bashirah, qui dormait à poings fermés dans le couffin.

— Elle est encore bien trop petite pour un aussi long voyage, et m'en séparer plusieurs jours est au-dessus de mes forces. Mais, Cassie, il n'est pas trop tard pour changer d'avis, tu sais… Je t'ai dit qu'il fallait cinq jours de marche pour atteindre la ville de Daar et je crois que tu seras la seule Occidentale sur place. Tu risques de te sentir très isolée. Tu seras en outre l'unique gouvernante de la princesse et, à ce qu'il paraît, ce n'est pas une enfant calme et obéissante, loin de là ! La pauvre petite, sa mère est morte en lui donnant la vie, et depuis elle a vu défiler une multitude de gouvernantes au palais. Sache que le prince compte énormément sur toi.

— Je ne le décevrai pas, assura Cassie en haussant les épaules. Je sais très bien ce que doit ressentir Linah. Ce n'est pas facile de grandir sans mère, tu le sais aussi bien que moi. Et d'ailleurs, ne t'ai-je pas aidée dans l'éducation de nos trois autres sœurs ?

— Oui, mais enfin…

— Linah doit avoir besoin de quelqu'un qui la soutienne, et surtout, qui la comprenne.

— Sûrement, mais…

— Et elle a aussi besoin d'amour, de beaucoup

d'amour. Et cela tombe bien, parce que moi, je n'ai plus personne à qui en donner. Et je crois que ce n'est pas près de changer.

— Cassie, tu es bien consciente que tu ne pourras pas occuper ce poste indéfiniment ? s'enquit Celia, quelque peu inquiète de cette réaction. Tu ne devras pas rester là-bas trop longtemps. Tu y vas pour te remettre de ta rupture et pour te changer les idées, tout en te rendant utile auprès du prince. Mais, à un moment donné, tu devras retourner en Angleterre, ne l'oublie pas !

— Pourquoi ? Toi, tu t'es bien adaptée à la vie d'ici, non ?

— Si, mais moi, je suis tombée amoureuse de Ramiz et je l'ai épousé.

Celia soupira et regarda Cassie droit dans les yeux.

— Je sais que tu n'y crois pas pour le moment, mais un jour tu trouveras toi aussi le grand amour, l'homme de ta vie. Et tu verras, tôt ou tard, tu te lasseras de t'occuper de la fille d'un autre.

— Peut-être que le prince Jamil se remariera un jour et qu'il aura d'autres enfants. Dans ce cas, il voudra que je reste pour les élever aussi.

— Je crois que tu ne te rends pas bien compte de la situation. Tu seras la *seule* Occidentale et tu vivras à l'intérieur du palais royal. Le royaume de Daar-el-Abbah est beaucoup plus traditionnel qu'A'Qadiz. Si le prince Jamil venait à se remarier, et je crois qu'il devra le faire pour s'assurer un héritier, il renouerait certainement avec la tradition du harem. Il n'aurait donc plus besoin de tes services.

— Au fait, de quoi a-t-il l'air, ce prince Jamil ? s'enquit pensivement Cassie.

— Moi, je ne le connais pas très bien, mais je sais que

Ramiz a beaucoup de respect pour lui. Ce doit donc être un excellent souverain. En fait, je ne l'ai rencontré qu'une seule fois. Disons que c'est un prince arabe comme les autres : hautain, distant, et vénéré de son peuple.

— Tu en parles comme d'un tyran.

— Oh non, pas du tout ! Tu imagines bien que si je le voyais comme ça je ne te laisserais pas aller là-bas. Sa situation actuelle l'oblige à rester discret, d'autant que son peuple l'idolâtre. En tout cas, Ramiz ne tarit pas d'éloges sur lui, et il est d'ailleurs impatient de le rencontrer pour discuter avec lui.

— Oui, oui, j'imagine… Mais en fait je voulais savoir de quoi il avait l'air *physiquement*, précisa Cassie d'un ton impatient.

— C'est un très bel homme. Il a ce petit quelque chose… Ses yeux, oui, la couleur de ses yeux attire tout de suite l'attention. Et il est assez jeune. Il ne doit pas avoir plus de vingt-neuf ou trente ans.

— Ah bon ? Je le croyais plus âgé.

— D'ailleurs, reprit Celia, je suis étonnée qu'il ne se soit toujours pas remarié. Ce ne sont pourtant pas les prétendantes qui manquent. Je ne peux pas dire que je l'apprécie, car je ne le connais pas assez, mais j'aurais tendance à lui faire confiance. En revanche…

Elle se tut un moment et prit la main de Cassie.

— En revanche, répéta-t-elle, c'est quelqu'un qui ne tolère pas les échecs ni les écarts de conduite. Veille donc à toujours mesurer tes paroles en sa présence. Mais en fait tu ne le verras pas souvent, je pense. A ce qu'il paraît, il n'est jamais avec sa fille et ne s'intéresse pratiquement pas à elle. Ce doit être pour cela qu'elle est si difficile, d'ailleurs…

— Oh ! Mais c'est affreux ! s'indigna Cassie. Pauvre petite, pas étonnant qu'elle se rebelle contre son père !

— Et voilà, tu n'as pas écouté un traître mot de ce que je viens de dire ! s'exclama Celia en riant malgré elle.

Sa sœur ne changerait donc jamais !

— Tu n'as pas à donner ton avis, reprit-elle. Surtout pas au prince Jamil. Attends au moins d'être sur place avant de te faire une opinion sur lui. Je te déconseille fortement de dire ou de faire quelque chose qui risque de t'attirer ses foudres, parce qu'il n'hésitera pas à te remettre à ta place. Et n'oublions pas que le but de cette histoire est de te remonter le moral, et pas de t'enfoncer encore plus bas !

— Ne t'en fais pas, je serai une gouvernante hors pair, assura Cassie, apparemment plus motivée que jamais.

Celia la regarda, pensive. Sa sœur ne voulait plus jamais entendre parler d'amour, mais elle paraissait déterminée à agir pour rapprocher le prince de sa fille. Elle était comme cela, elle avait toujours aimé les défis ! Et elle était bien placée pour connaître l'importance des liens familiaux. Oui, Celia n'en doutait pas : en sa présence, père et fille apprendraient à s'aimer et à se respecter mutuellement. Ce serait la mission que se donnerait sa sœur, sa nouvelle vocation.

— Je te promets que tout se passera pour le mieux, reprit cette dernière. Je serai irréprochable et muette comme une carpe en présence du prince. Je vous ferai même honneur, à toi et à Ramiz.

Ses yeux avaient retrouvé un certain éclat et ses pommettes étaient rosies par l'émotion. En la voyant ainsi, Celia se demanda si elle avait eu raison de proposer cet accord au prince Jamil. Il était clair que Cassie n'avait rien d'une gouvernante stricte et sévère, et rien ne disait qu'elle serait à la hauteur de la tâche qui l'attendait.

— Très bien ! soupira-t-elle. J'en conclus que ta décision est prise.

Cassie se leva en secouant sa robe et rejeta ses longs cheveux en arrière. Tout, dans son attitude, indiquait à quel point elle était excitée par sa future mission.

Celia ne put s'empêcher de remarquer une fois de plus comme elle était belle. D'autant qu'elle n'était guère consciente du charme qu'elle dégageait, ce qui la rendait encore plus séduisante. Certes, elle avait certains défauts, mais la vanité n'en faisait pas partie.

Un doute envahit soudain Celia à cette pensée. Elle connaissait le *prince* Jamil al-Nazarri, mais elle ne savait rien de *l'homme* qu'il était en réalité. Cassie était attachante et sensible, et donc vulnérable. Elle allait se retrouver seule, loin de sa famille et plongée dans une culture totalement différente de la sienne. Comment s'en sortirait-elle ?

Elle se leva et prit Cassie par le bras.

— Je pense qu'il serait quand même préférable que tu te donnes encore un peu de temps pour réfléchir à tout ça. Tu vas être seule là-bas et j'ignore comment les femmes sont considérées dans ce royaume.

— Ma décision est prise, contra la jeune femme d'un ton ferme. De toute façon, il est trop tard pour faire machine arrière maintenant.

Elle posa la main sur celle de Celia.

— Tu crains que le prince ait des vues sur moi, je le vois dans tes yeux. Mais tu n'as aucune raison de te faire du souci pour ça. Les Anglais et les Arabes n'ont pas du tout les mêmes goûts en matière de femmes. Et même si c'était le cas, il ne se passera rien, tu peux en être sûre. Comme je te l'ai dit, je ne fais plus confiance aux hommes. Et je ne crois plus en l'amour.

— Très bien, ta décision me semble mûrement réfléchie, répondit Celia avec un sourire.

Elle savait qu'il était inutile d'essayer de la convaincre de renoncer maintenant.

— Allez, viens, je vais t'aider à faire tes valises. Vous prenez la route demain à la première heure.

Chapitre 2

Le lendemain dès l'aube, Cassie et Ramiz quittèrent le palais pour aller rejoindre le prince Jamil à la frontière entre les deux royaumes.

Les adieux avec Celia avaient été poignants, et ni l'une ni l'autre n'avaient pu retenir ses larmes.

Le convoi traversa les rues encore vides de Balyrma avant de rejoindre le désert. Ramiz avançait en tête, suivi de près par Cassie. Elle portait une tenue de cavalière en lin bleu qu'elle avait fait confectionner par le tailleur de son père. Elle avait opté pour le lin, car elle espérait ainsi mieux supporter la chaleur du désert arabe. La veste était simple, de style militaire, avec un col haut et une double rangée de boutons. Une coupe un peu masculine qui mettait tout de même en valeur ses formes et sa silhouette. La jupe, quant à elle, était assez large pour lui permettre de monter le chameau à califourchon, entre les deux bosses de l'animal.

Cependant, au moment où ils atteignirent les premiers cols de montagne, le soleil était au plus haut et Cassie ne tarda pas à regretter son choix vestimentaire. Elle ne portait qu'une chemise sous son corset et aucun jupon, mais la chaleur lui était déjà insupportable.

*
* *

Les deux premiers jours de voyage s'étaient révélés un véritable calvaire. Le visage de Cassie avait viré au rouge sous le soleil ardent, malgré le voile qu'elle portait. Le climat sec et poussiéreux lui avait irrité la gorge et la soif la tenaillait en permanence.

Toutefois, la sensation la plus désagréable était sans doute celle de ses vêtements humides qui la collaient comme une seconde peau. Elle rêvait de pouvoir les enlever.

Heureusement, la beauté des paysages lui faisait un peu oublier le manque cruel de confort. Elle ne se lassait pas d'admirer les montagnes ocre qui se confondaient avec le ciel dans l'horizon. Elle était émerveillée par les ondulations interminables des dunes dorées dans lesquelles venait se fondre, chaque soir, un soleil rouge vif. Et le ciel d'un bleu unique, de jour comme de nuit, associé aux oasis verdoyantes, complétait à merveille cette vision orientale. Un mélange de couleurs vives et intenses qui réveillait en elle ce côté romantique qu'elle croyait avoir perdu.

Pour la centième fois depuis le début du voyage, Cassie s'agita sur sa selle dans l'espoir de trouver une position plus confortable. Elle ne sentait plus ses jambes. La selle du chameau, qui lui avait pourtant paru confortable au début, avec son petit dossier de bois et son coussin en velours, s'était vite transformée en un instrument de torture. Pourquoi n'avaient-ils pas pris des chevaux, plutôt ? Elle aurait été bien plus à l'aise sur une simple selle de cuir.

Elle réfléchit. Ils étaient partis de Balyrma trente-six heures plus tôt. Cela signifiait qu'elle avait passé vingt-huit heures sur le dos de ce maudit animal ! Pas étonnant qu'elle ait les fesses meurtries et des fourmis dans les jambes ! Sans compter qu'elle était couverte de sable de la tête aux pieds !

Le troisième jour, au coucher du soleil, Ramiz accéléra la cadence. Il voulait atteindre le lieu du rendez-vous avant la tombée de la nuit.

Cassie souleva son voile pour mieux voir la route, consciente du fait que des grains de sable ne tarderaient pas à venir se coller sur son visage en sueur.

— Gauche, droite, gauche, droite, murmurait-elle en s'efforçant d'ajuster les mouvements de son bassin au rythme du chameau.

Elle avait le corps meurtri et chaque pas de l'animal intensifiait la douleur.

— Gauche… Droite… Gauche… Oh !

Elle venait d'apercevoir des petites lumières qui scintillaient au loin. Oui, il y avait un campement, installé autour d'une large oasis. Ils étaient enfin arrivés !

Ramiz donna un ordre dans sa langue et le convoi s'arrêta à l'orée de l'oasis. Déjà, des hommes munis de torches venaient à leur rencontre. Ils se placèrent côte à côte devant eux, de manière à les guider vers les tentes.

Cassie descendit du chameau et tenta, en vain, de se rendre présentable en défroissant sa robe malmenée par le voyage. Puis elle leva la tête et un frisson d'appréhension parcourut son corps fatigué. A quelques pas se tenait une silhouette masculine qui semblait les attendre.

Ça ne pouvait être que lui.

Le prince Jamil al-Nazarri.

Son cœur se mit à battre à tout rompre. Elle voulut secouer le sable de sa robe, mais fut stoppée net dans son élan par Ramiz. Celui-ci lui lançait un regard courroucé et elle comprit aussitôt pourquoi. Son voile ! Elle avait oublié de le remettre en arrivant ! Elle le rajusta prestement.

Ramiz se dirigea alors vers leur hôte et Cassie lui emboîta le pas en admirant le campement du prince Jamil. Elle aurait tant aimé pouvoir lever son voile pour mieux apprécier le décor ! L'endroit paraissait irréel et magique, tout droit sorti d'un conte des *Mille et Une Nuits.*

L'oasis, bordée de palmiers et d'arbustes, avait la taille d'un petit lac. Au centre, les eaux immobiles d'un bassin réfléchissaient la sombre profondeur du ciel piqué d'étoiles, et Cassie eut soudain envie d'y plonger. Sachant que cela n'était guère possible, elle détourna le regard, afin d'admirer les petites tentes dressées un peu plus loin. Elle avait dormi dans une tente similaire pendant son voyage vers Balyrma : une toile en poils de chèvre, tendue à l'aide de cordes soutenues par deux pieux de bois.

La nuit était douce et illuminée par une pleine lune magnifique. Cassie pouvait entendre les chameaux et les mules brouter l'herbe qu'offrait ce havre de paix.

Soudain, une senteur délicieuse vint lui chatouiller les narines. Elle reconnut l'odeur d'une viande qui devait cuire sur un feu de bois, ainsi que celle du pain chaud. Elle distingua également un parfum d'épices qu'elle ne parvint pas à identifier.

Elle tourna la tête pour résister à ces senteurs enivrantes et aperçut deux grandes tentes, montées à l'écart des autres. Des lampes à pétrole étaient allumées tout autour. Les murs étaient faits de tapisseries en laine et un somptueux tissu damassé vert émeraude faisait office de toit.

La beauté de tout ce décor qui l'entourait lui fit oublier le protocole. Elle posa la main sur le bras de Ramiz et se pencha vers lui.

— On dirait des petits palais, lui souffla-t-elle.

Elle eut droit à un regard noir pour toute réponse. Elle baissa aussitôt la tête en espérant que son faux pas avait échappé au prince Jamil.

Ils avancèrent encore et Ramiz s'arrêta devant leur hôte. Cassie s'agenouilla comme le voulait la tradition. Elle ne pouvait se permettre un autre écart de conduite. Elle avait beau brûler de curiosité, elle devrait encore attendre pour voir à quoi ressemblait le prince Jamil. Elle se tenait en effet derrière Ramiz et ne pouvait apercevoir que l'intérieur de la tente devant laquelle il les attendait.

Le toit était constitué d'un tissu vert somptueux, semblable à celui des deux autres tentes et soutenu par quatre colonnes de bois sculpté. D'élégants rideaux en organdi faisant office de portes étaient attachés de part et d'autre de l'entrée par des cordons dorés. La tente devait servir de salle de réception, car le sol était recouvert de sublimes tapis dont les couleurs chaudes chatoyaient sous la lumière diffuse des lampes à pétrole. Deux divans en fer forgé peint en or occupaient le centre de la tente. Autour, une multitude de coussins en satin et de soie de toutes les couleurs étaient éparpillés sur le sol.

Cassie tendit le cou pour entrevoir le prince Jamil, mais un petit vent se leva au même instant et fit virevolter la cape de Ramiz, lui bouchant la vue. Frustrée, elle baissa la tête.

Ramiz s'inclina devant son homologue et le salua dans les formes, aussitôt imité par le prince Jamil. Les deux hommes échangèrent quelques mots et Cassie distingua enfin la voix de leur hôte. Elle était grave et volontaire.

Au même moment, son beau-frère s'écarta et lui fit signe de la tête. Elle se releva non sans peine et, la tête baissée, s'inclina en une profonde révérence, comme le lui avait appris Celia.

Quand verrait-elle enfin le visage du prince ? Cachée derrière son voile, elle leva doucement les yeux. Le prince Jamil semblait grand, intimidant même. Il portait une tunique en satin blanc et une cape vert émeraude brodée de fil doré et ornée de pierres précieuses. En relevant un peu la tête, elle remarqua le superbe cimeterre qu'il portait à la taille. Le prince n'était pas corpulent, bien au contraire. Sa tunique fine et légère dessinait chaque muscle de son corps. Celia lui avait dit qu'en Arabie l'embonpoint était un signe de richesse, mais le prince Jamil, que l'on savait pourtant fortuné et puissant, semblait échapper à cette tradition. Il était grand, mince et bien bâti.

Surprise, Cassie s'empressa de chasser ces pensées. Elle n'avait jamais porté un regard aussi insistant sur un homme. Mais le prince ne la voyait pas et dégageait, en outre, une chose qu'elle ne parvenait pas à définir. Il avait l'air *dangereux*.

Un frisson courut sur sa peau. Sa sœur avait raison, mieux valait être dans les bonnes grâces de ce prince. Elle voulut relever carrément la tête pour voir enfin son visage, mais se retint.

— *As-salamou alaykoum,* lady Cassandra, lança-t-il alors en joignant les mains. Que la paix soit sur vous !

— *Wa-alaykoum as-salam*, Votre Altesse, que la paix soit également sur vous, répondit Cassie en arabe d'une voix rauque.

Elle eut l'impression que le prince lui avait brièvement souri en guise de réponse. Déjà, il disparaissait dans la tente principale avec Ramiz. A peine un serviteur eut-il rabattu les rideaux en organdi qui servaient de porte qu'un autre se manifesta à côté de Cassie et l'emmena vers la plus petite des deux autres tentes.

— Je suis Halim, l'homme de confiance de Son Altesse. Il m'a chargé de veiller à ce que vous bénéficiiez de tout le confort nécessaire. Vous pourrez vous restaurer dans l'intimité de votre tente.

— Mais je pensais dîner en compagnie du prince Jamil et de Ram… du prince Ramiz, je veux dire.

L'homme posa sur elle un regard horrifié.

— Je vous demande pardon ?

Elle se mordit la lèvre. Visiblement, elle avait dit une énormité. Ce Halim allait lui en vouloir d'ignorer tout des coutumes et des usages du pays. Elle espéra ne pas s'être déjà fait un ennemi.

— Je vous rappelle que nous ne sommes pas en Angleterre, lady Cassandra, reprit-il sèchement. Nous n'avons pas du tout la même façon de voir les choses. Le prince Jamil serait outré s'il vous avait entendue.

Elle baissa la tête. Son interlocuteur avait l'air furieux. Elle se félicita de ne pas avoir commis cette bourde devant le prince. Cela n'aurait pas été un bon début ! Elle se demanda si l'homme répéterait leur conversation à son maître.

— Je vous prie d'excuser mon ignorance, balbutia-t-elle. Je ne voulais offenser personne. Ne parlez pas de ce malentendu au prince, je vous en supplie.

— Il n'en saura rien, lady Cassandra, mais retenez bien ce que je vais vous dire : Daar-el-Abbah est un royaume traditionaliste. Vous devez donc faire très attention à vos moindres faits et gestes.

Cassie hocha la tête en silence.

Ils arrivèrent devant la tente et Halim écarta les lourds

rideaux pour laisser entrer Cassie. Elle franchit le seuil et se retourna pour le remercier, mais il avait déjà disparu.

Elle poussa un soupir, contrariée, puis fit de nouveau face à l'intérieur de la tente. Elle se figea en découvrant le décor qui l'entourait. Les tapis aux couleurs vives, le divan moelleux au centre de la tente, les meubles de bois précieux ; tout était somptueux et parfaitement accordé. Devant elle, une immense tapisserie, qui représentait des nymphes dansant dans un jardin exotique, divisait l'espace en deux. Elle s'en approcha pour l'admirer de plus près, tout en se demandant ce que la tenture dissimulait. Contournant l'imposante œuvre tissée, elle découvrit avec stupeur une magnifique baignoire en cuivre martelé dans laquelle un bain avait été préparé. Intriguée, elle se baissa et plongea la main dans l'eau jonchée de pétales de rose. Celle-ci était chaude et Cassie ne put réprimer un frisson d'anticipation. Sans hésiter, elle se releva et se déshabilla, puis, ayant relégué ses vêtements sales dans un coin de la pièce, elle se glissa avec délice dans la baignoire.

Les yeux fermés, elle s'enfonça dans le bain et mit la tête sous l'eau afin de débarrasser ses cheveux de la salissure du voyage.

Pendant un long moment, elle demeura ainsi, immobile. La chaleur de l'eau parfumée lui procurait un bien-être total. Il lui semblait sentir les pores de sa peau se dilater et ses muscles se détendre un à un. Lorsqu'elle rouvrit les yeux, elle remarqua des fioles d'huiles essentielles posées sur une petite table, à côté de la baignoire. Il y avait aussi un savon et une éponge. Elle se redressa et saisit le savon, dont elle se frotta doucement le visage et le corps.

Une fois propre et revigorée, elle sortit du bain et s'enveloppa dans l'une des serviettes posées sur la commode, en face de la baignoire. Elle huma les fioles une à une et choisit l'huile de jasmin pour parfumer sa peau. Ses valises avaient été posées près de la commode. Elle en ouvrit une pour prendre une chemise de nuit, ainsi qu'un peignoir en satin bleu.

— Je pense que personne n'aura besoin de moi ce soir, alors autant me mettre à l'aise, marmonna-t-elle devant le miroir en s'habillant.

Elle s'assit ensuite sur le tabouret pour brosser ses longs cheveux encore humides.

Pourquoi ces messieurs l'avaient-ils mise à l'écart de la sorte ? Certes, la tradition voulait qu'hommes et femmes soient séparés lors des repas, mais elle se sentait tout de même offensée. En Angleterre, elle était habituée à jouer un rôle, même s'il ne s'agissait, le plus souvent, que de faire acte de présence, dans des négociations politiques. Son père avait très vite compris que ses sœurs et elle pouvaient lui être très utiles dans ses tractations diplomatiques. Combien de fois l'avait-elle aidé dans les négociations difficiles ? Combien de fois avait-elle dû prêter une oreille attentive à ses lamentations ? Cependant, comme le lui avait si bien rappelé Halim, elle n'était pas chez elle ici. Les choses étaient bien différentes dans le désert arabe.

Elle reposa la brosse et se leva en soupirant. Elle savait qu'elle ne devait pas se formaliser de cet apparent manque d'égards, mais elle ne pouvait s'en empêcher.

Elle retourna de l'autre côté de la tenture et s'aperçut avec surprise que le dîner lui avait été servi pendant qu'elle prenait son bain. Plusieurs mets, tous plus appétissants les uns que les autres, ainsi qu'une carafe de sharbat avaient été disposés sur un immense plateau d'argent.

Son mécontentement lui avait presque fait oublier à quel point elle était affamée.

Elle empila quelques coussins et s'assit dessus pour déguster le festin qui l'attendait.

Tout compte fait, elle ne regrettait pas d'être restée seule, se dit-elle entre deux bouchées.

Et puis, elle n'avait pas envie de voir le prince ce soir. De quoi auraient-ils bien pu parler, de toute façon ? Elle attendait peut-être beaucoup trop de cette expérience. Après tout, elle n'était pas venue ici pour représenter son pays, mais pour chaperonner une petite fille.

Cassie pinça les lèvres en repensant aux maladresses qu'elle avait commises depuis son arrivée. Non, elle n'aurait certainement pas fait bonne impression au prince ce soir. Mais après une bonne nuit de sommeil elle adopterait sans peine un comportement irréprochable.

Le repas terminé, elle se rinça les doigts dans un petit bol d'eau, puis s'allongea sur les coussins en une position certes confortable, mais assez peu élégante. Elle pensa aussitôt à tante Sophia ; il lui sembla même l'entendre lui faire la leçon sur les manières d'une dame comme il faut.

— Ma chère tante…, murmura Cassie en fermant les yeux.

Tante Sophia avait des idées bien arrêtées sur la civilisation arabe. D'ailleurs, le mariage de Celia et Ramiz ne l'avait guère enchantée, même si le prince avait tout de même réussi à se faire apprécier d'elle. Mais les opinions de tante Sophia étaient restées ce qu'elles étaient. Pour elle, les fastes de l'Orient étaient et demeureraient synonymes d'immoralité.

« Une femme qui se livre sans pudeur est une femme qui n'a pas d'honneur. Et n'oublie pas qu'un corset bien lacé équivaut à un esprit bien placé. Fais très attention à toi là-bas », lui avait-elle dit la veille du départ. A quoi devait-elle faire attention ? Que pouvait-il bien lui arriver ?

Cassie bâilla, puis entrouvrit les yeux. Le lit était à quelques pas, mais son corps refusait de bouger. Elle eut à peine la force de réajuster un coussin sous sa tête et son regard se perdit dans les motifs du tissu de soie qui faisait office de plafond. Des motifs qui lui rappelaient le papier peint d'une salle du Pavillon royal de Brighton. George IV, qui était à l'époque encore prince régent, les y avait invités, son père et elle, pour prendre le thé un après-midi.

Elle ferma les yeux en essayant de se souvenir de la pièce dans laquelle ils avaient été reçus. Etait-ce dans la salle de banquet ou dans le salon de musique ? Quoi qu'il en soit, ils avaient dû attendre plus d'une heure, car George avait fait un malaise, et Père avait été très contrarié par ce retard. C'était un manque de respect, selon lui.

Cassie soupira. Oui, en Angleterre, il n'y avait rien de mal à ce qu'elle côtoie le prince. Le prince, qui était d'ailleurs devenu roi entre-temps. Sur cette pensée, confortablement installée sur les coussins, Cassie plongea dans un sommeil réparateur.

Au bout d'une heure de pourparlers, les deux princes sortirent de la tente, le sourire aux lèvres.

Jamil tenta de convaincre son homologue de prolonger sa visite, mais Ramiz se dit impatient de rentrer à Balyrma. Il n'avait encore jamais passé plus d'une nuit loin de Celia et il était pressé de retrouver celle-ci. La lune était pleine et, s'il partait rapidement, il pourrait avancer quelques heures avant de devoir s'arrêter pour la nuit.

— Je ne veux pas déranger Cassandra, dit-il à son hôte. Vous lui direz au revoir de ma part, mon cher ami.

Les deux hommes se saluèrent, puis Ramiz se dirigea vers son convoi, qui l'attendait pour repartir.

Jamil regarda son nouvel allié s'éloigner dans le désert.

— Je suis satisfait de cet entretien, confia-t-il à Halim.

— Vous avez des raisons de l'être, Votre Altesse. Tout s'est très bien passé.

— Je vais aller voir lady Cassandra, à présent.

— Mais, Votre Altesse, il est déjà tard, objecta Halim.

— Et alors ? Elle doit s'attendre à ce que je lui souhaite la bienvenue de manière officielle. Vous savez bien que, tant que je ne l'aurai pas fait, lady Cassandra ne sera pas considérée comme étant sous ma protection. Vous lui avez bien précisé que je viendrais la voir après mon entretien avec le prince Ramiz, n'est-ce pas ? s'enquit Jamil en fronçant les sourcils.

— J'ai… En effet, j'ai échangé quelques mots avec lady Cassandra, répondit Halim, visiblement mal à l'aise. Mais vous savez, Votre Altesse, mon anglais est loin d'être parfait. Elle n'a pas dû comprendre tout ce que je lui ai dit.

— Votre anglais est loin d'être parfait ? s'amusa Jamil. Et pourtant, il me semblait que vous maîtrisiez parfaitement sept langues, *dont* l'anglais.

Jamil croisa les bras sur sa poitrine.

— Halim, ajouta-t-il d'un ton sec, j'espère sincèrement que vous n'êtes pas contrarié par l'arrivée de lady Cassandra, parce que, si c'est le cas, j'ai bien peur que nous n'ayons un problème.

— Votre Altesse, s'écria Halim, alarmé, je vous promets que…

— Je ne veux pas de vos promesses, je veux pouvoir compter sur votre soutien le plus total. Suis-je assez clair ?

— Oui, Votre Altesse.

— Parfait. Et maintenant, qu'elle m'attende ou pas, je vais aller la voir. Nous repartons demain à la première heure. Assurez-vous que tout soit prêt pour le départ !

Il lui fit signe qu'il pouvait disposer, puis se dirigea vers la tente de la nouvelle gouvernante.

Au cours des derniers jours, Jamil avait plusieurs fois imaginé à quoi pouvait ressembler lady Cassandra. Le voile qu'elle portait à son arrivée l'avait empêché de confirmer ou d'infirmer l'image qu'il s'en était faite. A en juger par sa tenue vestimentaire toutefois, il devait s'agir d'une femme renfermée, sévère, et très cérébrale ; en somme, une gouvernante parfaite pour sa fille.

Il arriva devant la tente et s'arrêta un instant.

J'espère avoir fait le bon choix, pensa-t-il avec un soupir.

Il écarta les rideaux qui servaient de portes et entra, pour s'arrêter net dès qu'il eut franchi le seuil. Qui était cette femme ravissante endormie sur les coussins ? Etait-ce une sorte d'offrande envoyée par lady Celia ? Cette idée était certes absurde, mais il ne voyait aucune autre explication à la présence de cette beauté. Elle avait des traits parfaits, des lèvres finement ourlées, d'un rose vif, et un nez un peu retroussé qui lui donnait un charme très peu commun. Ses longs cheveux blonds étaient répandus sur les coussins telle une cascade d'or.

Il promena le regard sur le corps de la jeune dormeuse. Elle portait un peignoir en satin qui épousait ses formes. Sous cette robe d'intérieur raffinée et féminine, une fine chemise de nuit laissait entrevoir la naissance d'une poitrine généreuse. Elle avait des courbes voluptueuses, des courbes que seules les femmes de l'Ouest savaient mettre en valeur avec élégance. Elle respirait à la fois la sensualité et la douceur. Mais surtout elle ne portait rien sous sa chemise de nuit.

Jamil éprouva soudain un désir enflammé pour cette inconnue. Une telle beauté ne pouvait laisser personne de marbre.

— Lady Cassandra ? finit-il par appeler.

La tentatrice ouvrit les yeux. Ceux-ci étaient d'un surprenant bleu turquoise. Elle sortit du sommeil avec une grâce qui laissa Jamil muet de stupéfaction.

— Oui…

Cassie cligna les yeux pour s'habituer à la lumière des bougies. Elle s'était assoupie sur les coussins, et maintenant il y avait un homme dans sa tente.

Encore ensommeillée, elle regarda celui qui se tenait devant elle. Il avait les yeux d'une couleur indéfinissable, un brun d'automne intense, très chaleureux, malgré un regard froid. Il avait les traits tirés et les sourcils froncés. Son turban de soie blanc faisait ressortir son hâle.

Homme de solitude et de mystère, il est rare qu'on le voie sourire, qu'on l'entende soupirer. Les mots du poète résonnèrent dans l'esprit de Cassie. Comme le Corsaire de lord Byron, cet homme arborait un air mystérieux et inaccessible. Il y avait aussi un côté arrogant en lui ; il se croyait sans doute supérieur aux autres. Etait-elle en train de rêver ? Qui était donc cet homme, et surtout, que faisait-il dans sa tente au beau milieu de la nuit ?

Elle ouvrit grand les yeux. Mais non, elle ne rêvait pas, un inconnu se trouvait bel et bien devant elle !

Effrayée, elle resserra les pans de son peignoir et se releva tant bien que mal. Elle voulut alors avancer, mais son pied glissa sur un coussin en satin et elle trébucha en avant avec un petit cri. L'homme mystérieux se précipita aussitôt et la rattrapa avant qu'elle n'ait touché le sol.

Elle frémit à ce contact. D'un seul bras, l'individu la tenait à présent par la taille en la maintenant serrée contre lui. Jamais encore, elle n'avait été physiquement aussi proche d'un homme. Un homme qui lui parut très musclé ; le corps masculin semblait si différent de celui d'une femme ! Tous les hommes étaient-ils aussi forts ?

Cassie n'osait bouger. Elle se sentait comme soudée à cet homme et des sentiments contradictoires l'envahissaient : l'impuissance, la peur, mais autre chose aussi, une sensation étrange qu'elle n'avait encore jamais ressentie. Elle trouva enfin la force de se débattre.

— Lâchez-moi, espèce de malotru ! s'exclama-t-elle.

L'homme, qui n'avait rien d'un malotru, resserra malgré tout l'étreinte autour de sa taille.

— Vous êtes lady Cassandra ? interrogea-t-il. La sœur de lady Celia et la fille de lord Henry Armstrong ?

— Bien évidemment, quelle question !

Elle parvint à serrer plus étroitement le peignoir contre sa poitrine.

— Mais qui diable êtes-vous et que faites-vous dans ma tente au beau milieu de la nuit ? s'indigna Cassie. Je vous préviens, je suis prête à me battre jusqu'à ce que mort s'ensuive pour protéger mon honneur.

Elle le pensait vraiment, surtout maintenant qu'elle comprenait que cet étranger n'entendait pas lui faire de mal.

Un sourire se dessina au coin des lèvres de l'homme, ce qui irrita profondément Cassie. De plus, elle avait déjà vu ce sourire quelque part, mais où ?

— Je vous assure que cela ne sera pas nécessaire, déclara-t-il.

Sa voix était profonde et un léger accent la rendait mélodieuse.

— Sachez que je suis ici en tant qu'invitée du prince Jamil. S'il m'arrivait quelque chose, soyez sûr qu'il… qu'il…

Qu'il quoi, d'ailleurs ? se demanda-t-elle.

— Que ferait-il, ce prince Jamil que vous semblez si bien connaître ?

— Il ordonnerait que l'on vous coupe la tête et il vous ferait traîner dans le désert par un cheval sauvage, balbutia-t-elle.

— Ah oui ? Et dans quel ordre ? s'enquit l'inconnu.

Cassie plissa les yeux.

— Je vois que vous ne me prenez pas au sérieux. Je devrais peut-être crier.

— Inutile d'en arriver là. Permettez-moi de me présenter ; je suis le cheikh Jamil al-Nazarri, prince de Daar-el-Abbah. Je vous prie de bien vouloir m'excuser si je vous ai fait peur, lady Cassandra. Je suis venu vous voir dans l'intention de vous souhaiter la bienvenue et de vous dire que vous vous trouviez désormais sous ma protection.

Cassie tressaillit à ces mots. Le prince la fixait droit dans les yeux.

— Protection dont vous semblez avoir besoin en ce moment, d'ailleurs, ajouta-t-il avec un sourire narquois.

Le prince Jamil ! Mon Dieu, c'était le prince Jamil ! Sous le choc, Cassie soutint le regard du prince au lieu de baisser les yeux comme le lui avait enseigné sa sœur.

— Prince Jamil, mille pardons ! souffla-t-elle. Je… je suis vraiment navrée, je ne voulais pas… Je pensais…

— Vous pensiez sans doute que j'étais sur le point de

vous déshabiller pour profiter de vous sans scrupules, suggéra-t-il, moqueur.

Il la libéra sans cesser de la scruter de la tête aux pieds.

Cassie serra machinalement le peignoir contre sa poitrine. Pourquoi n'était-elle pas offusquée par les paroles du prince ? Pourquoi trouvait-elle cette idée plutôt excitante, même ?

— Bien sûr que non ! répondit-elle en essayant de ne rien laisser paraître de son trouble. Je ne m'attendais pas à recevoir votre visite ce soir, c'est tout.

— Halim ne vous a pas dit que je passerais vous voir ?

— Non.

Le prince fronça les sourcils et Cassie se mordit la lèvre. Sa réponse venait sans doute de mettre le pauvre Halim dans l'embarras.

— Enfin, ajouta-t-elle à la hâte, il me l'a peut-être dit, mais j'étais tellement fatiguée que je n'ai pas dû l'entendre.

— C'est tout à votre honneur de vouloir le protéger. Mais ne vous inquiétez pas, je ne lui ferai pas couper la tête et il ne sera pas traîné dans le désert par un cheval sauvage.

Il lui décocha un petit sourire, qu'elle ne put s'empêcher de lui rendre.

— Je crois que j'ai laissé mon imagination prendre le dessus, reconnut-elle.

Vous n'êtes pas la seule, pensa Jamil.

Où était la femme renfermée, sévère et cérébrale qu'il s'était imaginée ? Il avait encore du mal à croire que la créature aux courbes voluptueuses et aux lèvres pulpeuses qui se tenait devant lui était bel et bien lady Cassandra. Lady Cassandra, la gouvernante de sa fille, qui résiderait au palais royal et qui inculquerait des valeurs telles que le respect et la discipline à Linah.

Jamil enleva son turban et le lança sur un divan. Puis il inspira profondément et se passa la main dans les cheveux.

Quelle serait la réaction du Conseil en découvrant lady Cassandra ? Une partie de lui voulait immédiatement l'emmener à Daar pour voir l'expression ahurie des Anciens. Mais… et Linah ? Comment réagirait-elle face à lady Cassandra ?

— Non, dit-il fermement.

— Pardon ?

— Vous ne pouvez pas être la gouvernante de ma fille.

— Pourquoi ? Qu'est-ce que j'ai fait de mal ? s'enquit Cassie d'un air surpris.

— En vous voyant, je me dis que votre place est dans un harem, pas dans une salle de classe.

Cassie posa sur lui un regard consterné.

— Vous êtes injuste ! s'exclama-t-elle. Vous m'avez prise au dépourvu. Je comptais aller dormir, je ne m'attendais certainement pas à une visite officielle de votre part. A vous entendre, on pourrait croire que je passe mes journées à moitié nue, affalée sur un divan.

La gorge de Jamil se serra. L'image de lady Cassandra allongée à moitié nue lui vint à l'esprit. Il secoua la tête pour la chasser, mais savoir qu'elle ne portait rien sous sa chemise de nuit ne lui facilita guère les choses. Que lui arrivait-il ?

Il la regarda de nouveau. Elle avait resserré les pans de son peignoir autour d'elle, ignorant sûrement qu'elle mettait ainsi en valeur ses courbes harmonieuses. Et il y avait quelque chose en elle… une chose qu'il ne parvenait pas à définir. Etait-ce son regard clair et pétillant, ses lèvres pleines, ou bien le parfum sucré et envoûtant du jasmin sur sa peau ?

— Je voulais dire que vous ne ressemblez en rien à une gouvernante.

Cassie le dévisagea, déconcertée. Cette situation frôlait le ridicule et elle ne savait pas si elle devait en rire ou en pleurer. Elle laissa échapper un petit rire.

— Je ne vois pas ce qu'il y a de drôle, lady Cassandra, lança Jamil d'un air sombre.

Elle baissa la tête.

— Je vous prie de m'excuser, souffla-t-elle. Cependant, pouvez-vous me dire à quoi je suis censée ressembler ? Vous savez, j'ai beaucoup de tenues sobres et discrètes dans ma garde-robe. J'aurai sans doute plus l'air d'une gouvernante quand je les revêtirai.

— La question n'est pas ce que vous portez… ou pas, rétorqua-t-il en la couvrant d'un regard perplexe. C'est… c'est vous ! Voyez par vous-même !

Il la prit brusquement par le bras et l'obligea à se tourner vers un miroir en pied posé à quelques pas. Cassie n'eut d'autre choix que de se regarder.

Elle fut surprise de découvrir l'image qui lui était renvoyée. A la lueur des lampes, ses longs cheveux blonds paraissaient plus foncés. Ils tombaient en cascade sur sa poitrine, s'entremêlant avec les lacets de sa chemise de nuit. Ses joues étaient roses et ses yeux avaient retrouvé leur éclat habituel. Mais ce reflet n'était pas le sien, elle ne se reconnaissait pas ! Elle avait l'air plus… moins… Mon Dieu, elle ressemblait à une dépravée !

Le reflet du prince Jamil apparut soudain derrière elle dans le miroir. Il se tenait à quelques centimètres d'elle à peine, leurs corps ne se touchaient pas, et pourtant elle sentait la chaleur masculine qui l'enveloppait. D'un geste désinvolte, il lui repoussa ses longs cheveux derrière l'épaule. Elle frissonna à ce contact.

— Regardez, dit-il en réajustant le lacet de la chemise de nuit.

Il descendit ensuite la main le long du bras de Cassie et vint resserrer les pans du peignoir, qui s'écartaient une fois de plus.

— Regardez, lui répéta-t-il, à l'oreille cette fois.

Il lui posa la main sur la taille et leurs regards se croisèrent dans le miroir. Non, ce n'était pas elle qu'elle voyait, ce n'était pas lui qu'elle contemplait non plus ; c'était *eux* qu'elle regardait, elle *et* lui. Et elle était persuadée que le prince faisait de même.

Sans la quitter des yeux, il se pencha vers elle et elle eut soudain une sensation étrange qui lui noua la gorge. Il lui souleva les cheveux, lui dégageant ainsi le cou, et elle le regarda faire sans bouger. Etait-ce vraiment elle, cette créature sensuelle dont le miroir lui renvoyait le reflet ? Etait-ce son cou que le prince embrassait à présent ?

Elle sentit un frisson la parcourir tout entière et son cœur se mit à battre la chamade. Sa peau s'embrasait sous les lèvres du prince. Elle le savait, elle savait que, d'un instant à l'autre, il allait l'embrasser.

L'embrasser comme il se doit.

L'embrasser sur la *bouche*.

Il la tourna vers lui et lui releva le menton du bout des doigts. Le temps s'était arrêté. Le regard de Cassie fut attiré par celui du prince, dont les yeux brillaient comme de l'or en fusion. Il inclina la tête vers elle, mais elle n'attendit pas qu'il s'approche davantage. Elle se serra contre lui, le visage levé, et ferma les yeux au moment même où leurs lèvres se touchaient.

Ce n'était pas la première fois pour Cassie, mais c'était tout comme. Les baisers d'Augustus étaient chastes et tendres, ils n'avaient rien de fougueux. Elle n'avait jamais ressenti le *transport que l'on éprouve au premier baiser de l'amour,* comme l'avait si bien écrit lord Byron. Non, aucun baiser d'Augustus ne l'avait transportée comme elle l'aurait tant souhaité. C'était d'ailleurs l'une des raisons qui l'avaient poussée à s'interroger sur ses sentiments.

Mis à part Augustus, jamais aucun autre homme ne lui avait volé de baisers. Alors pourquoi le prince Jamil était-il en train de l'embrasser ? Comment avait-elle pu le laisser faire ? Il fallait bien l'admettre, cela n'avait rien de chaste et elle ne demeurerait pas indifférente une fois que leurs lèvres se seraient séparées.

Le prince lui passa une main sur la nuque et l'attira contre lui, comme pour réduire à néant l'espace qui les séparait encore. Il glissa l'autre bras autour de la taille de Cassie, qui se pressa contre lui. La sensation de ses seins pointant contre le torse masculin, réaction qu'elle associait jusqu'à présent au froid, lui parut agréable. A bout de souffle, elle rompit le contact de leurs bouches pour passer la langue sur ses lèvres, qui lui semblaient sèches. La sentant faire sans doute, le prince émit un faible gémissement et elle crut que ses propres jambes se dérobaient sous elle. Puis leurs lèvres se retrouvèrent et, à cet instant, les paroles de Byron prirent tout leur sens. Oui, elle était transportée par ce baiser ; il provoquait en elle des sensations aussi bouleversantes que délicieuses.

Le prince l'enlaça plus étroitement, tout en lui écartant les lèvres de sa langue afin d'approfondir le baiser. Elle laissa échapper un soupir en sentant cette langue qui caressait la sienne. Un acte intime, à la fois choquant et exaltant, qui provoqua en elle une vague de chaleur. Ses genoux faiblissaient encore sous cette passion soudaine et elle serait tombée si le prince ne l'avait pas tenue aussi fermement contre lui. Troublée, elle s'agrippa à lui.

Elle repensa au reflet que lui avait renvoyé le miroir un peu plus tôt ; était-elle vraiment une dépravée ? Et pourquoi cela ne lui importait-il guère ? Pour l'instant, elle ne songeait qu'à s'abandonner à l'étreinte, elle voulait que ce baiser ne cesse jamais. Emportée par un tourbillon de désir, elle se serra encore plus et sentit quelque chose de dur contre son ventre.

Soudain, le prince la repoussa et la dévisagea, une expression d'incrédulité sur le visage. Elle soutint son regard tout en passant les doigts sur ses lèvres gonflées. La réalité la frappa alors de plein fouet et un sentiment de honte mêlé de culpabilité s'empara d'elle. Qu'allait-il penser d'elle, à présent ?

Jamil fit un pas en arrière sans la quitter du regard. Il avait l'air déconfit.

— Vous voyez ce que je veux dire ? Vous n'avez pas l'étoffe d'une gouvernante, lâcha-t-il.

Cassie ne trouva pas la force de lui répondre. Que lui était-il arrivé ? Elle avait l'impression qu'on venait de lui retirer quelque chose qu'elle n'avait pourtant jamais possédé. Tout son corps était en émoi et en redemandait, malgré l'humiliation et la confusion qui la submergeaient. Avait-elle encouragé cet homme à l'embrasser ? Etait-ce vraiment sa faute ?

— Eh bien ? N'avez-vous rien à dire pour votre défense ? la pressa le prince.

Les mots restèrent coincés dans sa gorge. Elle se passa de nouveau la langue sur les lèvres et celles-ci lui semblèrent toujours aussi gonflées.

— Je…

Jamil soupira avec une grimace de dégoût.

— Il est évident que vous ne pouvez pas rester. Demain à la première heure, je vous ferai escorter jusqu'à Balyrma.

Sur ces mots, il tourna les talons et sa cape effleura alors la cheville de Cassie, qui sortit soudain de sa torpeur.

— Non ! s'écria-t-elle.

Elle venait de prendre conscience de la conséquence de ses actes. Le prince ne voulait plus d'elle comme gouvernante ! Elle allait être renvoyée à Balyrma telle une malpropre. Pourquoi n'était-elle pas capable de contrôler ses paroles et ses actes ? Pourquoi ?

— Prince Jamil, je vous en supplie, donnez-moi une chance ! implora-t-elle en saisissant la cape pour le retenir.

En guise de réponse, il lui décocha un regard noir, qu'elle ignora. Elle était désespérée et n'avait plus rien à perdre, après tout. Si le prince quittait la tente maintenant, sa décision serait irrévocable. Elle retournerait à Balyrma et perdrait le peu de dignité qu'il lui restait. Et qu'allaient dire Celia et Ramiz ? Son cœur se serra en pensant à eux. Non, elle ne pouvait pas les décevoir, elle ne le supporterait pas.

— Votre Altesse, reconsidérez votre décision, je vous en supplie ! insista-t-elle d'une voix tremblante. Ecoutez ce que j'ai à vous dire ; s'il vous plaît, donnez-moi une chance !

Il marqua un temps d'hésitation et Cassie en profita pour enchaîner.

— Prince Jamil, Votre Altesse, cheik al-Nazarri ! dit-elle en se fendant d'une profonde révérence, oubliant qu'elle portait des vêtements qui dévoilaient son décolleté généreux. Vous avez besoin d'une gouvernante pour votre fille, et ce au plus vite. Pour être tout à fait honnête avec vous, il se trouve que moi, j'ai besoin de me sentir utile en ce moment. Cet arrangement pourrait donc nous être bénéfique à tous les deux. Je sais maintenant que je ne suis pas la gouvernante idéale à vos yeux. Je dois avouer que je suis même curieuse de savoir à quoi vous vous attendiez. Quoi qu'il en soit, je vous assure que je suis tout à fait capable de m'occuper de votre fille. J'ai perdu ma mère très jeune et ma sœur Celia et moi nous sommes occupées ensemble de nos trois sœurs cadettes. Je suis sûre que je m'entendrai très bien avec Linah et que je pourrai lui apprendre une multitude de choses.

Elle joignit les mains en signe de supplication.

— S'il vous plaît, Votre Altesse, ajouta-t-elle, ne me renvoyez pas à Balyrma ! Laissez-moi une chance de faire mes preuves et vous ne le regretterez pas, je vous l'assure !

Elle était prête à se mettre à genoux, s'il le fallait. Le prince ne disait rien, il gardait le visage impassible, mais Cassie surprit dans ses yeux une expression qu'elle ne parvint pas à déchiffrer.

Pourquoi diable l'avait-il embrassée ainsi ? Pour lui donner une leçon ? Et pourquoi l'avait-elle laissé faire ? Elle n'était pourtant pas attirée par lui ! D'ailleurs, elle avait décidé de ne plus être attirée par personne. Plus jamais ! Aucun homme ne s'était encore comporté de la sorte avec elle, et pourtant le prince Jamil semblait estimer qu'il n'avait rien à se reprocher, contrairement à elle. Elle devait cependant l'avouer, sa propre attitude était bel et bien inadmissible. Elle s'était comportée comme une dépravée. Que pensait-il d'elle ? Elle n'osait même pas l'imaginer.

Elle baissa la tête et serra ses mains jointes encore plus fort. Comment en était-elle arrivée là ? Elle avait ravalé le peu de fierté qu'il lui restait en essayant de persuader le prince qu'elle était digne de sa confiance.

— Je ne sais pas ce qui m'a pris quand vous… enfin,

quand… quand je vous ai permis de m'embrasser, bafouilla-t-elle.

Elle leva la tête et croisa le regard masculin. Il y subsistait cette étrange lueur qu'elle avait remarquée un peu plus tôt, et elle sentit ses joues rosir.

— Je vous jure que ce n'est pas dans mes habitudes de me laisser embrasser aussi… aussi facilement.

— Je le sais, lâcha le prince avec calme.

— Je vous demande pardon ?

— Vos baisers vous ont trahie.

Comment fallait-il interpréter ces paroles ? S'agissait-il d'une insulte ou d'un compliment ? Elle voulut en savoir davantage, mais pour une fois sa raison l'emporta.

— Quoi qu'il en soit, une telle chose ne se reproduira plus jamais, assura-t-elle d'un ton ferme.

Jamil la fixa, les traits durs.

Il était décidé à ne pas céder à ses suppliques, mais cette jeune femme finissait par l'intriguer, et elle l'amusait même. Lady Cassandra était, à vrai dire, la personne la plus divertissante qu'il ait jamais rencontrée. Oui, elle était amusante, surprenante et *intéressante*. Mais surtout, il avait envie de l'embrasser de nouveau. Serait-ce une bonne chose, ou valait-il mieux ne pas le faire ?

Il s'éclaircit la gorge.

— Ma fille…

— Linah, oui.

— Ma fille est très…

— Malheureuse.

— J'allais dire « difficile », plutôt, rectifia-t-il en haussant un sourcil.

— Si elle est difficile, c'est parce qu'elle est malheureuse.

— Ne dites pas de bêtises ! Elle ne peut pas être

malheureuse, elle a tout ce dont une petite fille peut rêver !

— Les enfants ne naissent pas difficiles, ils le deviennent, pour une raison ou une autre, affirma Cassie, visiblement plus à l'aise sur ce terrain. Il importe seulement de découvrir quelle est cette raison. Linah n'a que huit ans, elle ne parvient pas à mettre les bons mots sur ce qu'elle ressent et c'est pourquoi elle exprime son mal-être en…

— En se montrant difficile ? acheva Jamil, perplexe.

Il pinça les lèvres, plongé dans ses réflexions.

Jusque-là, il avait eu tendance à croire que les crises de colère de sa fille étaient dues à son indulgence. Il n'avait pas imaginé un instant que Linah puisse être malheureuse, d'autant qu'il lui avait épargné l'éducation rigoureuse qu'il avait lui-même reçue de son propre père. Avait-il eu tort de la ménager ?

— Je crois que je comprends bien les petites filles, affirma Cassie, comme si elle lisait dans ses pensées. J'ai envie d'aider Linah, d'être là pour elle. Si nous pouvions tout simplement oublier ce qui s'est passé ce soir et prendre un nouveau départ demain matin, je…

— Ça suffit ! coupa Jamil en levant la main. Je dois avouer que tout ce que vous me dites me donne à réfléchir. Il se fait tard. Je vous ferai part de ma décision au lever du jour.

— Très bien. Ma sœur Celia dit toujours que la nuit porte conseil.

Jamil ne put réprimer un sourire et une fossette se creusa dans son menton.

— Mon père disait la même chose, répondit-il. Sur ce, je vous souhaite une bonne nuit, lady Cassandra.

Troublée par son sourire, Cassie se demanda qui elle

avait en face d'elle : était-ce un cheikh intimidant ou un homme particulièrement séduisant ? Un simple sourire pouvait-il transformer un être à ce point ?

Le prince tourna les talons et gagna la sortie, la tirant de ses pensées.

— Bonne nuit, Votre Altesse, lança-t-elle en se fendant d'une profonde révérence.

Lorsqu'elle se redressa, le prince n'était plus là.

Chapitre 3

La nuit n'avait pas porté conseil à Jamil, bien au contraire. Lady Cassandra avait hanté ses rêves et il lui avait été impossible de prendre sa décision. Il n'avait pas cessé de penser aux lèvres, à la peau, au corps de la jeune gouvernante… Celle-ci avait à l'évidence éveillé en lui un désir qu'il tenait jusque-là enfoui au plus profond de lui-même. Toute la nuit, il s'était laissé aller à des rêveries plus sensuelles les unes que les autres. Cela l'avait empêché de trouver le sommeil. Il s'était levé avant l'aube pour plonger dans l'eau fraîche de l'oasis, espérant remettre de l'ordre dans son esprit. Jamais encore, ses désirs n'avaient pris le pas sur sa raison. Alors pourquoi avait-il tout à coup tant de peine à combattre ses besoins charnels ? La faute en revenait à lady Cassandra, bien évidemment. C'était à cause d'elle qu'il n'arrivait plus à y voir clair. Or cette femme était un fruit défendu ; il n'avait pas le droit d'y toucher.

Tout en s'habillant, Jamil tenta de réfléchir aux avantages et aux inconvénients qu'il y aurait à prendre lady Cassandra à son service comme gouvernante. Il se souvint alors d'une chose que lui avait dite la jeune femme. Oui, elle avait affirmé avoir besoin de se sentir utile en ce moment. Pourquoi ? Qu'avait-elle à prouver et à qui ? C'était la première question qu'il lui poserait en la voyant.

*
* *

Lady Cassandra se tenait devant lui dans la tente qui faisait office de salle de réception. Elle portait le genre de vêtements dans lesquels elle était arrivée la veille et son visage était dissimulé par son voile. Elle baissait la tête.

— Que l'on ouvre les rideaux, s'il vous plaît ! ordonna-t-il. Et vous, lady Cassandra, ôtez votre voile, je vous prie !

Il ne lui accorderait pas la possibilité de se cacher derrière le protocole. Il était trop tard pour cela. Il ne l'invita pas à s'asseoir ; debout, elle serait plus vulnérable.

— Hier, vous m'avez dit ressentir le besoin de faire vos preuves. Pouvez-vous m'expliquer pourquoi ? s'enquit-il froidement.

Relevant la tête, Cassie lui adressa un regard interrogateur.

Elle avait passé la nuit à chercher des arguments rationnels, à se demander pour quelles raisons il la prendrait comme gouvernante pour sa fille. Elle avait préparé et répété un discours qu'elle voulait sans faille pour le convaincre. Elle était prête à lui énumérer toutes les choses qu'elle entendait enseigner à Linah. Il y avait le savoir-vivre, bien sûr, mais aussi l'aquarelle et le calcul mental. Elle lui apprendrait à lire une carte et à jouer du piano, quoiqu'elle ne fût pas sûre d'en trouver un au palais. Elle pensait par ailleurs lui enseigner le français, mais elle devrait d'abord s'assurer que la fillette comprenait bien l'anglais. Et il y aurait également la botanique, un sujet fort intéressant, mais elle se renseignerait au préalable sur le nom des fleurs qui poussaient dans le désert, si fleurs dans le désert il y avait. Enfin, elle comptait apprendre à Linah à monter à cheval, seul domaine qu'elle-même maîtrisait à la perfection. Oui, elle avait bien mûri toutes ses idées, allant même jusqu'à réfléchir à la discipline stricte, mais juste, qu'elle imposerait à Linah, sans oublier de lui prodiguer beaucoup d'affection.

Or le prince ne semblait pas se soucier de tout cela. Apparemment, il s'intéressait aux raisons qui l'avaient amenée jusqu'ici. Or c'était là un sujet qu'elle entendait éviter pour le moment.

— J'ai sans doute voulu dire que je pourrais vous être utile, articula-t-elle.

— Vous devez savoir que je ne supporte pas les subterfuges, répondit Jamil, les sourcils froncés. La plupart du temps, il n'en sort rien de bon. Et puis, j'ai besoin d'avoir une confiance absolue en la gouvernante de ma fille. Or j'ai l'impression que vous me cachez quelque chose.

— Mais non, voyons, pourquoi vous cacherais-je quoi que ce soit ?

— Je vous pose encore une fois la question. D'où vous vient ce besoin de faire vos preuves ?

Gênée, Cassie se balança d'un pied sur l'autre en cherchant une réponse susceptible de satisfaire la curiosité du prince, sans pour autant dévoiler toute la vérité. Comment s'y prendre sans éveiller ses soupçons ? C'était trop risqué : il comprendrait vite qu'elle ne lui disait pas tout.

Sa décision fut prise : elle inspira profondément et, tête baissée, entreprit de lui raconter toute son histoire, sa rencontre avec Augustus, leurs projets de mariage, la rupture…

— Voilà, vous savez tout, conclut-elle. C'est ma faute, j'ai manqué de jugement. Si je m'étais montrée moins têtue, si j'avais su me dominer, j'aurais évité cette humiliation à ma famille.

Elle releva les yeux, ne sachant comment serait accueillie sa confession. Le prince la regardait sans ciller.

— C'est cet Augustus, déclara-t-il enfin d'un ton dur, qui devrait avoir honte de lui. Ce n'est pas de votre faute à vous, c'est lui qui s'est comporté comme un malpropre. Et c'est lui qui devrait se sentir humilié, pas vous.

— Ce n'est pas aussi simple, vous savez. En tout cas, mon… mon père ne voit pas les choses sous le même angle que vous.

— Eh bien, pour moi, les choses sont claires, insista-t-il.

— Chacun peut avoir son opinion, conclut-elle. Quoi qu'il en soit, cela n'enlève rien à la honte qui me ronge. Je suis bien décidée à changer et je vais commencer par ne plus laisser mon cœur me dicter ma conduite.

— C'est une sage décision. Je dis toujours que le cœur est un organe dépourvu de bon sens.

— Oui, et il n'est pas digne de confiance non plus. J'ai commis des erreurs, mais j'ai également appris une leçon.

— L'expérience est une lanterne que l'on porte sur le dos et qui n'éclaire que le chemin parcouru.

— Oui, c'est vrai.

— Si j'ai bien compris, et sans vouloir vous offenser, lady Cassandra, vous êtes donc tombée en disgrâce auprès de votre famille, qui a préféré vous envoyer ici.

— Pas tout à fait. Père voulait que je me retire à la campagne le temps que le scandale s'apaise et Celia a proposé que je vienne plutôt ici. Elle sait que j'étais tombée sous le charme de l'Arabie lorsque nous étions venues avec ma tante pour sauver…

Elle s'interrompit, sous le regard perplexe du prince.

— Enfin, pour visiter la région, se reprit-elle. Et aussi pour rendre visite à Celia avant son mariage avec le prince Ramiz. Et puis, j'avoue que j'avais envie de m'éloigner un peu de la nouvelle épouse de mon père, qui semble se réjouir de ma situation actuelle.

Le cœur de Cassie se serra en songeant à sa belle-mère.

— Bella Frobisher est une femme manipulatrice et égoïste. En plus, maintenant qu'elle a donné un héritier à Père, elle… Enfin, je vous laisse imaginer la satisfaction qu'elle éprouve.

Elle se mordit la lèvre et ferma les yeux, furieuse contre elle-même. Ne saurait-elle donc jamais s'arrêter à temps ?

— Je vous prie de m'excuser, Votre Altesse, je me suis emportée dans mes propos. Je voulais juste dire que tout ce qui s'est passé n'a fait qu'aggraver mon cas auprès de mon père. Il est désormais persuadé que je suis une petite sotte indigne de confiance. Je souhaiterais simplement pouvoir lui prouver le contraire.

— Il me semble que votre père est en partie responsable de la situation, car il vous a laissé trop de liberté. Ici, les femmes sont le sexe faible et nous ne leur permettons pas de prendre des décisions aussi importantes que le choix de leur futur époux.

Ce n'est pas pour protéger les femmes que vous tenez à décider à leur place, vous, les hommes : c'est parce que vous les voulez soumises, pensa Cassie.

Elle s'abstint toutefois de faire part de cette opinion au prince. Elle ne voulait pas aggraver encore son cas.

— Mon père serait sans doute d'accord avec vous, déclara-t-elle.

— C'est-à-dire ?

— C'est-à-dire que, si mes sœurs et moi, nous l'écoutions, nous ferions toutes un mariage de convenance ; un mariage qui favoriserait ses affaires diplomatiques.

— Ce n'est pas ce que je voulais dire, assura le prince. Non pas que cela vous regarde, mais sachez que je ne veux en aucun cas faire de Linah un instrument pour le royaume. Je veux juste qu'elle apprenne le respect et la politesse et qu'elle comprenne qu'il y a des limites à ne pas dépasser.

— Les enfants malheureux se comportent mal pour attirer l'attention, hasarda Cassie.

— Oui, c'est ce que vous m'avez dit hier. D'ailleurs, j'aimerais bien que vous soyez un peu plus précise à ce sujet.

— Eh bien, Linah n'a malheureusement jamais connu sa mère, n'est-ce pas ?

— En effet, mais elle a une présence féminine constante avec elle. Elle est entourée de servantes qui exaucent le moindre de ses désirs. Elle est donc bien trop gâtée, et c'est en partie de ma faute, je le reconnais. J'ai cherché à compenser la perte de sa mère, au point d'en oublier de lui faire inculquer la discipline.

Cassie considéra un instant le prince et s'éclaircit la gorge.

— Dites-moi, prince Jamil, j'aimerais vous poser une question : êtes-vous proche de votre fille ?

— Que voulez-vous dire par là ?

— Est-ce que vous la voyez tous les jours ? Est-ce que vous jouez avec elle ? Est-ce que vous lui portez de l'intérêt ?

— Bien évidemment, que je lui porte de l'intérêt ! C'est ma fille, que diable ! s'emporta-t-il, les sourcils froncés.

— Comment ?

— Comment quoi ?

— Comment lui montrez-vous l'intérêt que vous avez pour elle ?

— Quand sa dernière gouvernante était encore là, je me tenais régulièrement informé de son comportement, ainsi que des progrès qu'elle faisait en classe. Et depuis qu'elle n'a plus de gouvernante, je fais le point avec elle une fois par semaine.

Cassie se mordit la lèvre. Elle ne s'était pas trompée. La pauvre petite Linah avait tout simplement besoin d'affection et, au lieu de ça, elle essuyait des critiques constantes de la part de son père.

— Donc, si j'ai bien compris, chaque fois que vous voyez votre fille, c'est pour la punir ?

— Jamais, *jamais* je n'ai levé la main sur ma fille ! se récria le prince d'un ton furieux.

— Mon Dieu, j'ose espérer que vous dites vrai, murmura-t-elle d'une voix éteinte.

Elle fut soudain frappée par l'expression du prince. La colère qui marquait ses traits lui rappela les paroles de Celia. « Je te déconseille fortement de t'attirer ses foudres, parce qu'il n'hésitera pas une seule seconde à te remettre à ta place », lui avait-elle dit.

— Je vous prie de m'excuser, Votre Altesse, soupira-t-elle. En fait, cette idée ne m'a même pas effleuré l'esprit.

— Je ne veux pas que ma fille soit battue, ajouta le prince sur le même ton furieux.

— Bien sûr que non ! Par « punir », je voulais dire « gronder », lui faire la leçon.

— Ah, je vois…, fit-il en secouant la tête. Je vous ai mal comprise, alors. Oui, en effet, je la gronde souvent. Son comportement irrespectueux ne peut…

— Mais c'est pour attirer votre attention qu'elle se comporte ainsi ! l'interrompit Cassie, excédée. Comment faites-vous pour ne pas vous en rendre compte ? Vous l'avez dit vous-même hier, Linah a tout ce qu'elle désire.

— C'est exact. Il ne lui manque donc rien.

— Rien, non… sauf une chose très, très importante.

— Et quelle est cette chose, lady Cassandra ?

— L'amour. L'amour d'un père.

— Les sentiments que j'éprouve pour ma fille sont…

— Inavoués ! le coupa-t-elle de nouveau. A moins que je ne me trompe ?

Elle le défia du regard, oubliant les règles de l'étiquette.

Le prince se leva de son trône et descendit de la petite estrade.

— Comme je vous l'ai déjà dit, lady Cassandra, grommela-t-il, les dents serrées, Linah a besoin de discipline.

— Et comme je vous l'ai déjà dit, Votre Altesse, riposta Cassie, elle a besoin d'affection.

— Je ne vois pas pourquoi je devrais lui donner de l'affection alors qu'elle me manque ouvertement de respect. Comment dit-on chez vous, déjà ? Ah oui : c'est l'hôpital qui se moque de la charité.

Cassie le dévisagea, horrifiée. Comment pouvait-il parler ainsi de sa propre fille ? Même son père à elle n'était pas aussi cruel.

— Votre fille a besoin d'amour ! s'exclama-t-elle. Elle a besoin d'amour, et je peux lui en donner. Je peux aussi vous montrer comment lui en donner.

Les yeux du prince s'assombrirent, mais elle soutint son regard.

— Comment osez-vous ? gronda-t-il. Vous pensez réellement être en mesure de me donner des leçons ? Je vous rappelle que vous vous adressez à un prince, un descendant d'une grande lignée de cheikhs, de meneurs de peuples. Ce n'est certainement pas une femme comme vous qui va m'apprendre comment élever ma fille.

— Cette pauvre enfant manque cruellement d'amour, persista Cassie. Vous êtes tout ce qui lui reste. Comment auriez-vous réagi si votre mère était morte lorsque vous n'étiez qu'un bébé ? N'auriez-vous pas tout fait pour ne pas perdre aussi l'amour de votre père ? Moi, quand ma mère…

Les mots restèrent coincés dans sa gorge face au visage livide du prince et elle s'interrompit. Comment avait-elle pu dire des choses pareilles ? Elle ignorait tout de la vie de cet homme.

— Je… je suis vraiment désolée, bafouilla-t-elle. Je ne pensais pas… Enfin, votre mère… est peut-être… morte jeune ?

— Non, mais c'est tout comme.

Le regard de Jamil se perdit dans le vague.

Il avait cinq ans quand on l'avait installé dans l'aile est du palais. Dès lors, il n'avait presque plus revu sa mère. Il serra les poings avec force. La souffrance dut se lire sur son visage, car il s'aperçut que lady Cassandra, cette petite effrontée, posait sur lui un regard compatissant. Il s'empressa de chasser ses douloureuses pensées.

— Votre insolence ne me plaît guère, déclara-t-il d'un ton acerbe. Ce n'est pas de moi que nous parlons, mais de Linah.

Cassie hocha la tête. Tout, dans son attitude, indiquait qu'elle regrettait ses paroles.

— Je vous prie de m'excuser, je n'avais aucune intention de vous offenser. Permettez-moi plutôt de vous expliquer ce que je compte enseigner à Linah.

Jamil voulut intervenir, mais lady Cassandra ne lui en laissa pas le temps. Déjà, elle avait commencé à lui exposer ses idées avec passion. Il l'observa sans parvenir à écouter ses paroles. Son attention était plutôt concentrée sur le mouvement du corps féminin. Ce corps qu'il avait vu pratiquement dévêtu. Et plus la jeune femme parlait, plus il songeait qu'un tel corps n'était pas fait pour porter cette ridicule tenue de voyage.

Il chassa l'image de la jeune dormeuse de la veille et tenta de l'imaginer dans le rôle de gouvernante de Linah.

S'il n'appréciait pas la manière dont elle lui avait parlé, il devait cependant reconnaître qu'elle n'avait peut-être pas tout à fait tort. Elle avait dit que Linah était malheureuse. Et si elle voyait juste ? Ne devait-il pas au moins lui donner une chance de démontrer ses étranges théories ? Après tout, qu'avait-il à perdre ? En revanche, la renvoyer à A'Qadiz risquait de ternir ses propres relations avec le prince Ramiz.

— Concernant la géographie, j'ai demandé que l'on m'envoie la même carte du monde qu'ont les enfants de la famille royale. J'ai eu l'occasion de la voir. Tout y est inscrit en anglais et en français ; cela permettra à Linah de travailler ces deux langues en même temps. Et justement, puisque je parle de langues, enchaîna Cassie en le considérant d'un œil prudent, je suis partie du principe que Linah parlait l'anglais, mais peut-être que je…

— Ma fille est peut-être difficile, mais elle n'est pas stupide, la coupa sèchement Jamil. Elle appartient à la famille royale al-Nazarri, son éducation doit donc être sans faille. Elle parle très bien l'anglais et elle connaît déjà quelques mots de français. Je souhaiterais également qu'elle apprenne l'italien, ainsi que des rudiments de latin et de grec. L'allemand aussi, peut-être.

— Ah ! Ma foi… je ne maîtrise malheureusement pas l'allemand. De toute façon, à mon humble avis, cela n'a guère d'utilité. J'ai eu l'occasion de rencontrer l'ambassadeur de Prusse et je peux vous dire qu'il avait l'air aussi ennuyeux que la langue qu'il parle ! Cela dit, j'ose espérer que vous n'avez pas d'amis allemands, je ne voulais pas les offenser.

Jamil réprima un sourire. Lady Cassandra ne semblait

guère se soucier du protocole et, au fond de lui, cela l'amusait. Oui, cette femme était vraiment divertissante ! La prendre comme gouvernante ne serait pas une mauvaise idée, tout compte fait. Halim et le Conseil ne seraient sûrement pas du même avis, mais qu'importait ?

— Il faut que vous ayez conscience que votre affectation au palais serait une chose qui sort de l'ordinaire. Je dirige un royaume très traditionaliste et soyez sûre que la majorité de mon Conseil aura du mal à vous accepter.

— Vous voulez dire que votre Conseil doit également donner son accord ? interrogea Cassie, l'air surpris.

— Disons qu'il peut émettre un avis sur la question, répliqua Jamil. Toutefois, vous vous doutez bien que je ne reçois d'ordres de personne. Je voulais simplement vous dire qu'il serait préférable de ne pas offenser les Anciens.

— Mais en quoi pourrais-je les offenser ?

— Comme je vous l'ai déjà dit, lady Cassandra, j'ai plutôt l'impression que votre place est dans un boudoir, pas dans une salle de classe.

— Vous avez dit harem hier soir, pas boudoir, rétorqua la jeune femme. Quoi qu'il en soit, je ne peux pas changer mon physique. En revanche, je vous assure que je… que ce qui s'est passé la nuit dernière ne…

— Ne se reproduira plus, j'y compte bien ! Etant la gouvernante de ma fille, vous devez avoir une attitude irréprochable. Irréprochable, lady Cassandra ! Suis-je assez clair ?

Oui, elle devrait bien se tenir. Elle serait la gouvernante de sa fille, de sorte que lui-même devrait se garder, de son côté, de tenter le moindre rapprochement avec elle. Ce serait inapproprié. Leurs relations resteraient strictement professionnelles.

Mais pourquoi avait-il le sentiment qu'une telle discipline se révélerait difficile ?

Il choisit d'ignorer cette question. L'autodiscipline coulait pratiquement dans ses veines. Il savait se contrôler, il le faisait depuis toujours.

— Vous avez été très clair, Votre Altesse, acquiesça Cassie.

Elle le regarda droit dans les yeux en essayant de faire bonne figure. Le prince avait toutes les raisons de douter d'elle. Après ce qui s'était passé la veille, et avec tout ce qu'elle venait de lui dire, elle comprenait sa réaction. Mais dorénavant elle veillerait à bien se comporter sur tous les plans.

— Et le meilleur moyen de faire taire vos détracteurs sera d'obtenir des résultats, ajouta le prince comme s'il lisait dans ses pensées.

— Puis-je espérer que vous viendrez voir Linah régulièrement, afin de suivre ses progrès de près ?

Il la fusilla du regard.

— Je suis un homme très occupé, lady Cassandra, répliqua-t-il. Mes obligations de prince ne me laissent pas de temps libre.

— Pardonnez-moi d'insister, Votre Altesse, mais je pense que Linah progressera bien plus vite si elle s'aperçoit que vous venez la voir plus souvent. Ce pourrait être une récompense pour ses efforts.

— Savoir que ses efforts me font plaisir sera une récompense suffisante pour elle.

— Sauf votre respect, insista Cassie, décidée à le convaincre, ce ne sera pas aussi gratifiant que votre présence.

— Décidément, votre insolence n'a pas de limites, lady Cassandra ! s'écria Jamil. Si vous êtes persuadée que ma fille est en manque d'affection, eh bien, chargez-vous de lui en donner !

Cassie réprima un sourire. Elle n'osait croire à sa chance.

— Vous voulez dire que… que vous acceptez que je sois la gouvernante de Linah ? demanda-t-elle.

— Vous avez un mois pour faire vos preuves. Nous verrons la suite après.

— Oh ! merci, Votre Altesse, merci mille fois ! s'exclama-t-elle, folle de joie. Je ne vous décevrai pas, je vous le promets !

— Je l'espère bien, car je ne tolère pas l'échec. Nous partons pour Daar d'ici à quinze minutes.

Sur ces mots, le prince se leva et quitta la tente en appelant Halim.

Cassie resta immobile, les yeux rivés sur le trône. Son cerveau fonctionnait à toute allure. Elle avait réussi ! Elle avait convaincu le prince de lui donner une chance ! Elle se sentit sourire malgré elle et ne put s'empêcher de laisser éclater sa joie en sautillant sur place. Elle allait à Daar ! Et elle allait s'occuper de la fille du prince ! Mais surtout elle s'apprêtait à prouver à son propre père qu'elle était capable de faire quelque chose de bien et de responsable. Elle apprendrait à la petite princesse de Daar ce qu'était l'amour, et peut-être même qu'elle parviendrait à pousser le prince à manifester ses sentiments à sa fille. Oui, elle était bien décidée à tenter cela, que cela plaise ou non au prince !

Elle se mordit la lèvre en pensant à la relation complexe qu'entretenait ce père insensible avec sa petite fille. Au fond de lui, il devait aimer Linah de tout son cœur. Il se souciait beaucoup d'elle. Sinon, pourquoi aurait-il accepté une gouvernante venue d'un pays si lointain ? Cependant, pourquoi ne voulait-il pas l'admettre ? Pourquoi s'était-il forgé une telle carapace ? Il n'était certainement pas aussi froid et distant qu'il le prétendait lui-même. Elle en était persuadée. La nuit dernière…

— Arrête, Cassie, arrête ! s'exhorta-t-elle en son for intérieur.

Elle devait oublier ce qui s'était passé la nuit dernière. Elle avait eu un comportement indigne qu'elle ne s'expliquait toujours pas. Comment avait-elle pu réagir de la sorte ? Et Jamil, dans tout ça ? C'était un homme, après tout. Et les hommes étaient toujours en proie au désir, tout le monde le savait. Or il l'avait vue à moitié dévêtue et il… Non, décidément, le prince n'y était pour rien. Et puis, il devait y avoir quelque chose dans l'air ce soir-là. Ou alors, peut-être qu'un tel comportement faisait partie de la culture orientale. Celia ne lui avait-elle pas révélé qu'elle avait découvert le plaisir des sens en arrivant à A'Qadiz ? Elle n'avait rien dit d'autre et Cassie, gênée, n'avait pas voulu poser de questions. Toujours est-il qu'elle avait toujours trouvé que les princes orientaux dégageaient quelque chose de troublant, de fascinant. Et Jamil était l'incarnation d'un prince oriental, un cheikh passionné qui avait le sens de l'honneur. Il avait même jugé l'attitude d'Augustus inadmissible ! Oui, il avait pris son parti à elle et elle s'était sentie rassérénée. Mais cela ne signifiait pas qu'il serait toujours aussi compréhensif. Elle ferait mieux d'oublier ce qui s'était passé. Jamil, enfin, le *prince* Jamil, était son employeur. Un employeur très exigeant, qui plus est ! Et puis, n'avait-elle pas tiré un trait sur le romantisme ? Elle en avait fini pour de bon avec les hommes, qu'il s'agisse d'un poète de pacotille ou d'un prince du désert !

*
* *

Cassie eut du mal à cacher sa déception : elle allait encore devoir monter à chameau pour se rendre à Daar ! On lui avait certes attribué une bête magnifique et la selle lui paraissait en outre confortable, mais elle gardait à l'esprit les péripéties de son dernier voyage et son corps, quant à lui, ne les avait pas oubliées non plus.

Jamil fit claquer sa langue et la bête s'agenouilla aussitôt. Une sueur froide envahit Cassie, qui se mit toutefois en selle avec bien plus de grâce que la dernière fois. Elle jeta un regard furtif au prince et crut percevoir l'ombre d'un sourire sur son visage. Il fit de nouveau claquer sa langue et le chameau se redressa.

— Je vais prendre les rênes, merci, dit Cassie.

Elle rabaissa son voile et enfila ses gants.

Jamil la contemplait, l'air hésitant.

Dans cette région du monde, une femme ne prenait jamais les rênes. En outre, le chameau que montait lady Cassandra était très sensible et d'une espèce rare. Peut-être était-elle bonne cavalière, mais il y avait une différence entre monter à cheval et à dos de chameau. Un geste brusque et…

— Ne vous inquiétez pas, je ferai très attention à lui, insista Cassie comme si elle lisait dans ses pensées.

Jamil lui remit les rênes à contrecœur avant de monter sur son propre chameau et le convoi s'ébranla.

Le convoi ne s'était arrêté qu'une fois, à l'heure où le soleil était au zénith. Il fit escale à la nuit tombée, malgré la hâte évidente du prince à retrouver Daar.

Cassie descendit de chameau et constata que les serviteurs avaient déjà commencé à monter les tentes.

Elle s'éloigna pour aller s'asseoir sur un rocher, près d'un petit bassin. Elle leva la tête ; une nuée d'étoiles brillaient comme des diamants. Le ciel lui parut plus vaste qu'en Angleterre et elle eut l'impression qu'elle pouvait l'atteindre du bout de ses doigts. La nuit était noire désormais et elle ne pouvait qu'imaginer le désert, qui s'étendait à perte de vue autour d'eux. Elle songea alors qu'aussi longtemps qu'elle vivrait elle n'oublierait jamais toutes les couleurs qui s'entremêlaient dans le paysage oriental, ce décor si différent que celui auquel elle était habituée. On se serait presque cru sur une autre planète. Celia avait eu du mal à s'habituer au changement de décor. Cassie, elle, avait le sentiment de s'y trouver comme un poisson dans l'eau. De jour, ce paysage était un régal pour les yeux ! En respirant l'air du désert, elle se sentait revivre, elle renaissait entre ces dunes, tout cela lui donnait des ailes, tout en la ramenant également à la réalité : la force de l'homme n'était rien, comparée à celle de la nature.

Les pensées de Cassie revinrent au prince Jamil. Cet homme était aussi imprévisible et mystérieux que la nature qui l'entourait. D'ailleurs, elle ne pouvait imaginer l'un sans penser à l'autre. Oui, Jamil semblait connaître le moindre recoin, la moindre dune de cet immense désert ; ils étaient comme soudés l'un à l'autre.

Deux étoiles filantes traversèrent successivement le ciel, ramenant Cassie à la réalité.

— *Glorieuse nuit !* s'exclama-t-elle. *Tu ne fus point envoyée pour le sommeil !*

— Je vous demande pardon ?

Elle sursauta. Jamil se tenait devant elle. Comment ne l'avait-elle pas entendu arriver ?

— C'est… ce sont les mots de lord Byron, bredouilla-t-elle. C'est un poète anglais qui…

— Je vois que vous avez de l'admiration pour cet homme, alors que sa vie est émaillée de scandales, coupa-t-il.

— Ah, vous en avez entendu parler, alors… Non, ce n'est pas l'homme que j'admire, mais le poète qu'il fut.

— Oui, j'avais bien cru comprendre que vous aviez un faible pour les poètes. Les poètes, qui manquent ouvertement de respect aux femmes.

Cassie le dévisagea, stupéfaite.

— Mais ne gâchons pas cette magnifique soirée, lady Cassandra, reprit le prince. En outre, vous devez être fatiguée.

— Non, non… Mais je vous en prie, appelez-moi Cassie. Mon prénom prête souvent à confusion.

— Vous n'êtes donc pas une prophétesse ?

— Bien au contraire ! répondit-elle en souriant.

Jamil lui rendit son sourire et elle faillit en perdre le souffle. Il avait tout à coup l'air beaucoup plus… moins…

— Si j'avais eu le don de prophétie, je ne me serais pas laissé berner par les mots tendres d'Augustus, reprit-elle en détournant le regard.

— Oui, mais vous ne seriez jamais venue ici.

— C'est vrai.

La fatigue commençait à se faire sentir. Elle tenta de réprimer un bâillement, qui ne dut pas échapper au prince.

— Vous êtes fatiguée, affirma-t-il. La journée a été longue.

— Oui, c'est vrai, je l'avoue. Je ferais mieux d'aller me coucher.

Ses paupières s'alourdissaient de minute en minute. Elle se leva et sentit des mains la prendre par la taille.

— M… merci, ça va… je peux me débrouiller…

Jamil vit avec étonnement Cassie tomber littéralement dans ses bras, gagnée par le sommeil. Il la souleva alors et la porta à sa tente. Elle dormait à poings fermés lorsqu'il la déposa sur le lit. Il la contempla alors quelques instants. Comment pouvait-elle se sentir à l'aise dans de tels vêtements ? Après une brève hésitation, il lui enleva sa veste. Il eut envie d'en profiter pour admirer ce corps qui l'avait déjà tant perturbé, mais la raison prit aussitôt le dessus. Il lui retira alors ses bottes, sans pour autant toucher à ses bas. Il ne pouvait se le permettre.

Il saisit une couverture et l'en recouvrit. Cassie émit un léger soupir et changea de position. Jamil ne pouvait détacher son regard d'elle. L'ombre des longs cils tombait sur ses joues couvertes de poussière. Ses cheveux décoiffés et ternis par le voyage s'étalaient sur le coussin. Lady Cassandra serait certainement horrifiée par son apparence si elle se voyait en cet instant, mais pour lui ces petites imperfections ne faisaient qu'accentuer sa beauté. Même endormie, cette femme dégageait une sensualité déconcertante. Il se surprit à l'imaginer dévêtue dans ses bras.

— C'est une gouvernante, une gouvernante, une gou-ver-nante, marmonna-t-il dans sa barbe en sortant de la tente.

Le lendemain matin, le convoi reprit la route dès l'aube. On voyagea deux jours avant d'apercevoir les montagnes qui, lui dit-on, surplombaient Daar. On traversa plusieurs villages qui s'étaient développés autour de petites oasis.

Pour Cassie, tous ces hameaux se ressemblaient, avec leurs maisonnettes ocre et leurs petites routes étroites. La jeune femme fut également étonnée de voir avec quelle hâte les habitants de tous ces villages s'agenouillaient au passage du convoi. Les femmes abandonnaient leur lessive ou leurs travaux manuels et les hommes accouraient de leurs petites parcelles de terre cultivée. Les enfants, quant à eux, se précipitaient vers les chameaux, avant d'être rattrapés par leurs mères.

Jamil les saluait tous d'un signe de tête sans jamais s'arrêter.

En sortant de l'un de ces villages, Cassie se retourna sur sa selle. Quelques femmes discutaient avec animation, à mi-voix, en la montrant du doigt. L'une d'elles la vit et fit aussitôt signe aux autres de baisser la tête. A sa grande surprise, Cassie s'aperçut que la même scène se répétait dans tous les villages ou presque.

Plus on approchait de Daar, plus les villages étaient vastes et bien équipés. Certains étaient entourés de vastes champs traversés par des canaux d'irrigation.

Le convoi rejoignit une grande route et Cassie aperçut enfin les murailles de la ville. Fini, les caprices du désert ! A côté de l'oasis principale, des villageois récoltaient des dattes alors que, sous les palmiers, attendaient des paniers déjà bien remplis. Elle regarda bouche bée tous ces hommes redoubler d'efforts en reconnaissant le convoi.

Jamil avançait en tête. Il avait enlevé son turban et son attitude, vue de dos, paraissait sévère et inflexible. Ce n'était plus Jamil, mais le prince de Daar-el-Abbah. Derrière lui, Cassie se sentit soudain seule, très seule. Leur arrivée dans la ville avait remis de l'ordre dans ses pensées. Jamil était le prince et elle, une simple gouvernante. Quelque peu ébranlée par cette réalité, elle décida de porter son attention sur les environs.

La ville de Daar était construite sur un plateau, en contrebas de la montagne. Deux panthères en or ornaient le portail du palais, avec une inscription en arabe au-dessus de chacune d'elles.

Infaillible…, pensa-t-elle.

Celia lui avait expliqué que telle était la devise du prince.

Le portail s'ouvrit et Daar apparut enfin à ses yeux. Comme Balyrma, la ville présentait des rues étroites qui se coupaient à angles droits et débouchaient toutes sur l'avenue principale. Elles délimitaient des parcelles rectangulaires sur lesquelles s'élevaient des maisons bien plus grandes que celles des villages alentour.

Le convoi avait ralenti et Cassie eut le temps d'apercevoir quelques petites places, au centre desquelles trônait toujours une belle fontaine.

L'air était saturé du parfum des citronniers et des orangers, qui poussaient partout. Cette fragrance aux notes acidulées se mêlait aux odeurs de nourriture et d'épices.

Cassie ferma les yeux et inspira profondément, mais une odeur beaucoup moins agréable — et bien familière — vint soudain lui chatouiller les narines. Elle ouvrit les yeux et découvrit un petit troupeau de chèvres à côté d'eux.

Chaque rue et chaque place étaient pour elle une découverte olfactive et visuelle à la fois. Les vêtements, les façades des maisons, les minarets, ou encore les fontaines ; chaque détail du décor était riche en couleurs.

Elle ferma de nouveau les yeux et se concentra sur les sons. Les animaux, les cris, les rires d'enfants, elle entendait tout ; même ce bruit étrange que faisaient les hommes lorsqu'ils s'agenouillaient devant le convoi. Elle était bel et bien au cœur de l'atmosphère orientale.

Le palais était situé à l'extrémité du plateau. Les habitations qui l'entouraient ne ressemblaient en rien aux maisons que Cassie avait vues jusqu'à présent. Elles étaient bien plus belles, comportaient une multitude de tourelles, et leurs façades étaient recouvertes de céramique blanche. Les portes, quant à elles, étaient en forme de serrures.

Ils n'étaient plus qu'à quelques mètres du palais à présent. Trois des quatre façades de celui-ci étaient longées par les murailles de la ville. Celle qui donnait à l'avant était pour sa part ornée de faïence rouge, verte et or. Le portail d'entrée, de bois foncé, était protégé par une herse qui se souleva à l'approche du convoi. Deux tours, une à chaque extrémité, étaient elles aussi surmontées d'une panthère en or. Cassie fit ralentir son chameau pour mieux admirer la beauté des lieux, oubliant le reste du convoi. Un portier qui arrivait en courant ne tarda pas à la sortir de sa contemplation. Il saisit les rênes de sa bête. Elle comprit qu'elle avait fait un faux pas.

— Je suis désolée, murmura-t-elle à Jamil un peu plus tard, lorsqu'elle fut descendue de sa monture. Mais votre palais est magnifique ! ajouta-t-elle avec une admiration non feinte.

Le prince la regarda sans répondre, puis secoua sa cape et gagna la cour centrale, où l'attendait Halim.

Cassie se retrouva seule à l'entrée du palais, ne sachant que faire. Elle jeta un regard au portier et aux gardes, qui semblaient tous l'ignorer. D'un pas hésitant, elle s'avança vers la fontaine de la cour. Halim et le prince ne parurent pas remarquer sa présence.

Elle ôta ses gants et son voile et se passa les mains sous le jet d'eau pour s'asperger le visage. Quelle sensation exquise !

Elle s'assit sur le bord de la fontaine et plongea le bout de ses doigts dans l'eau fraîche. Quelques poissons rouges nageaient dans le bassin. Soudain, un petit toussotement se fit entendre derrière elle. Elle se retourna avec vivacité. Halim se tenait là, impassible.

— Lady Cassandra, le prince Jamil m'a chargé de vous présenter Linah, dit-il.

— Mais… Ne peut-il pas le faire lui-même ?

Halim la couvrit d'un regard courroucé.

— Le prince a des affaires plus urgentes à traiter.

— Ah… Et à quelle heure a-t-il prévu de passer voir sa fille ? s'enquit Cassie en se levant.

— Lady Cassandra, le prince ne me fait jamais part de son programme personnel.

— Je vois.

A n'en pas douter, Halim n'appréciait pas du tout sa présence en ces lieux. Elle le suivit en silence à travers une succession de couloirs interminables en sentant sa confiance l'abandonner. Jamil ne lui avait rien dit. Elle n'avait pas d'idée précise sur ce qu'on attendait d'elle. Et elle n'avait pas la moindre idée du genre d'enfant qu'était Linah.

Ils s'arrêtèrent enfin devant une porte, qu'un garde s'empressa d'ouvrir. Halim s'écarta pour laisser entrer la jeune femme. A peine eut-elle franchi le seuil que la porte se ferma derrière elle. Déconcertée, elle se retourna et entendit le bruit des pas de Halim décroître dans le couloir.

Elle regarda autour d'elle, quelque peu désorientée. La pièce n'était pas grande, mais elle était décorée avec goût. Deux des quatre murs étaient entièrement tapissés de petits miroirs. La lumière qui s'y reflétait mettait en valeur un grand vase émaillé posé sur une table, au centre de la pièce.

Elle découvrit une deuxième porte qui faisait face à

la première. Elle l'ouvrit doucement et se retrouva dans une cour non pas carrée, mais ovale, et entourée d'une succession de pièces réparties sur deux niveaux. Un escalier en spirale, situé au fond de la cour, permettait de gagner l'étage. Un citronnier et deux fontaines se dressaient au milieu ; la première avait pour motif central le soleil, l'autre la lune. De magnifiques colonnades blanches longeaient les façades et le sol de la cour était recouvert de mosaïques représentant sans doute Shéhérazade et le roi Shahryar.

Emerveillée, Cassie fit le tour de la cour avant de monter à l'étage. Elle voulut longer la terrasse, mais s'aperçut avec étonnement que les escaliers continuaient à monter. Elle s'y engagea et se retrouva bientôt au sommet d'une tourelle. Alors, elle s'avança vers le rebord en s'agrippant à la rambarde.

Derrière elle, la muraille de la ville surplombait la façade, bouchant la vue. Elle devait se trouver dans la partie arrière du palais. Elle se pencha alors vers l'autre côté et s'immobilisa, saisie. Le royaume de Daar s'étendait sous ses yeux. Elle apercevait l'entrée du palais et, au-delà, la ville blottie sous sa façade. Plus loin, on voyait les champs irrigués qu'elle avait traversés en arrivant et, juste derrière, le désert et ses montagnes s'offraient à ses yeux.

Cassie admira un long moment ce paysage sans se préoccuper de la brûlure du soleil. Puis un bruit venu d'en bas la tira de sa contemplation. Elle se tourna vers la cour et découvrit une fillette qui l'observait.

— Bonjour, Linah ! lança-t-elle. Je m'appelle Cassie. Je suis ta nouvelle gouvernante.

Chapitre 4

Chaque jour, la patience de Cassie était mise à rude épreuve. Linah avait beau être très jolie, elle n'en était pas moins un tyran.

La « salle de classe » dont avait parlé Jamil occupait toute une aile du palais. Il s'agissait en réalité de *toutes* les pièces entourant la cour que Cassie avait surnommée « cour de Shéhérazade ». Celle où elle faisait travailler la fillette était la seule à être décorée dans le style occidental. Un grand bureau en chêne massif portant un magnifique globe terrestre occupait la moitié de l'espace. Il y avait également un grand tableau noir accroché au mur. Jamil avait sans doute voulu piquer la curiosité de sa fille, mais il n'y était hélas pas parvenu.

Du haut de ses huit ans, Linah régnait sur tout son domaine en maîtresse absolue. Elle savait exactement quel comportement adopter pour obtenir ce qu'elle voulait. Depuis le départ de la dernière gouvernante, qui s'était enfuie après avoir trouvé un serpent dans son lit, la fillette et ses jeunes servantes étaient livrées à elles-mêmes sans aucune supervision.

Linah était très intelligente, mais il était clair qu'elle exploitait ce don à des fins égoïstes et mesquines. Ainsi, après avoir trouvé plusieurs rongeurs dans sa suite, Cassie avait compris à quel point la princesse manquait de discipline et de rigueur. Elle ne fut donc pas surprise par la résistance dont elle faisait preuve en cours. Lorsqu'elle ne tapait pas nerveusement des doigts sur la table, Linah faisait semblant de dormir. Et chaque fois que Cassie tentait d'affirmer une certaine autorité pour la rappeler à l'ordre, elle piquait une crise de colère et quittait la pièce.

Cassie ne pouvait compter sur l'aide des servantes, qui ne voulaient en aucun cas contrarier la princesse. Elles s'affolaient autour de Linah comme des abeilles devant leur reine et ne faisaient qu'aggraver le cas de l'enfant. Elles cédaient à tous ses caprices, allant même jusqu'à la laisser passer la nuit sous le citronnier qui s'élevait entre les deux fontaines si elle en exprimait le souhait. Bref, il ne fallait pas être devin pour comprendre que la petite s'ennuyait à mourir et qu'elle avait de l'énergie à revendre.

Par moments, Cassie croyait déceler une lueur d'espoir dans le comportement de Linah. La petite semblait prêter plus d'attention aux cours et il lui arrivait même, alors, de poser des questions. Mais cela ne durait pas et Linah redevenait vite une enfant terrible. Au bout de dix jours, Cassie commença à regretter d'avoir insisté auprès du prince pour pouvoir tenter sa chance.

Comme tous les soirs, Cassie referma la porte de sa chambre avec un soupir de soulagement. Sa suite occupait toute la partie sud de la dépendance entourant la cour principale. Elle avait à sa disposition un salon, une chambre avec dressing-room et une immense salle de bains.

Elle s'allongea sur le lit, l'esprit tourmenté.

Pourquoi Linah refusait-elle obstinément de l'écouter ? Il était pourtant clair que cette enfant avait seulement besoin d'amour et d'affection. Or Cassie ne demandait qu'à les lui offrir, mais la fillette ne semblait intéressée ni par l'un ni par l'autre.

Elle pensa à ses sœurs et aux liens très forts qui les unissaient toutes les cinq. Loin d'elles, Cassie commençait à se sentir seule et désemparée, et l'échec qu'elle vivait avec Linah n'arrangeait pas les choses.

Elle sentit les larmes lui monter aux yeux et se redressa. Quelques larmes glissèrent le long de ses joues, qu'elle essuya d'un revers de main. Elle était lasse, et tellement déçue ! De plus, le prince Jamil n'était jamais là et elle n'avait personne avec qui parler, personne à qui se confier. Elle n'était pas habituée à tant de silence et de solitude. En Angleterre, elle n'était jamais seule, jamais. Elle pouvait toujours compter sur ses sœurs cadettes ou sur tante Sophia pour lui faire la conversation. A présent, elle se sentait si seule qu'elle en venait même à regretter Bella !

Les larmes lui brûlaient les yeux, même si elle savait que pleurer et s'apitoyer sur son sort ne servait à rien. Pourquoi n'était-elle pas comme Celia ? Pourquoi n'avait-elle pas son assurance ? Elle aurait tant aimé pouvoir lui parler en cet instant ! Quelques minutes en sa compagnie auraient suffi à lui redonner confiance.

Bella avait raison. Tanta Sophia et Père aussi, d'ailleurs. Comment avait-elle pu espérer réussir, là où des femmes plus expérimentées avaient échoué ? Linah ne semblait même pas l'apprécier et Jamil… Jamil ne manifestait aucun intérêt pour l'entreprise. Elle ne pouvait le lui reprocher : il l'avait prévenue. Il lui avait bien signifié qu'il n'avait pas de temps à accorder à sa fille. Or elle n'avait pas voulu l'écouter. Une fois n'étant pas coutume, elle n'avait entendu que ce qu'elle souhaitait entendre.

Elle voulut attraper le mouchoir de dentelle que lui avait offert sa sœur Caro, mais il lui tomba des mains.

Elle n'était même pas capable d'attraper un mouchoir ! Elle était devenue une loque humaine ! Et si une enfant de huit ans l'avait compris, Jamil ne tarderait pas à s'en rendre compte, lui aussi. Mais pour cela il faudrait qu'il daigne leur rendre visite.

Elle ramassa son mouchoir et s'essuya les yeux d'un geste prompt. Non, elle n'allait pas baisser les bras, elle n'allait pas se laisser abattre.

— Je vais leur montrer à tous de quoi je suis capable ! s'exclama-t-elle. Jamil est peut-être un prince, mais ce n'est pas pour cela qu'il lui est interdit de devenir un bon père !

Elle se sentit mieux dès que ces mots furent sortis de sa bouche.

La chaleur accablante avait enfin laissé place à la douce fraîcheur du soir. De meilleure humeur, Cassie enleva ses chaussons, sa jarretière et ses bas et gagna la cour principale. Elle adorait marcher pieds nus sur le marbre et elle pouvait passer des heures dans cette cour, une fois le soleil couché. L'air était chargé de senteurs de fleur de citronnier et un magnifique croissant de lune argenté éclairait le ciel. Cassie traversa la cour et monta en haut du minaret. Là, elle s'assit par terre et serra ses genoux contre elle en levant la tête. Le ciel était chargé d'étoiles qui brillaient comme des pierres précieuses sur du velours noir.

Que pouvait bien faire Jamil en ce moment ? Il était venu lui rendre une courte visite le lendemain de leur arrivée et elle ne l'avait plus revu depuis. Selon Halim, des affaires très importantes l'occupaient. Elle se demanda soudain pourquoi Halim était toujours aussi froid avec elle. Il refusait de lui révéler quand Jamil allait revenir et lui avait bien fait comprendre que, même lorsque ce jour arriverait, le prince ne commencerait pas par se précipiter dans la salle de classe. Il avait bien mieux à faire que de perdre son temps avec une gouvernante et une petite fille infernale, lui avait-il déclaré avec un sourire moqueur.

Jamil… Au début, savoir qu'il ne viendrait pas la rassurait. Elle s'était promis d'oublier le baiser qu'ils avaient échangé et ne voulait pas être distraite par sa présence. Jamil était le père de Linah, l'enfant dont elle devait s'occuper, et leurs relations se résumaient à cela. Mais pourquoi avait-elle tant de mal à l'accepter ? En fin de compte, son absence était devenue plus insupportable encore que l'aurait été sa présence.

Le regard de Cassie se perdit dans les étoiles. Elle pourrait admirer ce ciel oriental qui dominait les terres et le désert pendant des heures. Rien n'était plus beau, plus revigorant que cette nature à l'état sauvage. Le vent lui caressait le visage et elle se sentait revivre. Sa détermination même se renforçait : oui, elle réussirait ! Elle rendrait Linah heureuse. Elle affronterait Jamil une fois de plus. Curieusement, cette idée ne lui faisait plus peur, bien au contraire. Où était-il en ce moment ? Quelque part dans le désert, sans doute. Peut-être regardait-il le ciel, comme elle. Et peut-être avait-il vu lui aussi les deux étoiles filantes qui venaient de le traverser. Peut-être même que…

Un bruit interrompit ses pensées. Ce devait être Linah qui faisait une nouvelle crise de somnambulisme. Alarmée, Cassie se leva et se pencha par-dessus la rambarde. Une silhouette qui n'était pas celle d'un enfant se tenait au centre de la cour. Elle discerna un homme tout vêtu de blanc.

Il leva la tête vers elle et elle reconnut aussitôt les yeux brillants qui croisèrent les siens. Machinalement, elle serra la rambarde tandis que son cœur battait à tout rompre. Que lui arrivait-il ?

— Votre Altesse… Jamil. Vous êtes rentré…

— Lady Cassandra… Cassie, répondit-il en inclinant la tête. Oui, je suis revenu il y a une heure.

Cassie sourit. Il n'était là que depuis une heure et il était venu la voir ! Enfin… voir Linah, surtout. Ou prendre de ses nouvelles, au moins. Elle soupira et son cœur se serra.

— Quel honneur de vous avoir parmi nous ! C'est dommage, Linah dort déjà.

— Je l'espère bien. Mais vous, non, à ce que je vois.

— Non, j'admirais la vue.

D'en bas, Jamil la regardait toujours.

— Magnifique…, entendit-elle.

Cassie se pencha un peu plus vers lui. Souriait-il ? Il était pieds nus et ne portait pas de turban, mais, même sans ses attributs de pouvoir, il avait l'air redoutable. Sa posture très droite, tête levée, mains sur les hanches… Comme si rien ne pouvait lui échapper, lui résister. Et non, en effet, rien ne pouvait lui résister, y compris elle-même, à en croire les réactions qu'avait son corps. Un frisson lui parcourut le dos ; quelle pensée troublante et excitante à la fois !

— Arrêtez de vous pencher, vous allez tomber ! lança-t-il d'un ton moqueur. Pourquoi ne descendez-vous pas, plutôt, afin de me raconter comment cela se passe avec ma fille ?

Cassie sentit quelque chose se briser en elle.

Sa fille. Bien sûr qu'il était venu pour parler de sa fille ! Ce n'était pas à elle qu'il s'intéressait, mais à Linah. Il lui avait certes souri, mais cela ne voulait rien dire, c'était par pure courtoisie. Comme s'il allait monter la rejoindre, tel un prince charmant, pour lui confesser son amour ! Ce n'était pas à l'ordre du jour, non ! Il ne se préoccupait que de sa fille. Sa fille, dont elle n'était que la gouvernante, rien de plus.

— J'arrive, cria-t-elle d'une voix rauque en s'engageant dans l'escalier.

Jamil guetta le bas des escaliers et eut le souffle coupé lorsqu'elle apparut enfin. Il avait oublié à quel point elle était belle et gracieuse. Il avait oublié la sensualité qu'elle dégageait, et qu'elle semblait d'ailleurs ignorer. Elle était à quelques pas de lui désormais et il sentit soudain sa virilité se réveiller. L'absence n'avait fait que renforcer l'attirance qu'il éprouvait pour elle.

— J'espère que vous avez eu du succès dans vos affaires, lança-t-elle en arrivant à sa hauteur.

— Oui, même si j'avais prévu de rentrer bien plus tôt.

Il fit quelques pas vers les coussins éparpillés autour de la fontaine et Cassie ne put détacher le regard de sa silhouette athlétique. Puis il se retourna vers elle et tendit le bras, comme pour lui faire signe d'avancer. Alors elle remarqua une blessure grossièrement recousue qui marquait son avant-bras.

— Mon Dieu, votre bras ! Que s'est-il passé ?

— Rien de grave ! assura-t-il en souriant. Nous avons croisé quelques brigands sur le chemin du retour.

— Et vous vous êtes battu ? Mais… et vos gardes, alors ? N'ont-ils rien fait pour vous protéger ?

Le sourire s'accentua, chaleureux. Cassie sentit son pouls s'accélérer.

— Vous pensez donc que je ne sais pas me défendre tout seul, lady Cassandra ?

— Non, non, au contraire, s'empressa-t-elle de protester. Je suis juste surprise. Que faisaient vos gardes au lieu de vous protéger ?

— En fait, j'étais seul quand c'est arrivé. Comme je ne parvenais pas à dormir, je n'avais pas attendu le convoi pour partir.

— Vous devriez faire plus attention, Jamil. Combien étaient-ils, ces brigands ?

— Quatre.

Lui seul contre *quatre* brigands ! Jamil devait être un guerrier hors pair, ce qui n'étonnait guère la jeune femme, vu son physique. Mais ce n'était pas une raison pour mettre sa vie en danger…

— Ils auraient pu vous tuer !

— Je ne leur en ai pas laissé l'occasion. Ne vous inquiétez pas, ce n'est qu'une petite égratignure.

— Une petite égratignure ! répéta-t-elle, incrédule. Ça ne vous fait pas mal ?

— Pas vraiment.

— Je prends ça pour un si. Asseyez-vous et laissez-moi y jeter un coup d'œil.

Elle entraîna Jamil sur l'un des coussins et s'agenouilla devant lui. Au diable le protocole, elle ne pouvait pas rester sans rien faire alors qu'il était blessé !

— Les points de suture n'ont pas été bien faits, mais la blessure ne me paraît pas infectée, déclara-t-elle après quelques instants. Je vais aller chercher de l'huile de lavande, ça réduira au moins l'inflammation.

Elle se précipita dans sa chambre et prit le flacon posé sur sa coiffeuse. En revenant dans la cour, elle constata avec satisfaction que Jamil n'avait pas bougé. Elle se rassit à côté de lui et lui prit délicatement le bras pour le poser sur ses genoux. Puis elle appliqua un peu d'huile sur la blessure.

— Voilà ! dit-elle en refermant le flacon.

Relevant la tête vers lui, elle fut frappée par la lueur qui brillait dans ses yeux. Le prince l'observait d'une façon étrange.

— Qu'y a-t-il ?

— Vous semblez en savoir long sur les plantes médicinales, répondit-il sans la quitter du regard.

— En fait, pas tant que ça. C'est ma mère qui était spécialiste. Elle a réuni toutes ses recettes naturelles dans un livre qu'elle m'a laissé après sa mort. Bon, pour être tout à fait honnête, elle ne me l'a pas vraiment laissé. Je l'ai pris parce que je voulais avoir un souvenir d'elle.

Cassie détourna le regard avec un sourire peiné.

— Tout ça pour vous dire qu'il n'y a pas de danger. J'ai fait cette huile moi-même. Vous ne sentirez plus rien dans quelques jours.

Le prince récupéra son bras blessé et lui prit la main.

— Merci, lui murmura-t-il en portant les doigts de Cassie à ses lèvres pour les baiser.

Immobile, elle sentit son pouls s'emballer. Que lui arrivait-il ? Elle inspira profondément. Un instant plus tard, il lui lâchait la main et la posait le plus délicatement du monde sur les coussins, avant de reculer, comme pour mettre de la distance entre eux.

— Comment cela se passe-t-il avec ma fille ?

Cassie tressaillit. Venait-il de lui poser une question ? Et pourquoi ne lui tenait-il plus la main ? Ils étaient là tous les deux, assis sous un ciel plein d'étoiles avec pour seul bruit celui de l'eau jaillissant de la fontaine. Elle et *son* prince du désert…

Elle couvrit de sa robe ses pieds nus en chassant cette pensée.

Jamil n'était pas *son* prince du désert, que diable ! Il était son employeur, le père de Linah. Et s'il était venu la voir, c'était pour savoir comment allait sa fille ; rien d'autre.

— Votre fille, oui… Eh bien, Linah… Linah commence à faire des progrès.

Elle lui raconta les aventures et les mésaventures qu'elle avait eues avec l'enfant : les rires et les larmes, les quelques bons moments et ceux, plus nombreux, qui avaient été difficiles. Elle ne voulait pas lui mentir. A quoi bon ? Il ne serait pas dupe, il savait bien que sa fille ne se laissait pas dicter sa conduite.

— J'ai l'impression qu'elle commence à sentir qu'elle peut avoir confiance en moi, mais il est encore trop tôt pour crier victoire. Pour le moment, elle est encore en train de me tester.

— En d'autres termes, elle est toujours aussi incontrôlable.

Jamil ne semblait pas fâché, mais déçu. Oh non ! Il devait croire qu'elle n'arrivait à rien avec Linah. Il s'attendait même à la voir échouer, sans doute ! Elle serra les poings.

— Non, je ne dirais pas cela. Vous savez, Linah est une petite fille très intelligente. C'est juste que… qu'elle a été habituée à avoir tout ce qu'elle veut et qu'elle sait parfaitement comment s'y prendre quand on la contredit.

— C'est-à-dire ?

— Eh bien, par exemple, elle pique des crises de colère. Elle refuse d'écouter les autres. En plus, on ne peut pas compter sur ses servantes. Celles-ci sont jeunes et elles ont tellement peur d'elle qu'elles cèdent sur tout et ne font que renforcer son mauvais comportement. Ah, et il y a les farces, aussi.

— Les farces ?

— Oui. Il se trouve que votre fille adore les animaux en tout genre.

— Que voulez-vous dire ?

— Les souris, les serpents et d'autres bêtes que je ne reconnais même pas. Elle semble avoir un don pour les apprivoiser, puis elle les cache à des endroits stratégiques. J'en ai retrouvé sur mon divan, dans mes tiroirs, dans des placards… Elle a même mis une grenouille dans le samovar l'autre jour ! Je dois avouer qu'elle ne manque pas d'imagination.

— Ni de cruauté.

— Non, elle n'est pas cruelle. Enfin… Si, elle l'est, mais elle ne le sait pas. De toute façon, une fois qu'elle a compris que je n'avais pas peur des souris…

— Vous n'avez pas peur des souris ? répéta-t-il avec un petit sourire incrédule.

— Honnêtement, non. Elle a vu que je n'avais même pas cillé en découvrant ces petites bêtes. Il faut dire que j'ai passé la moitié de ma vie à la campagne et que mes sœurs cadettes avaient pour habitude de nous faire la même chose, à Celia et à moi, lorsqu'elles n'étaient pas contentes. J'ai donc expliqué à Linah qu'elle faisait plus peur à ces pauvres créatures qu'à moi. Et du coup elle a arrêté.

— Expliqué ? répéta Jamil en fronçant les sourcils. Vous lui avez *expliqué* ? Mais vous auriez dû la punir, oui ! Vous devez affirmer votre autorité, et non pas vos faiblesses, car tôt ou tard elle utilisera ce manque de fermeté contre vous !

— Mais, Jamil, Linah n'est pas mon ennemie ! Dans

ce cas précis, sa punition a été de voir que ses farces me laissaient de marbre. La preuve, c'est qu'elle n'a plus recommencé depuis.

— Et comment pouvez-vous être sûre que vos méthodes peu orthodoxes marcheront avec elle ?

— Je ne sais pas si elles marcheront, déclara Cassie d'un ton ferme en défiant son interlocuteur du regard. Mais cette enfant n'a que huit ans, Jamil. *Huit* ans !

— Oui, exactement, elle a huit ans ! Elle est déjà en âge de comprendre certaines choses et d'apprendre à contrôler ses humeurs !

— Vous lui en demandez trop, Jamil ! Ne me dites pas que vous n'avez jamais fait de farces ni de caprices quand vous aviez son âge !

— Je savais déjà me contrôler à son âge ! affirma le prince entre ses dents serrées.

— A huit ans ? Vous saviez déjà contrôler vos mouvements d'humeur à huit ans ? J'ai du mal à le croire, étant donné qu'aujourd'hui encore vous semblez avoir du mal à le faire, s'exclama-t-elle en riant.

Jamil la fixa sans paraître comprendre. Il semblait lutter entre l'envie de la suivre sur cette voie qu'elle lui indiquait, et celle de se mettre en colère.

— Je vous signale que je perds rarement mon sang-froid d'habitude, rétorqua-t-il d'un ton sec. Je dis bien « d'habitude », parce que, depuis que vous êtes là, il me semble que vous êtes la seule personne avec laquelle il me soit arrivé de m'emporter. Et ceci n'est pas un compliment, lady Cassandra.

Elle se mordit la lèvre et le dévisagea un instant, hésitant sur la réponse à donner.

— Mais je ne le prends ni comme un compliment ni comme une critique, déclara-t-elle enfin. Loin de moi l'envie de heurter votre susceptibilité, prince Jamil. Tout ce que je veux dire, c'est que, comme Linah, vous avez dû vous aussi faire des bêtises quand vous étiez petit. Vous ne vous en souvenez pas, voilà tout.

— Vous vous trompez ! persista-t-il.

Cassie voulut encore le détromper, mais le visage sombre qu'il lui opposait l'en dissuada. Ses yeux ne brillaient plus, elle avait dû toucher un point sensible. Jamil avait à l'évidence vécu une enfance difficile. Mieux valait changer de sujet.

— Vous savez, je me disais que Linah pourrait se faire des amis. Elle n'a personne avec qui jouer et il est important qu'elle crée des liens avec d'autres enfants.

— Elle vous a, vous.

— Ce n'est pas pareil. Il faut qu'elle ait des amis de son âge, pour jouer et construire des souvenirs avec eux. Vous souvenez-vous de cette belle époque ?

Elle regretta aussitôt cette dernière question, qui lui avait échappé. Elle ne fut pas surprise de recevoir la monnaie de sa pièce.

— Je n'avais pas d'amis quand j'étais petit, rétorqua Jamil avec une froideur glaciale.

— Ah bon… Mais tout de même, balbutia-t-elle, il y avait bien vos camarades d'école…

Il la couvrit d'un regard furieux.

— Vous croyez vraiment qu'un prince de la famille al-Nazarri va à l'école ? La tradition l'interdit, sachez-le ! Les princes doivent vivre dans l'isolement. Nul ne doit être témoin des erreurs qu'ils sont amenés à faire en grandissant. C'est d'ailleurs pour cette raison que notre devise est « Infaillible » !

— Ça doit être très dur à vivre, soupira Cassie, gênée.

— Ici, le prince représente un modèle pour le peuple. Son comportement doit être irréprochable.

— N'empêche que, prince ou pas, vous êtes un être humain ! lança la jeune femme en s'efforçant de masquer son indignation. Vous n'êtes pas infaillible, personne ne l'est, d'ailleurs. Et je doute que votre peuple vous juge mal sous prétexte qu'il vous arrive de commettre des erreurs de temps en temps.

— Vous ne savez pas de quoi vous parlez ! Nous ne sommes pas en Occident. Les choses sont différentes chez nous.

Cassie le dévisagea. Il ne plaisantait pas, tout ce qu'il disait était vrai. Il n'avait jamais eu d'amis et il avait vraiment vécu dans un complet isolement. Son cœur s'emplit soudain de pitié pour l'enfant qu'il avait été. Tout s'expliquait ! Voilà pourquoi il ne savait pas s'y prendre avec sa fille !

— Et c'est cette même éducation que vous voulez donner à Linah ? hasarda-t-elle d'une voix qu'elle voulait assurée. Vous voulez qu'elle reste cloîtrée dans le palais ? Vous voulez la punir chaque fois qu'elle fait quelque chose que, selon vous, elle ne devrait pas faire ? Chaque fois qu'elle montre un signe de faiblesse, comme vous le dites si bien ?

Il s'était détourné et elle n'était pas certaine qu'il ait entendu tout ce qu'elle venait de dire.

— Jamil, êtes-vous sûr de votre choix ? insista-t-elle en redoutant le pire. Etes-vous sûr de vouloir que votre fille devienne comme vous : une personne distante et dépourvue d'émotions, incapable d'aimer ses propres enfants ? Ce n'est pas juste envers elle, Jamil. C'est une princesse, mais c'est avant tout une petite fille.

Jamil ne bougea pas, le regard perdu au loin. Désespérée,

Cassie lui posa la main sur le bras dans le but de le faire réagir. Il se tourna vers elle avec un regard hostile et retira son bras. Il était vraiment en colère, mais il était trop tard pour faire marche arrière. Elle ne dit rien, se contentant de soutenir son regard.

— Vous avez dépassé les limites une fois de plus, lady Cassandra. Vous ne savez vraiment pas de quoi vous parlez ! Vous n'en avez même aucune idée !

Cassie tressaillit, mais ne baissa pas les yeux.

— Linah…, commença-t-elle.

— Linah, l'interrompit-il, ne traversera pas les mêmes épreuves que moi. Il en est hors de question ! C'est une fille et personne ne lui demande d'être infaillible, à elle. Mais elle fait partie de la famille royale et son comportement doit être irréprochable. Elle doit apprendre à se maîtriser. Me suis-je bien fait comprendre, lady Cassandra ?

— Oui, soupira Cassie. Mais sachez qu'elle apprendra plus facilement à le faire si elle fréquente d'autres enfants. Les petites filles peuvent se montrer sans pitié entre elles, bien plus que les garçons. Si Linah traite ses camarades de la même façon qu'elle traite son entourage adulte, elle se rendra très vite compte que ça ne la mène nulle part. Personne ne l'appréciera et elle finira par se retrouver seule. Elle en tirera des leçons.

Jamil ne dit rien. Cassie songea qu'elle devait en profiter : c'était le moment ou jamais de dire tout ce qu'elle pensait.

— En tant que princesse, Linah doit non seulement apprendre la discipline, mais elle doit devenir gentille aussi. Vos sujets apprécieront et respecteront davantage une princesse qui prend le temps de s'intéresser à eux et de les écouter.

— Je ne sais pas. Les coutumes sont différentes ici, une fois de plus.

— Vous n'arrêtez pas de dire ça. Une tradition reste une tradition tant que quelqu'un ne décide pas d'y mettre un terme. En tant que prince, vous avez le pouvoir de le faire ; vous avez le pouvoir d'instaurer une nouvelle tradition.

Ces paroles laissèrent son interlocuteur songeur.

— Mon Conseil..., commença-t-il.

— Vous avez dit vous-même que votre Conseil doit se rendre compte que nous ne sommes plus au Moyen Age. Enfin, c'est ce que j'ai cru comprendre...

— On voit bien que vous êtes la fille de lord Armstrong, comme votre sœur, fit-il remarquer, un sourire aux lèvres.

— Je prends ça comme un compliment. Et un compliment venant de vous n'est pas à prendre à la légère ! précisa-t-elle en souriant à son tour. J'en suis très flattée ! Mais pour en revenir à Linah, promettez-moi de réfléchir à ce que je viens de vous dire. S'il vous plaît, pour le bien de votre fille. Vous savez que...

— Ce que je sais, Cassie, c'est qu'un fin stratège sait quand il faut battre en retraite. J'ai bien pris en compte tout ce que vous venez de me dire et je vous promets d'y réfléchir. A votre place, je conserverais cet avantage précieux.

Cassie ouvrit la bouche pour répliquer, puis comprit que Jamil n'avait pas tort et choisit de se taire. Elle voulait encore aborder la question des visites qu'il pourrait rendre à sa fille, mais ce serait pour une autre fois. Elle serra les lèvres et hocha la tête, fière d'avoir résisté à la tentation.

Jamil prit quelques secondes pour l'admirer en s'efforçant de ne pas rire.

— Je vois que cela vous demande beaucoup d'efforts, constata-t-il.

Il avait oublié à quel point Cassie pouvait être attachante. Elle avait le don d'éveiller en lui le meilleur comme le pire en l'espace de quelques instants. Personne n'avait jamais pu s'en vanter jusque-là. Mais il était fatigué, il n'avait pas toutes ses idées en place. Il s'était absenté plus longtemps que prévu. Grâce à lui, le royaume était désormais une puissance incontournable de la péninsule. Et même s'il en était fier, il éprouvait toujours cette impression de vide en revenant de voyage. Comme Cassie, Halim avait été horrifié devant sa blessure. Mais si Cassie avait vu en lui un homme blessé, Halim, lui, avait vu un prince blessé. Pire, il avait dû voir un prince *vulnérable*. Cassie était la seule personne qui ne se souciait pas du prince, mais de l'homme qu'il était. Oui, elle s'était inquiétée pour *lui*.

— Avez-vous tout ce dont vous avez besoin ? demanda-t-il en se levant.

— Oui, merci. La salle de classe est très bien équipée.

— Non, je parlais de vous.

Il lui prit la main pour l'aider à se mettre debout à son tour, mais ne put se résoudre à la lâcher quand ce fut fait. Il la serra alors contre lui et l'observa avec attention.

— Vous avez l'air fatigué, dit-il. On dirait que vous avez pleuré.

— Pleuré ? Non, je… Enfin, ce n'est rien…

— Pourquoi ne m'avez-vous rien dit ? Je vous préviens que si vous essayez de protéger Linah je…

— Non ! Linah n'a rien à voir avec ça ! C'est une baisse de moral, rien de plus.

— Etes-vous malheureuse ici ?

— Non, bien sûr que non. C'est… c'est le fait d'être

enfermée toute la journée, c'est un peu pesant parfois, c'est tout, assura Cassie avec un sourire d'excuse.

— Mais bien sûr, j'aurais dû y penser avant ! Il est vrai que vous êtes habituée à jouir de plus de liberté. Que diriez-vous de monter pour vous changer les idées ?

— Monter… ?

Jamil éclata de rire en voyant son expression horrifiée.

— Je voulais dire monter à cheval.

Cassie se mit à rire. C'était la première fois qu'elle voyait Jamil aussi détendu. En plus, il venait de lui proposer de monter à cheval et c'était exactement ce dont elle avait besoin ! Quoi de mieux pour se changer les idées ? Et puis, ça ferait sans doute du bien à Linah aussi.

— Quelle bonne idée ! Est-ce que Linah sait monter à cheval ?

— Les femmes ne montent pas à cheval, ni à chameau d'ailleurs, sans être accompagnées par un homme.

— Vous êtes le prince, ne pouvez-vous donc rien faire pour changer cela ?

— Lady Cassandra, vous allez finir par perdre un avantage durement acquis.

Le sourire avait disparu du visage de Jamil et Cassie sentit son cœur se serrer.

— Je vous prie de m'excuser, Votre Altesse. Je ne voudrais pas vous mettre dans une situation embarrassante. Et je ne veux surtout pas…

— Comme vous l'avez si bien dit, l'interrompit-il, je suis le prince. Vous pourrez monter à cheval avec Linah, mais à une condition : vous serez accompagnées par une escorte.

— Je suis tout à fait capable de m'occuper de Linah sans escorte.

— Je n'en doute pas. Cependant, sachez qu'il y aura

des personnes qui seront outrées par la liberté dont vous jouissez. Pour votre sécurité, promettez-moi donc de ne jamais sortir sans escorte.

— D'accord, très bien. Mais…

Voyant le regard perplexe de Jamil, Cassie n'alla pas plus loin.

— Je vous le promets, finit-elle par acquiescer.

— Parfait. Vous pouvez commencer dès demain matin. Et c'est moi qui vous accompagnerai.

— Vous ? Quand vous parliez d'escorte, j'imaginais un garde ou un palefrenier.

— Je préfère m'assurer que vous ne courez aucun risque auparavant.

Le prince Jamil allait les accompagner ! Cette pensée arracha un frisson d'excitation à Cassie. Elle était ravie, surtout pour Linah. Oui, pour Linah, bien évidemment.

— Merci, Jamil, merci de tout cœur. Linah sera tellement heureuse en apprenant cela !

Elle baissa les yeux. Pourquoi se sentait-elle rougir ? Il se tenait à quelques pas et il lui semblait que la puissance qu'il dégageait l'enveloppait tout entière. Elle eut alors l'impression de fondre sous son regard. Elle devait lui souhaiter bonne nuit et rejoindre sa chambre, à présent. Oui, faire une révérence et se retirer. Parce que sinon…

— Bonne nuit, lady Cassandra, dit Jamil, la tirant de sa rêverie.

Sans un mot, elle le regarda traverser la cour et disparaître derrière la grande porte. Que venait-il de se passer ? Elle était de nouveau seule, assaillie par des pensées contradictoires.

Linah fut plus que ravie en apprenant la nouvelle que Cassie vint lui annoncer dans sa chambre le lendemain matin. Elle bondit hors du lit pour se préparer le plus vite possible. Sous le coup de l'émotion, elle eut du mal à terminer son petit déjeuner. Après avoir avalé un dernier morceau d'ananas, elle retourna en hâte dans sa chambre. Cassie était en train de lui choisir une tenue appropriée pour la promenade et elle ne la lâcha pas d'une semelle, même lorsque sa gouvernante partit se préparer à son tour. Pressée de prendre la route, elle s'intéressa malgré tout aux vêtements étranges que comptait enfiler Cassie, ainsi qu'à ses bottes peu communes.

Lorsqu'elles retrouvèrent Jamil, Cassie fut agréablement surprise par le comportement de Linah en présence de son père. La petite fille était une tout autre personne face à lui, polie, voire apeurée. Jamil lui avait choisi un poney assez vif et Linah créa tout de suite un lien avec l'animal.

Cassie sourit en la voyant très à l'aise sur le dos du poney. Elle ne s'était pas trompée : cette enfant avait un don avec les animaux.

Pour elle-même, Jamil avait choisi une magnifique jument pur-sang arabe de couleur grise. Peu docile, l'animal n'apprécia guère d'être monté. Cassie eut à peine le temps de s'installer en selle que la jument se cabra plusieurs fois pour la désarçonner, mais elle tint bon. La bête tenta ensuite quelques soubresauts, ce qui ne dérangea en rien Cassie, bien au contraire. Elle attendit que l'animal s'apaise pour tirer sur les rênes. Elle lui chuchota ensuite quelques mots à l'oreille et la jument se calma comme par magie.

Jamil la regarda faire sans un mot. Il était impressionné par son habileté de cavalière, même s'il ne l'admettrait jamais. Et puis, il n'aurait pas choisi cette jument pour elle s'il ne la croyait pas capable de la monter. Cependant, elle dégageait une telle grâce lorsqu'elle était en selle ; cette façon de calmer la bête, il n'y avait rien à y redire. Cassie était sûrement une cavalière hors pair !

— Tu as vu ça, papa ? Elle est forte, hein ? s'exclama Linah, qui était restée à côté de lui pendant tout ce temps.

Jamil la regarda, interloqué.

Papa ? Elle ne l'avait pas appelé ainsi depuis très longtemps ! Lui-même n'avait jamais appelé son père comme ça, d'ailleurs, tout comme il ne l'avait jamais tutoyé. « Je ne suis pas juste votre père, Jamil : je suis avant tout le père de tout un peuple », lui disait-il.

— Je dirais plutôt « prétentieuse », répondit-il.

Son cœur se serra un instant lorsqu'il croisa le regard triste de sa fille. Il faisait tout cela pour son bien, elle finirait bien par le comprendre un jour !

— Allons-y ! lança-t-il en amorçant un demi-tour avec sa monture pour les emmener jusqu'à l'enclos de sable entouré des cyprès, à la sortie de la ville.

Une fois arrivés à destination, Jamil descendit de cheval et attacha l'animal à la barrière, tandis que Cassie et Linah entraient dans l'enclos.

Il s'adossa à la barrière et regarda sa fille écouter attentivement tout ce que lui disait la gouvernante sur le pas et le trot. Son cœur se serra de nouveau en voyant que Linah se retournait vers lui chaque fois qu'elle commettait une faute. Avait-elle peur d'être punie ?

Il attendit le moment opportun pour s'éloigner. Il alla se poster derrière un arbre sans quitter Linah du regard. Hésitante au début, la fillette avait vite vaincu sa peur et semblait désormais plus à l'aise avec son poney. Cassie paraissait toujours trouver les mots justes pour l'encourager et la faire avancer. Bientôt, elle serait sans doute capable de faire le tour de l'enclos au trot.

— Ne trouvez-vous pas qu'elle a été parfaite ? lui demanda Cassie en le rejoignant avec Linah, à la fin de la leçon.

— Disons qu'elle s'est bien débrouillée, rétorqua-t-il sans conviction.

Il crut lire une déception immense sur le visage de sa fille. Cassie, quant à elle, le gratifia d'un regard noir. Un sentiment de culpabilité l'envahit de nouveau.

C'est pour ton bien que je fais ça, Linah...

— Remercie ton père d'avoir pris le temps de venir avec nous, dit Cassie en se tournant vers la fillette. Nous ne voudrions pas qu'il pense que sa présence nous a gênées.

— Oh non, bien sûr que non, papa ! Est-ce qu'on pourra recommencer demain aussi ?

— Tout dépend du travail qui m'attend. Pour le moment, tu dois déjà apprendre à t'occuper de ton poney si tu veux devenir une bonne cavalière. Fakir va te montrer comment le nettoyer, déclara-t-il en faisant signe au palefrenier.

Cassie regarda l'enfant regagner les écuries avec Fakir. Linah avait fait des progrès impressionnant, en une seule séance et elle en était très fière. Elle voulut descendre de cheval pour la rejoindre et l'aider, mais Jamil l'en empêcha.

— Allons galoper dans le désert avant que le soleil n'atteigne le zénith, proposa-t-il en remontant sur son étalon.

Surprise et ravie, Cassie lui emboîta le pas sans mot dire. Elle attendait d'être assez loin de la ville pour pouvoir enfin lancer la jument au galop. Près de Jamil, monté sur son puissant étalon noir, elle se sentait pousser des ailes.

*
* *

Les trois jours qui suivirent, Jamil accompagna sa fille et Cassie à l'enclos. Après chaque cours, il lui proposait d'aller galoper ensemble dans le désert. Cassie veilla à ne rien laisser paraître de sa surprise ni du plaisir qu'elle prenait à ces promenades.

Jamil était une tout autre personne en dehors du palais. Il se montrait moins distant et bien plus à l'aise. Cassie adorait galoper dans le désert, où le paysage était plus revigorant que la campagne anglaise. Et surtout, elle n'était pas seule, il y avait Jamil… Comme elle, il était amoureux de la nature. Il lui avait montré un grand nombre de plantes et d'animaux plus rares les uns que les autres. Elle ne pouvait se lasser de l'écouter évoquer les secrets que cachait le désert. Oui, elle avait découvert une autre personne et imaginait mal devoir se passer de sa compagnie.

Jamil se surprenait lui-même : pourquoi avait-il pris cette habitude de retourner chaque jour à l'enclos ? Il constatait que Linah progressait rapidement, mais surtout il avait l'occasion, après chaque cours, de faire découvrir une nouvelle partie du désert à lady Cassandra.

Il ne voyait pas le temps passer lorsqu'il était seul avec elle, au point d'en oublier ses devoirs de prince. Plusieurs fois, il était rentré au palais pour trouver un Halim mortifié en compagnie d'un marchand ou d'un haut dignitaire.

Halim ne voyait pas tous ces changements d'un bon œil, mais bien sûr il ne se permettait jamais de lui faire la moindre remarque.

Le prince passait bien trop de temps en compagnie de

la gouvernante anglaise et il était donc moins concentré sur les choses importantes. Il avait certes l'air plus détendu, mais cela n'était pas une raison pour négliger ses obligations. En plus, les gens commençaient à jaser et à se poser des questions. Bref, Halim n'avait qu'une hâte : officialiser les fiançailles du prince avec la princesse Adira. Il avait déjà pris en charge les préparatifs pour la cérémonie. Ainsi, mis devant le fait accompli, le prince n'aurait plus d'excuse. Il se marierait et tout redeviendrait comme avant ; avant l'arrivée de cette maudite gouvernante…

Chapitre 5

Plus les jours passaient, plus la tristesse qui s'était emparée de Cassie laissait place à la joie.

Il faisait encore très chaud cet après-midi et, comme à son habitude, la jeune femme s'était installée à l'ombre du citronnier de la cour de Shéhérazade, afin de préparer un modèle de broderie pour Linah.

La petite fille avait bien changé depuis son arrivée. Elle se montrait moins désagréable et s'était découvert une passion pour les chevaux. Elle insistait pour monter son poney tous les jours. Outre son intelligence manifeste, elle se révélait de plus en plus drôle et attachante. En revanche, elle avait encore du mal à parler de ses sentiments. Une fois seulement, Cassie avait pu lui faire un câlin à la suite d'un cauchemar qu'avait fait la fillette et, un jour, Linah lui avait pris spontanément la main en rentrant des écuries. Bien sûr, il lui arrivait encore de bouder ; mais un enfant reste un enfant, après tout !

Cassie posa la broderie sur ses genoux et promena un long regard autour d'elle.

Avait-elle changé, elle aussi ? Son visage était radieux, légèrement hâlé par le soleil, avec des joues roses et ses yeux qui, dans la glace, lui paraissaient plus brillants que d'habitude. Jamais ils n'avaient été aussi clairs. En fait, elle avait l'air… heureuse. Oui, heureuse et sereine.

Et elle avait de quoi l'être. Elle sentait qu'elle servait

à quelque chose ! Elle travaillait dans le bon sens ! Le comportement de Linah s'améliorait de jour en jour et Jamil semblait satisfait de son travail.

Jamil… Elle commençait à mieux le connaître et, même si elle avait encore du mal à bien le comprendre, elle savait qu'elle pouvait compter sur lui. En lui, elle avait trouvé une chose qui lui manquait cruellement en Angleterre : un véritable ami.

Elle sourit à cette pensée. Jamil ne serait sûrement pas d'accord avec elle. « Je n'ai pas d'amis et je n'en ai pas besoin », lui avait-il affirmé un jour.

Son sourire s'élargit. Il ne le reconnaîtrait sans doute jamais, mais bien sûr qu'ils étaient amis ! Que pouvaient-ils être d'autre, sinon ? Il y avait entre eux ce lien qu'elle ne comprenait pas tout à fait, mais qu'elle appréciait infiniment. La façon dont ils discutaient de tout et de rien, les rires qu'ils partageaient. Parfois, ils n'avaient même pas besoin de parler pour se comprendre.

— Amis, dit-elle à haute voix, juste pour entendre ce mot sortir de sa bouche.

Pourquoi éprouvait-elle cette sensation étrange, tout d'un coup ?

— Amis ! répéta-t-elle avec plus de conviction.

Oui, ils étaient amis, ils ne pouvaient être rien d'autre, de toute façon. D'ailleurs, elle ne souhaitait rien de plus. Lui non plus…

Quoique…

Plusieurs fois, pendant leurs balades dans le désert, elle avait trouvé que Jamil la regardait d'une façon étrange. C'était un regard… Un regard passionné. Comme s'il la déshabillait des yeux, comme s'il se remémorait leur rencontre dans la tente, comme s'il essayait d'oublier cette même rencontre…

Elle aussi devait le regarder de la même manière, parfois. Souvent même. Chaque fois que leurs mains se frôlaient par hasard, un agréable frisson la parcourait. Sa raison lui disait de se méfier, mais son cœur ne partageait pas du tout cet avis ; cela lui rappelait la nuit où ils s'étaient embrassés. Cette nuit où les lèvres de Jamil s'étaient posées sur les siennes. Cette nuit où il l'avait serrée dans ses bras…

Cassie secoua la tête afin de remettre de l'ordre dans ses idées.

Oui, Jamil et elle s'entendaient bien, mais elle ne pouvait pas en dire autant de Jamil et sa fille. Il ne fallait pas chercher bien loin pour comprendre les réticences de Linah à manifester ses sentiments. Le comportement de son père avait certes changé en bien, mais il ne se livrait pas pour autant à des démonstrations d'affection. Pire encore, il s'adressait à Linah comme à une adulte. C'était un perfectionniste et il semblait oublier qu'elle n'avait que huit ans. Cassie ne l'avait encore jamais entendu faire un compliment à sa fille. Comment pouvait-il ne pas voir, ne pas comprendre à quel point Linah l'adorait ? Ne pas s'apercevoir qu'un seul compliment de sa part suffirait à rendre la fillette heureuse comme jamais ? L'enfance de Jamil n'avait pas dû être facile, certes, mais ce n'était pas une raison pour reproduire les mêmes erreurs avec sa propre fille !

Elle se leva et posa la broderie sur le rebord de la fontaine. Tout était calme, les habitants du palais s'étant pour la plupart réfugiés dans la fraîcheur de leur chambre.

Elle fit quelques pas dans la cour, cherchant de quoi s'occuper. Que pouvait-on faire par une telle chaleur ? Mais oui, bien sûr ! Linah lui avait parlé de jardins laissés à l'abandon, à l'autre extrémité du palais. Elle pourrait aller y jeter un coup d'œil !

Sans hésiter, elle se dirigea vers la grande porte donnant sur le couloir. Elle salua les gardes d'un signe de tête et partit à la recherche de ces jardins, qui avaient soudain fait resurgir en elle son côté romantique et aventurier.

Jamil n'arrivait pas à se concentrer sur le document qu'il tenait à la main. Il devait prendre une décision de toute urgence concernant les propositions commerciales qui lui étaient faites. Il y en avait quelques-unes qui paraissaient intéressantes. On lui proposait de vendre les diamants du royaume sur le marché néerlandais, qui était en pleine expansion, ou encore d'importer un nouveau matériel de filature mis au point dans des fabriques de coton anglaises.

Il posa le papier et promena le regard sur les contrats de transport maritime et les calculs d'intérêts et de profits éparpillés sur son bureau. Tout était en ordre. Comme toujours, les conclusions étaient plus que satisfaisantes pour le royaume.

Ses épaules lui faisaient un peu mal et il les tira en arrière pour détendre ses muscles fatigués. Ce matin encore, il avait accompagné Linah et Cassie en promenade à cheval jusqu'à une oasis, non loin de la ville. C'était la première fois que Linah tenait les rênes de son poney toute seule. Elle avait fait d'immenses progrès en peu de temps. Sa posture s'était détendue et elle était parvenue à soulager la tension des rênes pour mieux guider l'animal. Il était très fier d'elle, mais il ne le lui avait pas dit pour autant. D'ailleurs, Cassie lui en voulait terriblement pour cela, il le savait ; il avait pu lire la déception sur son visage une fois de plus.

— Maudite soit cette femme, marmonna-t-il dans sa barbe.

Il n'allait tout de même pas laisser cette étrangère lui dicter sa conduite ! Sa position de prince lui interdisait de montrer ses sentiments à qui que ce soit, il l'avait d'ailleurs appris à ses dépens. Les sentiments étaient synonymes de faiblesse et il se devait de le faire comprendre à Linah, pour son bien.

Mais pourquoi avait-il, malgré tout, tant de mal à cacher cette faiblesse ? Cette faiblesse que son père avait méprisée plus que tout ? Tout était bien plus simple lorsqu'il était loin de Linah. Maintenant qu'il la voyait presque tous les jours, il commençait à s'attacher à elle. Et c'était en partie à cause de Cassie. Oui, c'était cette dernière qui avait percé la carapace qu'il avait pris soin d'ériger autour de lui. A croire qu'elle voulait à tout prix la faire éclater pour le forcer à dévoiler ses sentiments, ses *faiblesses*. D'un côté, il ne voulait pas, il ne *pouvait* pas la laisser faire, mais de l'autre… de l'autre côté, il souhaitait qu'elle parvienne un jour à ses fins.

Jamil se leva en soupirant et se dirigea vers la cour principale. Il faisait si chaud que même Halim, qui semblait très occupé ces derniers jours, avait dû se retirer pour l'après-midi.

Il se promena dans les couloirs du palais et s'aperçut soudain qu'il était parvenu devant la salle de classe, sans même s'en rendre compte. L'un des gardes l'informa que Cassie était sortie une demi-heure plus tôt. Où avait-elle bien pu aller ? se demanda-t-il. Ça ne lui ressemblait pas de disparaître comme ça…

Vaguement inquiet, il se lança à sa recherche. Tous les gardes qu'il croisa avaient vu Cassie, de sorte qu'il put suivre sans peine son itinéraire : il ne tarda pas à comprendre qu'elle s'était aventurée dans l'aile est du palais.

Il s'arrêta devant une grande porte en chêne massif, les sourcils froncés. La grille devant la porte était fermée. Cassie n'avait aucune raison, aucun droit d'entrer là, et pourtant elle ne pouvait être ailleurs.

Jamil n'avait jamais posté aucun garde devant cette porte et personne, *personne* n'avait pénétré là depuis des années. Depuis huit ans, en fait. Huit ans, six mois et trois jours, plus précisément. Bref, depuis la mort de son père.

Un frisson le parcourut. Non, Cassie n'avait aucune raison d'entrer là, et pourtant il savait qu'elle l'avait fait. Lui-même n'avait pas envie d'ouvrir cette porte, qu'il avait mis tant de temps à fermer pour oublier tout ce qui s'était passé derrière elle. Non, il ne voulait pas entrer, mais il ne pouvait pas non plus savoir Cassie de l'autre côté et ne rien faire.

Il prit une profonde inspiration et tourna la poignée en essayant d'ignorer les pulsations de ses veines. Il franchit le seuil et avança vers son passé.

Cassie avait mis du temps à trouver l'endroit. Mais maintenant qu'elle y était enfin, elle allait pouvoir visiter ces fameux jardins dont lui avait parlé Linah.

Elle tourna la clé, qui, étrangement, était restée dans la serrure, et se glissa dans l'entrebâillement avant de refermer la porte. Une sensation de malaise l'envahit aussitôt. Elle traversa une antichambre sinistre, puis se retrouva dans une vaste cour circulaire, au centre de laquelle trônait une fontaine en marbre fissurée qui représentait un lionceau, sans doute. Les mosaïques du sol étaient recouvertes de feuilles mortes et le parfum de citronniers et d'arbres qui ressemblaient à des clématites se repandait dans toute la cour. Il était évident que ces arbres n'avaient pas été élagués depuis longtemps ; des branches avaient même envahi la terrasse du premier étage.

Cassie traversa la cour. Les feuilles mortes craquaient sous ses pas. Le motif, au centre de la fontaine asséchée, n'était pas un lionceau, mais un bébé panthère.

Une fois, Jamil lui avait décrit avec dédain la fontaine qui trônait dans sa cour privée. Elle avait aussi pour motif une panthère, ce qui voulait dire que… que c'était dans cette aile qu'avait grandi le prince ! Voilà pourquoi tout était laissé à l'abandon ! Jamil ne s'était pas contenté de chercher à oublier son enfance. Il avait rejeté la majeure partie de son passé.

Cassie frissonna. Maintenant qu'elle savait où elle se trouvait, il lui semblait éprouver la tristesse qui flottait dans l'air. Elle se dirigea vers une grande porte, au fond de la cour, et jeta un œil à travers une grille en fer. De l'autre côté, il y avait un jardin secret, mais qui ne ressemblait pas du tout à ce qu'elle avait imaginé. L'herbe était sèche et les arbres nus depuis bien longtemps. Leurs écorces recouvraient une grande partie du sol, accentuant encore la froideur du lieu.

Elle n'avait rien à faire ici. Cet endroit renfermait trop de souvenirs intimes et douloureux. Jamil serait sans doute fou de rage s'il venait à découvrir qu'elle était venue là. Elle comprenait enfin pourquoi il refusait de se rapprocher de sa fille. Si seulement elle pouvait faire quelque chose pour lui, pour eux…

Elle fit demi-tour et pénétra dans les appartements qui longeaient une moitié de la cour. Elle traversa les pièces une à une, d'un pas lent. Le temps s'était arrêté à l'intérieur aussi. Tout était recouvert de poussière. Le satin et le velours des divans et des rideaux avaient terni. Dans la salle de bains, la moitié des carreaux en miroir s'étaient décollés et la grande baignoire en marbre était sale et fissurée. Dans le salon, un samovar muni d'une poignée en forme de serpent se trouvait par terre, au milieu de la pièce, et il y avait un cahier ouvert à côté.

Cassie se baissa pour le ramasser et souffla dessus afin d'enlever la poussière, puis tourna quelques pages. Il y avait une multitude d'inscriptions en arabe qui semblaient tracées par un enfant. Elle posa le cahier sur une table, puis entra dans la dernière pièce. Un lit à baldaquin trônait en son centre, mais le drapé était tombé par terre. Elle fit quelques pas vers un coffre, en face du lit. Une ravissante cravache était accrochée sur le mur, juste au-dessus. La poignée était en argent incrusté d'émeraudes. Pourquoi Jamil avait-il laissé une pièce aussi magnifique dans cette pièce abandonnée ? Cassie la saisit.

— Que diable faites-vous ici ? Posez ça immédiatement !

Cassie sursauta et se retourna, laissant tomber la cravache. Jamil s'approcha et, d'un coup de pied, envoya l'objet sous le coffre. Il avait les lèvres pincées en une ligne fine et le visage fermé.

— Alors ? Répondez-moi !

— Je… je… J'ai entendu parler de… d'un jardin abandonné et je… j'ai eu envie de le voir…, balbutia-t-elle, effrayée.

— Eh bien, ça y est, vous l'avez vu, vous pouvez partir, maintenant.

La fureur enflammait ses yeux et sa voix était menaçante et dure. Cassie prit peur. Non pas pour elle, mais pour l'intensité de la douleur qu'il tentait de masquer par sa colère.

— Jamil…

— Vous n'auriez pas dû venir ici, asséna-t-il.

— Vous avez grandi ici, n'est-ce pas ? demanda-t-elle d'une voix douce.

— Oui. Ce sont les appartements du prince héritier. J'y ai grandi, tout comme mon père et mon grand-père avant moi.

— Et vous avez donc décidé d'en finir avec cette tradition ?

— Pardon ?

— L'état des lieux me laisse penser que vous n'avez pas l'intention de voir votre futur fils grandir ici un jour.

— Si… Quand j'aurai un fils, il sera… il aura…

Il s'interrompit brutalement, réfléchit un instant, puis secoua la tête.

— Enfin, non, reprit-il. Je vous l'accorde, c'est une tradition qui n'a plus lieu d'être.

— Tant mieux. Je dois avouer que cet endroit me donne la chair de poule.

Cassie s'approcha pour venir lui poser une main sur le bras.

— Il n'y avait pas de place pour le bonheur, ici. La discipline, l'honneur et le courage étaient les maîtres mots. Rien d'autre.

— L'infaillibilité, murmura-t-elle.

Jamil se passa une main tremblante dans les cheveux.

— Oui. Ma devise, mon destin. C'est ici que j'ai tout appris de la vie. Ce n'était pas facile, mais c'est une chose que je ne pourrai jamais oublier.

Il se laissa tomber sur le coffre et enfouit la tête entre ses mains.

Cassie le regarda sans mot dire. Il avait toujours l'air si fort qu'elle avait acquis l'impression que rien ne pouvait l'atteindre. Or, en le voyant ainsi, elle n'avait qu'une envie : le consoler.

Elle s'agenouilla à ses pieds et lui caressa les cheveux d'une main hésitante. Voyant qu'il ne réagissait pas, elle le prit par les épaules, sentant les muscles saillants sous ses doigts. Jamil ne bougeait toujours pas, gardant la tête enfouie dans ses mains.

Sans réfléchir, Cassie le prit alors dans ses bras. Une sensation étrange l'envahit à son contact, qu'elle chassa aussitôt. Elle voulait atténuer la douleur, palpable, de Jamil. Cette douleur qui semblait le ronger depuis bien trop longtemps. Elle le serra contre elle en lui chuchotant des mots rassurants à l'oreille et en lui déposant de chastes baisers sur le front.

Petit à petit, elle sentit Jamil se détendre au creux de ses bras. Il avait posé la tête sur sa poitrine et cette étreinte suscita en elle un désir soudain et inexplicable. Une chaleur enivrante commença à se répandre dans tout son corps et elle sentit les pointes de ses seins durcir.

Un mouvement de Jamil la rappela tout à coup à la réalité. Elle s'écarta, puis se redressa. Elle sentait qu'elle avait les joues rouge pivoine et elle tourna la tête en secouant sa jupe pour chasser la poussière. Jamil se leva.

— Je vous dois des excuses, murmura-t-il.

— Mais non, voyons…

— C'était un moment de faiblesse. Faisons comme s'il ne s'était rien passé.

Cassie se mordit la lèvre. Devait-elle lui dire ce qu'elle pensait de cette manière de voir les choses ?

— Jamil, reconnaître que vous avez eu une enfance malheureuse n'est pas un aveu de faiblesse, bien au contraire.

Il la dévisagea d'un regard dur.

— Que voulez-vous dire ?

— J'ai l'impression, je ne sais pas pourquoi, que des choses affreuses se sont déroulées ici. Votre silence, ainsi que votre refus de regarder les choses en face, ne vont rien changer à ce qui s'est passé.

Il fit mine de tourner les talons et elle le retint par la manche.

— Vous exagérez, comme d'habitude, souffla-t-il.

— Non, je n'exagère pas ! Ecoutez-moi, s'il vous plaît.

Elle le regarda droit dans les yeux, mais quelque chose avait changé ; Jamil s'était de nouveau forgé la carapace qu'elle avait réussi à percer quelques instants plus tôt. Il haussait les sourcils et il ne s'attendait visiblement pas à ce qu'elle le retienne. C'était le moment ou jamais pour tenter de lui faire entendre raison.

— Je sais que vous aimez Linah et je sais aussi que vous êtes fier d'elle. Mais pourquoi ne pouvez-vous pas le lui dire ?

— Parce que montrer ses sentiments à un ennemi équivaut à lui tendre les clés du royaume. Mon père m'a appris cette leçon dans cette chambre, à l'aide de ceci, s'exclama-t-il en se baissant.

Il récupéra la cravache sous le coffre et la brandit vers Cassie.

— Mon Dieu, il vous battait ! Et moi qui pensais que c'était un objet de cérémonial.

Jamil éclata d'un rire qui la fit tressaillir.

— En effet, vous avez raison. C'était l'objet phare de la cérémonie préférée de mon père : celle où il me battait.

— Mais pourquoi ?

— Pour m'apprendre à maîtriser la douleur ; pour me montrer comment mettre mes émotions de côté ; pour faire de moi ce dont a besoin le royaume de Daar-el-Abbah : un meneur d'hommes infaillible qui ne doit compter que sur lui-même.

— Mais personne n'est infaillible ! s'exclama Cassie, incrédule. Personne ! Vous n'êtes pas un dieu, vous êtes un homme, *un homme* ! Et vous resterez toujours un homme, malgré tout ce que vous a enseigné votre père ou ce que votre peuple pense de vous. Et puis, tout le monde a besoin de quelqu'un ! Tout cela est ridicule, Jamil. Vous êtes un homme avant tout et vous avez des sentiments, que cela vous plaise ou non !

C'était donc ça ! Jamil cachait ses sentiments depuis toujours. Mais comment son père avait-il pu l'élever ainsi ? Il devait être lui-même un homme sans cœur, et sans pitié.

— Et votre mère ? N'avait-elle pas son mot à dire dans tout cela ?

— Je n'ai plus eu le droit de la voir dès l'instant où l'on m'a installé ici, sauf pour les grandes occasions.

— Et c'est pour cela que vous dites que vous l'avez perdue quand vous étiez encore très jeune ?

Jamil acquiesça.

— Vous aviez quel âge ?

— Cinq ans.

— Cinq ans ! répéta Cassie, bouche bée. Mais c'est terrible !

Jamil poussa un soupir.

— Les traditions étrangères nous paraissent souvent incompréhensibles comparées aux nôtres. Mais il ne faut pas oublier que nous sommes une civilisation bien plus ancienne que la vôtre.

Il pouvait lire la condamnation et l'horreur sur le visage féminin et cela le mettait au supplice. Il avait toujours pensé qu'en fermant cette aile à jamais il oublierait ce qui s'y était passé. Mais parfois, au beau milieu de la nuit, ou lorsqu'il se sentait trop seul, ces souvenirs douloureux venaient lui empoisonner l'esprit. Et chaque fois il essayait de faire ce que lui avait appris son père : les effacer de sa mémoire.

Cependant, la réaction de Cassie lui faisait voir les choses sous un autre jour, à présent. Il se sentait déboussolé. Tout ce qu'il avait appris dans cette pièce avait fait de lui l'homme qu'il était aujourd'hui. Et jamais encore, il n'avait remis en question cette éducation. Et si…

— C'est comme ça, affirma-t-il en secouant la tête.

Sa propre voix lui parut tendue. Etait-il en train de se justifier ? Cassie avait-elle raison ? Se pouvait-il qu'elle ait raison ?

— Vous pensez que ces traditions ont fait de vous un prince sans failles, mais vous vous trompez complètement ! Elles vous ont juste rendu froid et insensible. Et je persiste à croire que, quelque part au fond de vous, vous le savez très bien.

— Vous ne savez pas…

— Vous avez dit vous-même que jamais vous ne feriez subir la même chose à votre fils. Et vous voulez aussi que les choses soient différentes pour Linah. Il est clair que vous voulez offrir une vie meilleure à vos enfants, vous êtes même prêt à vous mettre le Conseil à dos pour cela. Seulement, avant de le faire, vous devez commencer par vous remettre en question, *vous*.

La gorge de Jamil se serra devant les beaux yeux bleus embués de larmes.

— Jamil, votre père avait tort. Aimer n'est pas une faiblesse, mais une force. Vivre seul, c'est vivre dans le mensonge, tout simplement. Nous avons tous besoin de quelqu'un, besoin d'aimer et de nous sentir aimés aussi.

— L'amour pour votre poète vous a-t-il rendue plus forte ? interrogea-t-il d'un ton amer.

Cassie le dévisagea un moment, interloquée par cette brutalité. Elle avait dû toucher une corde sensible pour qu'il lui pose une telle question.

— Je n'ai jamais aimé Augustus, affirma-t-elle.

Non, elle ne l'avait jamais vraiment aimé. Elle n'était pas tombée amoureuse de lui, mais de la notion de l'amour avec un grand A.

— Dans ce cas, pourquoi vous êtes-vous sentie humiliée après ce qui s'est passé avec lui ? C'est ce que vous m'avez dit l'autre jour…

Oui, elle avait touché une corde sensible. Pourquoi réagirait-il de la sorte, dans le cas contraire ? Elle ne pouvait lui en vouloir ; ce lieu avait fait resurgir des souvenirs douloureux, et sa réaction était même normale. Et puis, il n'avait pas tort en lui posant ces questions, sauf qu'il les posait au mauvais moment et pour de mauvaises raisons. Elle joignit les mains et prit une profonde inspiration.

— Oui, en effet, je me suis sentie humiliée, mais pas d'avoir aimé. Je me suis sentie humiliée de m'être trompée. J'ai eu honte de ma stupidité.

Elle riva son regard dans les prunelles de Jamil. Son cœur était empli de pitié pour le petit garçon qui avait tant souffert dans cette pièce, et pour l'homme dur qu'il avait fini par devenir. Comment lui faire comprendre une chose qu'il ne voulait même pas entendre ?

Mais si je n'y arrive pas maintenant, je n'y arriverai sans doute jamais.

— Vous passez à côté de tellement de belles choses en refusant de voir la vérité en face !

— J'ai tout ce dont j'ai besoin, merci, répliqua-t-il

froidement. Et je n'ai rien à me reprocher, je protège mon royaume et je me protège, moi.

— En refusant de vivre, de ressentir, d'aimer ? Interdisez-vous également tout ça à votre peuple ?

— L'amour, l'amour ! Pourquoi parlez-vous tout le temps de ça ? L'amour n'existe pas, sauf dans les poèmes pathétiques que vous vous entêtez à lire.

Cassie sentit une vague de colère monter en elle. Quel goujat ! Elle regarda la cravache qu'il serrait entre ses mains. Diable, son père le battait avec une cravache ! Avec une *cravache*, comme un animal !

Dans un élan de révolte, elle la lui arracha des mains et la cassa en deux d'un coup de genou.

— Voilà ce que je pense des méthodes de votre père et de vos traditions stupides ! s'écria-t-elle en lui montrant les deux morceaux de la cravache, avant de les jeter dans le jardin. Ne laissez pas le passé gâcher votre vie ! Ce que vous a fait vivre votre père est cruel et impardonnable. Mais tout ça, c'est du passé maintenant, il est mort. Vous n'êtes plus un enfant. Vous avez une vie, une petite fille qui vous adore. Ne refoulez pas vos sentiments, écoutez votre cœur et vous verrez que vous serez bien plus heureux !

— Oui… Comme vous avec votre poète de pacotille ?

— Oh ! Arrêtez de tout ramener à Augustus ! Il me cause du tort même quand il est à des milliers de kilomètres, celui-là !

Il la regarda d'un air surpris qui incita Cassie à poursuivre.

— Quoi qu'il en soit, lorsque vous aimez quelqu'un, que vous l'aimez vraiment, vous le sentez là, dit-elle en posant la main sur sa poitrine. Et vous sentez comme… comme des petits papillons dans le ventre. Moi, je ne l'ai jamais ressenti, je l'admets, mais je sais que ça existe. Beaucoup de gens passent à côté de l'amour, de cet amour qui fait vivre, qui donne des ailes, qui…

— Qui n'existe pas.

— Il est rare, mais il existe, affirma-t-elle.

Nom d'un chien, comment avait-elle pu cesser d'y croire à un moment ? Augustus n'était pas le bon, mais elle croyait encore en l'amour ! Bien sûr qu'elle y croyait !

— Ma sœur Celia a trouvé cet amour. C'est la plus grande force que puisse détenir l'être humain. Et cela ne veut pas dire que vous dépendez de quelqu'un, mais que vous pouvez compter sur cette personne, dans les bons moments comme dans les mauvais.

— Je pourrais éventuellement vous croire si vous aviez un tant soit peu d'expérience en la matière, bougonna Jamil. Or, comme vous venez de l'admettre, ce n'est pas le cas.

Cassie réprima un cri de frustration.

— Vous n'avez pas besoin de voir, de vivre ou de ressentir quelque chose pour pouvoir dire que ça existe ! Ça ne marche pas comme ça ! Il y a des choses que l'on sent, que l'on sent *ici*, s'exclama-t-elle en pressant de nouveau la main sur son cœur.

Jamil garda le silence. Il semblait stupéfait. Elle sentit qu'elle avait les joues rouges et la respiration haletante. Elle s'était enflammée, une fois de plus. Il allait se moquer d'elle ! Suivant le regard de son interlocuteur, elle remonta à la hâte la bretelle de sa robe, qui avait glissé sur son épaule. Alors, sans prévenir, il l'attira brutalement vers lui et l'embrassa avec fougue.

Surprise, Cassie se débattit un instant, puis cessa. Une vague de chaleur l'avait envahie tout entière, lui interdisant de résister. Oui, il l'embrassait pour la faire taire, pour la punir. Elle l'avait poussé à bout et il voulait lui prouver qu'il avait toujours le dernier mot. Ce baiser ne voulait rien dire et pourtant, elle se sentait fondre sous les lèvres chaudes de Jamil. Elle se pressa contre lui et entrouvrit la bouche pour approfondir le baiser. Son cœur s'accéléra sous l'effet du désir qui montait, puis… puis plus rien.

Jamil l'avait repoussée avec un grognement en la fixant d'un regard qui voulait tout dire. Elle était coupable de ce qui venait de se passer, bien sûr, elle lisait cette évidence dans ses yeux.

Comment avait-elle pu laisser une telle chose se reproduire ? Qu'allait-il se passer maintenant ?

— N'attendez pas d'excuses de ma part, annonça Jamil, rompant le silence trop pesant qui s'était installé entre eux. C'est votre faute. Une fois de plus, vous vous êtes mêlée de choses qui ne vous regardaient pas. Vous n'aviez pas à entrer ici. Cette aile du palais est…

— Vous devriez faire quelque chose avec cette aile du palais, ne serait-ce que pour chasser les vieux démons et conjurer les blessures du passé, articula-t-elle d'une voix faible, mais audible.

— Cette aile du palais, répéta-t-il, ne vous concerne pas. Je vous interdis d'y remettre les pieds ou d'en parler à Linah.

— Très bien… Mais… Vous savez, Jamil… Linah serait plus heureuse si vous lui accordiez davantage d'attention, si elle savait que vous l'aimez.

Jamil prit une profonde inspiration et Cassie crut voir un petit sourire se dessiner sur ses lèvres.

— Vous ne cessez donc jamais ?

— Il faut être courageux pour rompre avec les habitudes, mais je sais que vous l'êtes et je crois en vous, affirma-t-elle, enhardie, en lui caressant la joue.

Ils restèrent silencieux quelques instants.

— Vous êtes quelqu'un de téméraire, lady Cassandra, et vos propos méritent réflexion, concéda enfin Jamil.

— C'est tout ce que je demande, répondit-elle, rassurée.

— Et pourtant, quelque chose me dit que vous n'allez pas vous arrêter là, soupira-t-il en se levant. Venez maintenant, sortons d'ici.

Cassie hocha la tête et ils quittèrent la chambre. Jamil verrouilla la porte et glissa la clé dans sa poche. Il adressa ensuite un petit sourire à Cassie, puis lui tourna le dos et s'en alla.

Elle le regarda s'éloigner de son pas très digne, la tête haute et le dos droit.

Pauvre Jamil, sa vie n'était pas facile ! Si seulement il pouvait s'autoriser à donner un peu d'affection à sa fille ! Peut-être qu'un jour il serait aussi capable d'aimer quelqu'un, de refaire sa vie. Avec… une autre femme.

Cette idée lui déplut et un vide immense se creusa dans son cœur en y songeant. Elle eut envie de se mettre à courir pour le rattraper. Elle devait… Mais non, que lui arrivait-il ?

Reprends-toi Cassandra !

Bien sûr qu'il allait se remarier un jour. Elle n'imaginait tout de même pas qu'elle aurait un rôle à jouer dans sa vie ! Non, bien sûr que non. Elle secoua la tête pour repousser ces réflexions qui la troublaient plus que de raison.

Elle ne s'attendait certes pas à voir Jamil changer du jour au lendemain, mais il lui sembla tout de même déceler une légère différence dans son comportement après l'incident de l'aile est. Linah dut elle aussi s'en rendre compte, car Cassie la trouva plus à l'aise en compagnie de son père.

Ainsi, les choses semblaient être en bonne voie et cela remplissait Cassie de satisfaction. Elle choisit toutefois de faire comme si de rien n'était. Jamil avait dû déployer beaucoup d'efforts pour réussir ce léger « dégel » vis-à-vis de Linah, étant donné ce qu'avaient été ses relations avec son propre père. En outre, Linah ne devait rien savoir des vraies raisons de ce changement inattendu.

Ce matin-là, au lieu d'aller monter à cheval, Jamil avait décidé d'apprendre à nager à Linah.

Cassie sortait les victuailles du panier à pique-nique lorsqu'elle entendit un double éclat de rire. Stupéfaite, elle tourna la tête vers la piscine. Au milieu du bassin, Linah était allongée sur le ventre, tenue par Jamil qui lui indiquait les mouvements pour nager la brasse.

Saisie par l'émotion, elle contempla quelques instants le père et sa fille. En croisant alors son regard, Jamil lui adressa un sourire qui fit bondir le cœur de la jeune femme. La tunique trempée qu'il portait dans l'eau moulait sa silhouette comme une seconde peau. Le regard de Cassie s'attarda les muscles, le torse puissant, le ventre ferme. Il était décoiffé et ses yeux semblaient pétiller d'amusement. Il avait l'air comblé et elle en fut heureuse pour lui. Vraiment heureuse. Toutefois... Pourquoi éprouvait-elle encore ce sentiment de malaise ? Sachant qu'il n'y avait rien de plus important que la famille, elle avait tant souhaité voir le père et la fille rire et s'amuser ensemble !

Cette pensée la fit tressaillir. Oui, voilà pourquoi elle se sentait exclue, ces derniers jours : Jamil et Linah commençaient à devenir une famille… une famille dont elle aurait adoré faire partie. Elle aimait désormais Linah de tout son cœur et… et Jamil, elle devait le reconnaître, ne la laissait pas indifférente. Mais tout cela était absurde, bien évidemment ! Il n'y avait pas la moindre probabilité pour qu'ils forment un jour une famille tous les trois.

Arrête de rêvasser, Cassie, tu te fais du mal pour rien, se morigéna-t-elle en achevant de préparer le pique-nique.

— Le Conseil vous attend, Votre Altesse.

Jamis reposa le document qu'il lisait sur le bureau et interrogea Halim du regard.

— Au sujet de votre contrat de fiançailles, dont vous avez reporté la signature à aujourd'hui, vous vous souvenez ? Comme il doit être signé en présence du Conseil, j'ai pris la liberté d'organiser une séance.

— Le contrat de fiançailles ?

— Oui, Votre Altesse. Vous aviez dit…

— Je sais très bien ce que j'ai dit, Halim ! Ce contrat est d'une grande importance pour le royaume.

Mais je ne veux pas le signer.

Il n'avait aucune envie de se marier, aucune envie d'avoir l'obligation de produire un héritier avec une femme qui ne l'intéressait pas. Il en avait la nausée rien que d'y penser. En fait, toutes les affaires dont il lui fallait s'occuper, tous les problèmes qu'il avait à résoudre commençaient à lui peser sérieusement. Tout le monde comptait sur lui en permanence. Jusqu'à présent, il aimait cet état de choses et cela ne l'avait jamais dérangé. Désormais, il n'y trouvait plus le même intérêt et n'y prenait assurément plus le même plaisir. Il se demanda pourquoi.

Il se pinça l'arête du nez sous le regard pesant de Halim.

Ce dernier l'observait d'un drôle d'œil ces derniers temps. Il avait dû remarquer son changement d'état d'esprit, Jamil n'en doutait pas.

— Vous devez être heureux pour Linah, déclara soudain Halim en s'approchant du bureau. Il paraît qu'elle s'est assagie.

Jamil releva la tête et considéra son premier conseiller d'un œil étonné. Pourquoi lui parlait-il de sa fille, tout à coup ?

— En plus, reprit Halim, vous n'aurez plus à vous soucier de quoi que ce soit une fois que la gouvernante sera partie.

Jamil fronça les soucils.

— Que voulez-vous dire ?

— Eh bien, quand vous aurez épousé la princesse Adira, c'est à elle qu'il reviendra de s'occuper de votre fille. Je pense que nous n'aurons alors plus besoin des services de lady Cassandra.

Il tendait un visage anxieux vers le prince, guettant visiblement la réponse.

— Oui, sans doute. Enfin, seulement une fois que je serai marié…

— Mais lorsque le contrat sera signé, le mariage se fera très vite, assura Halim. Il n'y a aucune raison de faire traîner les choses !

Jamil le fixa quelques instants, pensif, puis leva les yeux au plafond.

Aucune raison, sauf ma réticence… C'est-à-dire un simple détail.

— Le problème, c'est que je n'ai rencontré la princesse Adira qu'une seule fois, déclara-t-il.

— Et vous la reverrez le jour du mariage, comme le

veut la tradition, fit Halim avec un sourire qui se voulait avenant.

Jamil secoua la tête. C'était de sa vie que l'on parlait, de son avenir à lui, même si celui du royaume en dépendait aussi. Il repoussa sa chaise et se leva.

— Non ! lança-t-il. Cela ne va pas se passer comme ça.

Il vint se poster devant son homme de confiance pour poursuivre :

— Il est grand temps que vous vous rendiez compte, vous, mais aussi le Conseil, que nous ne sommes plus au XIIIe siècle, mais au XIXe. Il n'est pas question que l'on me présente ma future femme voilée et décorée au henné le jour même du mariage. Elle n'est pas un objet, et moi non plus, d'ailleurs. Nous sommes l'un comme l'autre des êtres humains, et des êtres humains ont droit à un peu plus que quelques mots échangés en présence de toute une cour avant de s'unir pour la vie !

Le sourire crispé de Halim s'élargit, mais la contrariété se lisait dans ses yeux.

— Mais, Votre Altesse, vous ne l'épousez pas pour sa conversation ! rétorqua-t-il. Elle sera juste votre première épouse, pas votre Premier ministre.

— Elle sera ma première et *unique* épouse, et vous admettrez qu'il serait donc préférable que nous entretenions au moins des relations cordiales.

— Oui, bien sûr ! Mais la princesse Adira…

— A certainement d'innombrables qualités, bien sûr. Mais ce n'est pas de cela qu'il s'agit.

— De quoi s'agit-il alors ? s'étonna Halim, qui devait fulminer à l'intérieur.

D'un visage magnifique… De pétillants yeux turquoise et de lèvres pulpeuses.

— Votre Altesse ?

D'une femme sur laquelle je puisse compter, avec qui je puisse partager mes joies et mes peines. De Cassie !

Une image s'était imposée à son esprit : celle de cette femme ravissante qui avait su transformer les appartements de Linah en un havre de paix pour lui, en un refuge agréable où il faisait bon fuir les tracas quotidiens. Cette femme qui ne voyait pas le prince en lui, mais l'homme qu'il était. Cette femme qui l'appelait Jamil, tout simplement, qui plus est avec un adorable accent anglais. Cette femme qui lui parlait comme à un ami. Cette femme dont les lèvres étaient douces comme des pétales de rose et le corps, parfait. Cette femme qui hantait ses pensées jour et nuit, qu'il le veuille ou non.

Le soleil allait bientôt se coucher et Cassie devait déjà être dans la cour, installée près d'une fontaine comme chaque soir. Il éprouvait l'envie d'aller la retrouver, de lui parler, de se laisser bercer par sa voix. Elle avait le don de lui faire tout oublier, elle lui donnait l'impression qu'ils étaient seuls au monde, que rien n'existait d'autre qu'elle et lui. Et il pouvait le faire, il pouvait aller la retrouver. Il ne lui restait qu'à poser sa signature au bas d'un fichu contrat et on le libérerait. Oui, il signerait, Halim et le Conseil cesseraient de le harceler et il irait ensuite retrouver Cassie.

— Très bien, finissons-en une bonne fois pour toutes ! s'exclama-t-il en saisissant sa cape de cérémonie, qui était posée sur le divan à côté du bureau.

Il l'attacha autour du cou et fixa l'épingle en émeraude. Puis il mit le turban de soie blanc et passa la bague de son père à son doigt. Enfin, il se ceignit la taille de la ceinture qui portait son cimeterre et adressa un signe de tête à Halim. Celui-ci s'empressa d'ouvrir la porte de communication avec la salle du trône.

Aussitôt, six gardes en uniforme blanc surgirent et vinrent entourer Jamil.

Ce dernier attendit que Halim soulève la cape, qui traînait sur le sol, puis gagna la salle du trône.

La lumière déclinante du soir perçait les fines grilles dorées dont étaient munies les vitres. Les gardes avaient déjà formé la haie d'honneur jusqu'à l'estrade, où s'élevait le trône.

Les membres du Conseil s'agenouillèrent, tête baissée, dès que Jamil eut franchi le seuil. Le prince traversa la salle en chassant un sentiment d'exaspération face à tout ce cérémonial, puis monta sur l'estrade d'un pas résolu. Les Anciens relevèrent la tête et il les salua, avant de s'asseoir sur le trône.

Sans perdre de temps, il saisit le porte-plume posé sur la table basse, le trempa dans l'encrier et signa le contrat, avant d'apposer le sceau de sa chevalière sur la cire chaude.

Voilà. Il avait accompli son devoir. Il lui semblait avoir vendu son âme au diable, mais il se lamenterait sur cette décision plus tard.

Il versa un peu de sable sur l'encre encore fraîche et le souffla, avant de se lever et de se diriger vers la porte. Il avait presque atteint celle-ci quand il entendit les murmures du Conseil.

— Mais, Votre Altesse, la célébration ? lança Halim, resté près de l'estrade.

— Vous n'avez plus besoin de moi pour ça, affirma-t-il d'une voix forte sans se retourner.

En d'autres circonstances, il aurait pris le temps de s'arrêter pour voir la réaction de Halim, mais là, il n'était pas d'humeur à s'éterniser. Il avait envie de voir Cassie, de passer un moment avec elle. Alors, au diable l'étiquette ! songea-t-il.

Sans tarder, il s'engagea dans les couloirs qui menaient vers la salle de classe.

Chapitre 6

Jamil éprouva un fort soulagement en découvrant Cassie dans la cour. Celle-ci était seule, Linah devait être déjà couchée. Il connaissait l'emploi du temps de sa fille par cœur maintenant. Celui de sa gouvernante aussi, d'ailleurs.

Assise sur un coussin gigantesque, son livre à la main, Cassie était plongée dans la lecture. Jamil s'arrêta sur le pas de la porte pour l'observer. Il savait qu'elle était pieds nus sous sa longue robe. Jamais il n'aurait imaginé que cette partie du corps féminin puisse lui faire un tel effet, et pourtant… Il se remit en marche et s'approcha de la jeune femme.

— Oh ! Jamil, s'exclama-t-elle en relevant la tête lorsqu'elle l'entendit. Je ne m'attendais pas à vous voir. Linah doit déjà dormir, vous savez.

Elle posa son recueil des poèmes de Wordsworth et se leva en défroissant sa robe.

— Je sais, répondit-il.

Elle lui sourit. Il paraissait… étrange. Il avait le regard sombre, mais ne semblait pas en colère.

— Avez-vous mangé ? interrogea-t-elle, ne sachant que dire. Je peux demander que l'on vous apporte quelque chose, si vous voulez.

— Non, je n'ai pas faim.

Cassie se sentit rougir. Pourquoi était-il venu ? Elle

était si heureuse de le voir qu'elle en perdait ses moyens. Il l'attirait, elle ne pouvait plus lutter contre cet état de fait, surtout quand il se tenait si près… Cependant, il se passait quelque chose, elle le voyait dans ses yeux.

— Vous portez votre cape de cérémonie, hasarda-t-elle. Etiez-vous avec les Anciens ?

— Oui.

Jamil tira sur l'épingle et la jeta par terre. La cape tomba aussitôt à ses pieds dans un froissement de tissu. Cassie la suivit des yeux, puis se retourna vers le prince.

— Elle va être toute froissée si vous la laissez comme ça, dit-elle.

Elle voulut la ramasser, mais il lui saisit le bras pour l'en empêcher.

— Laissez-la par terre !

Elle se redressa aussitôt, frappée par le ton de sa voix. Il ne lui avait pas parlé aussi durement depuis longtemps.

— Quelque chose ne va pas ?

— Pas plus que d'habitude.

— Voulez-vous en parler ?

— Non.

Mais que lui arrivait-il ? Comme le Corsaire de Byron, Jamil était redevenu mystérieux et inaccessible. Elle tenta un nouvel angle d'approche :

— Je me demandais…, commença-t-elle. Avez-vous réfléchi à ce que je vous ai dit, pour Linah ? Qu'il serait bon qu'elle voie des enfants de son âge ? Elle n'a que vous et moi avec qui parler et…

— En a-t-elle déjà assez de moi ?

Cassie le regarda, interloquée.

— Non, bien sûr que non ! s'écria-t-elle en laissant échapper un petit rire nerveux. Quelle question !

Troublée par l'attitude de Jamil, elle s'assit sur le bord

de la fontaine en plongea la main dans l'eau fraîche. Qu'avait-il bien pu se passer avec le Conseil pour qu'il se retrouve dans un état pareil ? Il paraissait accablé, et elle ne savait plus quoi dire.

— Venez, asseyez-vous, suggéra-t-elle en lui tendant la main. Nous n'avons pas besoin de parler. Nous pouvons rester un peu sans rien dire. Regardez, il y a une multitude d'étoiles dans le ciel ce soir !

Jamil n'esquissa pas un geste. Il resta là, à détailler la jeune femme, qui se sentit rougir de plus belle. Pourquoi était-il si bizarre ce soir ? Il baissa les yeux jusqu'à ses pieds et elle les recula par réflexe pour les dissimuler sous sa robe longue.

Il fit soudain un pas vers elle et lui prit la main qu'elle lui tendait toujours. Elle frissonna à son contact, mais un sentiment de frustration l'envahit quand il la relâcha soudain. Elle l'interrogea du regard, les sourcils froncés.

— Et vous, Cassie, en avez-vous assez de moi ? s'enquit-il sèchement sans la quitter des yeux. Est-ce que votre poète vous manque ? Ou les regards persistants de vos admirateurs, qui doivent être nombreux en Angleterre ? Je vous avais prévenue que la vie avec Linah risquait d'être monotone.

Cassie baissa la tête, blessée. Elle s'attendait à tout, sauf à cela. Décidément, il s'était passé quelque chose.

— Ma fille est une princesse, reprit Jamil. Du sang royal coule dans ses veines et elle doit apprendre qu'un tel privilège se paie cher. Vous aussi devez le savoir.

Elle secoua la tête.

— Jamil, pourquoi me parlez-vous ainsi ? demanda-t-elle d'une voix douce. Cela ne vous ressemble pas.

— Détrompez-vous, lady Cassandra. C'est moi,

le prince Jamil, qui vous parle. En fait, vous ne me connaissez pas du tout.

— Je ne suis pas d'accord ! s'exclama-t-elle. Voilà plusieurs semaines que nous nous côtoyons et j'ai appris à vous connaître.

— Ah bon ? Et que savez-vous donc de moi en tant que prince ? Que savez-vous de mes obligations ?

— Dans ce domaine-là, pas grand-chose, je vous l'accorde ! Mais j'avoue que cela ne m'intéresse guère. Ce qui m'intéresse, ce n'est pas le prince, mais…

Cassie s'interrompit, hésitante.

— Mais ? insista impatiemment Jamil.

— Mais l'homme… L'homme que vous êtes.

— Et donc, vous affirmez connaître l'homme que je suis ?

Cette fois, Cassie préféra ne pas répondre. Jamil s'approcha alors et elle frissonna. Etait-elle en train de rêver ? Cette conversation prenait vraiment une tournure déconcertante et inattendue. Où voulait-il en venir ?

— Eh bien, Cassie, j'attends ! Dites-moi comment je suis, ordonna-t-il en avançant encore.

Il n'était plus qu'à quelques centimètres et une lueur étrange brillait dans ses yeux. Effrayée, Cassie commençait à ressentir elle-même sa colère, qui s'était mise à vibrer aussi en elle.

— Jamil, arrêtez, vous me faites peur ! lança-t-elle.

Brusquement, il la saisit par les bras et l'attira contre lui.

— Arrêter quoi ? De penser sans cesse à vous, à notre baiser ? De vous trouver attirante ? Dites-moi !

— Jamil…

Il ne la laissa pas parler.

— Pourquoi arrêterais-je ? poursuivit-il. C'est bien

vous qui m'avez dit qu'il était temps que j'assume mes sentiments, non ?

— Je ne voulais pas dire ça, riposta la jeune femme. Arrêtez, s'il vous plaît !

— Pourquoi, Cassie ? Pourquoi ?

Il resserra son étreinte au point de lui faire mal. Démunie, elle ferma les yeux et baissa la tête.

— Regardez-moi, Cassie ! cria-t-il en la secouant. Regardez-moi droit dans les yeux et dites-moi que vous n'éprouvez rien pour moi ! Dites-le-moi et je vous laisserai tranquille.

Cassie demeura immobile. Les pensées se bousculaient dans sa tête, mais une chose était sûre et lui apparaissait clairement : cet homme ne la laissait pas indifférente. Jamais encore, personne ne l'avait attirée à ce point.

A quoi bon lui mentir ? se demanda-t-elle. Elle inspira profondément en levant la tête et ancra son regard dans celui du prince. Elle n'avait pas besoin de lui dire qu'il avait raison, qu'elle rêvait de lui toutes les nuits, qu'elle brûlait de désir pour lui. A quoi bon lui révéler tout ça, alors qu'il pouvait le lire dans ses yeux ?

Il l'enlaça alors. D'un moment à l'autre, il allait l'embrasser. Il allait poser ses lèvres chaudes sur les siennes et elle ne ferait rien pour l'en empêcher. Il n'était pas question de faire quoi que ce fût pour l'en empêcher. Non, en cet instant, elle ne rêvait que de sentir les lèvres de cet homme sur sa bouche, une fois de plus, pour toujours.

— Cassie, murmura-t-il en la serrant plus fort dans ses bras. Cassie, arrêtons de faire semblant…

Elle ferma les yeux, luttant en vain pour revenir à la raison. Mais pour quoi faire ? Il était déjà bien trop tard. Trop tard pour réfléchir à ce qui était en train de se passer, trop tard pour se libérer de cette étreinte, trop tard pour regretter ce qui ne manquerait pas d'arriver… D'ailleurs, comment pourrait-elle regretter une chose qu'elle espérait depuis des semaines ? Une chose que sa raison lui interdisait de faire alors que son cœur s'emballait rien que d'y penser ?

— Oui, vous avez raison, souffla-t-elle.

Elle sentit sur elle le regard de Jamil qui l'observait comme s'il hésitait encore. Sans doute le prince qu'il était se battait-il avec l'homme qui sommeillait en lui. Lequel des deux sortirait vainqueur ? Allait-il se relever soudain en la repoussant, ou au contraire la serrer davantage contre lui et s'abandonner à ce baiser qu'ils voulaient autant l'un que l'autre, elle le savait ? Ecouterait-il son sens du devoir ou se laisserait-il enfin aller ? Elle souhaita de tout son être qu'il opte pour la deuxième solution et ferma les yeux, pleine d'espoir. Alors elle sentit son souffle sur sa joue, puis sur ses lèvres. Un instant plus tard, il l'embrassait.

Ce fut un baiser tendre et plein de sensualité. Jamil prit le temps de goûter ses lèvres et elle s'abandonna, conquise. De sa langue, il se fraya ensuite un chemin à l'intérieur de la bouche qu'elle lui tendait, avide, et approfondit leur baiser.

Cassie gémit et une multitude de sensations se bousculèrent en elle, la plongeant dans la confusion la plus totale. Par un simple baiser, Jamil parvenait à faire vibrer chaque parcelle de son corps. Jamais elle n'avait imaginé qu'un baiser puisse être aussi fougueux, déclencher tant de tumulte en elle. Elle se sentait brûler de l'intérieur, brûler de désir pour lui. Son corps avait cessé de lui obéir et l'on eût dit qu'il avait sa vie propre. De sa langue, elle enveloppa celle de Jamil, ce qui provoqua en elle comme une décharge électrique. Ses orteils se crispèrent et elle s'agrippa à lui de toutes ses forces, redoutant que ce déluge de sensations s'arrête.

Déjà les mains de Jamil s'étaient posées sur sa taille et elle sentit qu'il la soulevait. Elle se laissa faire, impuissante, lorsqu'il l'allongea sur l'un des coussins qui recouvraient le sol. Détachant alors les lèvres de sa bouche, il les promena sur le front, les joues, le cou de la jeune femme.

Sans pouvoir s'en empêcher, elle glissa les mains le long du dos musclé et remonta jusqu'aux épaules. Malgré la tunique qu'il portait, elle sentait une peau brûlante sous les doigts qu'elle promenait. Prise d'une envie irrésistible, elle lui retira le turban et passa les mains dans ses cheveux. Puis elle lui caressa les joues du revers des doigts.

Alors les lèvres de Jamil emprisonnèrent de nouveau les siennes et elle ferma les yeux. Elle frissonna en sentant les mains qu'à son tour il promenait sur son dos à elle, redescendant jusqu'à la taille, puis plus bas sur les hanches. Elle sentit une nouvelle vague brûlante se propager en elle au moment où la langue de Jamil retrouvait la sienne. Il se remit à l'embrasser en lui caressant les cheveux, le cou et la taille. Il atteignit bientôt ses seins et elle sentit aussitôt ses mamelons se dresser sous sa robe.

Quelle sensation divine ! Un bref instant, elle se demanda si elle avait le droit d'apprécier à ce point ces baisers et ces caresses. Elle connaissait la réponse à cette question, mais elle choisit de l'ignorer.

Jamil lui couvrit les seins de ses mains et les mamelons durcirent plus encore, au point d'en devenir douloureux. Etait-ce vraiment ce que l'on ressentait dans des moments pareils ? Quoi qu'il en soit, elle aimait ça et son corps en demandait davantage encore. Jamil dut lire dans ses pensées, car il se mit à lui caresser le ventre, puis glissa les mains sous ses hanches.

Envahie par des sensations intenses, elle laissa ses propres mains prendre possession du dos, des bras, du torse de Jamil, puis de son ventre plat. Elle fondait sous la chaleur brûlante de ce corps musclé.

Jamil abandonna la bouche de Cassie pour descendre vers sa poitrine.

Il sentait les mamelons dressés sous le tissu de la robe et n'avait qu'une envie : y poser sa bouche et s'en emparer. Il tenta de détacher les lacets du décolleté de la jeune femme, mais se débattit quelques instants avec eux sans succès. Pourquoi les toilettes anglaises étaient-elles aussi compliquées ? Frustré, il lui reprit sa bouche, malmenant ses lèvres. Son sexe durci lui faisait mal ; il avait envie d'elle, il voulait se retrouver en elle.

Porté par cette envie charnelle irrépressible, il glissa une main sous les jupons.

Elle avait la peau d'une douceur infinie. Il fit courir ses doigts le long de la jambe, mais fut arrêté par un tissu, juste au-dessus du genou. Bien sûr, elle portait des bas. Cela ne le découragea pas, bien au contraire. Il continua à remonter doucement sa main le long de la cuisse jusqu'à atteindre l'intimité de la jeune femme. Elle était prête. Oui, elle aussi avait envie de lui, il n'y avait aucun doute là-dessus. Il la sentit se contracter sous ses doigts alors qu'il commençait à caresser la partie la plus intime du corps féminin.

C'est alors que, sans crier gare, elle se redressa en le repoussant.

— Non ! cria-t-elle. Arrêtez !

Il se figea. Elle se libéra aussitôt de son étreinte et porta une main tremblante à ses lèvres gonflées par les baisers, avant de se pencher pour baisser ses jupons et recouvrir ses jambes.

— Je… je suis désolée…, murmura-t-elle. Je…

Jamil se leva en défroissant sa tunique.

Il lui fallut peu de temps pour reprendre ses esprits et comprendre l'ampleur de la catastrophe. Il regarda Cassie et quelque chose se brisa en lui. Elle était assise sur le coussin, les joues roses et le regard fuyant. Ses cheveux défaits tombaient en cascade sur sa poitrine. Elle avait l'air si fragile, si perdue ! Il fut tenté de la prendre dans ses bras, de la rassurer, de l'embrasser. Mais ce désir laissa vite place à la frustration.

— Jamil, je ne voulais pas, souffla encore Cassie. Je… je suis désolée.

Oui, elle était désolée et il était frustré ! De toute façon, il n'avait aucune envie d'écouter ce qu'elle avait à dire. Qu'avait-il fait ? Pourquoi ? Il secoua la tête. Ce n'était pas le moment de se poser ces questions.

— Il est inutile de vous excuser, déclara-t-il froidement en ramassant sa cape, son turban et son épingle. Nous allions commettre l'irréparable et vous avez mis le holà à temps. Je vous en remercie.

Sur ces mots, il tourna les talons et s'éloigna à grands pas vers la porte de la cour, qu'il claqua derrière lui.

Cassie resta immobile, atterrée.

Que venait-il de se passer ? Comment avait-elle pu laisser Jamil lui faire ça… tout ça… ? Et pourquoi brûlait-elle de recommencer ? Humiliée, elle se laissa retomber sur le coussin et se couvrit le visage des deux mains.

Assis dans un coin de la bibliothèque du club londonien Boodle's, lord Henry Armstrong sirotait pensivement un verre de brandy. Une voix joviale le tira de ses réflexions.

— Ah, Henry, mon ami ! Comment vas-tu ? Voilà une éternité que je ne t'ai pas vu ici !

Lord Armstrong leva la tête. Torquil Fitzgerald, son ami d'enfance, se tenait devant lui, un large sourire aux lèvres.

— Ah, mon cher Torquil ! Ne reste pas debout, assieds-toi ! Oui, oui, j'étais à Lisbonne ces trois dernières semaines. Le vicomte Castlereagh redoute un soulèvement de la population au Portugal et il m'a donc demandé de me rendre sur place pour prendre la température.

— Ah, encore des radicaux ! soupira lord Fitzgerald.

Lord Armstrong regarda son ami s'installer en face de lui. Ils s'étaient rencontrés sur les bancs de l'école et étaient toujours restés les meilleurs amis du monde.

— Depuis le complot de la rue Cato, notre Premier ministre voit le mal partout. Personnellement, je crois qu'il ne se passera rien. Mais quoi qu'il en soit, je n'ai pas fait le voyage pour rien. J'ai ramené deux fûts de porto.

— Bien, bien ! Ah, mais au fait, toutes mes félicitations, mon cher Henry ! Un fils, enfin ! Tu dois être comblé !

— Un petit James, oui. Un beau garçon, répondit-il, le sourire aux lèvres.

— A la santé du petit James, alors ! s'exclama lord Fitzgerald en levant son verre de brandy. Tu me diras, il était temps, après cinq filles ! A ce sujet, j'ai croisé Archie Hughes l'autre jour. Il paraît que Cassandra a décidé de partir vivre au bout du monde ?

— Mais non, pas du tout ! Cassandra est juste allée rendre visite à sa sœur en Arabie, rétorqua lord Armstrong. Elle reviendra d'ici peu.

— Quel dommage, cette histoire avec le poète ! Tu dois être furieux, mon pauvre ! En plus, belle comme elle est, elle aurait pu faire un bon mariage.

— Comment ça, elle *aurait pu* ? Elle *va* faire un beau mariage, mon cher ! Dès son retour, j'annoncerai ses fiançailles avec Francis Colchester. Certes, ce n'est pas le gendre idéal, mais il fera l'affaire.

— Colchester ? L'un des protégés de Wellington ? Un peu jeune, mais c'est un très bon choix. Ce petit est promis à un bel avenir. Mais avant cela... Il faudra que tu trouves le moyen d'éloigner ta fille de son fameux cheikh.

— Ah, mon pauver Toquil, tu confonds tout, comme d'habitude ! Le prince Ramiz d'A'Qadiz est l'époux de Celia, ma fille aînée. Cassie n'a rien à voir avec lui !

— Oui, oui, je sais. Ramiz, riche comme Crésus ! Le prince d'Orient qui possède ce port sur la mer Rouge... Mais ce n'est pas de lui que je parlais. C'est de... Comment s'appelle-t-il, déjà ? Attends... Jaril ? Joral ? Non. Jamel... Jamil ! Oui, c'est ça, Jamil ! Le cheikh Jamil al-Nazarri. Je crois que sa principauté se trouve juste à côté de celle de ton gendre, c'est ça ?

— Mais de quoi est-ce que tu parles ? s'écria lord Armstrong. Quel est le rapport entre ce cheikh et ma fille ?

— Eh bien, c'est Archie qui m'a dit cela. Il vient de rentrer du Caire. A l'entendre, Cassandra serait cloîtrée dans le harem de ce Jamil. Archie tient cette information du vieux Wincie.

— Quoi ? !

— Henry, calme-toi, bon sang ! Je ne fais que répéter une rumeur. En plus, si tu n'es pas au courant, c'est que j'ai dû mal comprendre... Je suis sûr qu'il n'y a pas de quoi s'inquiéter. Enfin, j'espère..., conclut lord Fitzgerald avant de boire une gorgée de brandy.

— Comment ça, tu *espères* ?

— Eh bien, Cassandra est très belle. Je l'imagine toute seule au fin fond du désert, avec cet homme qui possède tout ce qui l'entoure. Enfin, tu sais comment ça se passe, le seigneur tout-puissant, tout ça..., chuchota lord Fitzgerald en se penchant vers lui. On peut tout imaginer...

Lord Armstrong vida son verre d'une traite et se leva.

— Si notre amitié compte réellement pour toi, déclara-t-il à mi-voix, tu garderas toute cette histoire pour toi, d'accord ? Cassandra est partie rendre visite à sa sœur et elle épousera Francis Colchester à son retour. Ai-je été assez clair ?

, s'exclama lord Fitzgerald avec un sourire. J'ai certainement fait une confusion, il ne devait pas s'agir de ta fille...

— Dans ce cas, bonne nuit, cher ami !

Lord Armstrong récupéra son chapeau et sa canne. Vu ce qu'il venait d'apprendre, il n'était pas en état de rentrer chez lui. Il devait parler à quelqu'un, et qui de mieux que sa sœur pour cela ? Il était déjà tard, certes, mais Sophia ne se couchait jamais de bonne heure. Oui, il irait chez elle pour lui raconter cette histoire absurde. Elle le rassurerait certainement et saurait quelle attitude adopter pour éviter que cette épouvantable rumeur ne se répande dans tout Londres.

— Grosvenor Square, indiqua-t-il à son chauffeur en s'installant dans le fiacre.

Cassie n'arrivait pas à trouver le sommeil. Comment l'aurait-elle pu, après ce qui s'était passé ?

Elle se retourna une fois de plus dans son lit. La colère, le regret et l'humiliation ne cessaient de grandir en elle. Oui, elle était furieuse contre elle-même. Pourquoi s'était-elle laissée aller de la sorte ? Son désir pour Jamil lui avait fait perdre la tête ! Et maintenant, elle le regrettait, elle le regrettait de tout son cœur ! C'était le sentiment d'humiliation qui lui était le plus insupportable. Elle s'était presque jetée sur le prince. Qu'en penserait Celia si elle savait ? Et tante Sophia ? Cette dernière lui dirait sûrement qu'elle n'avait ni honneur ni pudeur.

Elle prit une inspiration. En y réfléchissant mieux, ce n'était pas si terrible que ça, après tout. Cette fois-ci, au moins, elle n'avait pas été à moitié dévêtue. Elle avait juste enlevé ses chaussons pour pouvoir marcher pieds nus. Ce n'était pas comme si elle avait été… entièrement nue.

— Mon Dieu, Cassie ! s'exclama-t-elle en se couvrant la tête avec les draps.

Il lui semblait sentir encore les caresses de Jamil, l'odeur de sa peau. Comment avait-elle pu le laisser faire ainsi ? Et pourquoi ressentait-elle le besoin de recommencer, d'aller plus loin, même ? Combien de fois avait-elle rêvé de lui, d'eux ? Sauf que, dans ses rêves, Jamil ne s'arrêtait pas. Oui, dans ses rêves les plus secrets, les baisers et les caresses de Jamil étaient bien plus intimes. Dans ses rêves, il lui passait sensuellement la langue sur les seins, puis descendait vers son ventre, et plus bas encore. Dans ses rêves, qui faisaient naître une sensation de chaleur au creux de son ventre, ils étaient nus tous les deux. Ils étaient corps à corps, peau contre peau, lui sur elle, lui en elle…

Cassie ! Tu n'es qu'une dépravée !

Et Jamil devait le penser aussi, vu comment elle l'avait embrassé… Il avait dû croire qu'elle en voulait plus, qu'elle ne se contentait pas de simples baisers. Et elle-même était trop occupée à explorer son propre désir pour percevoir son mépris.

En vous voyant, je me dis que votre place est dans un harem, pas dans une salle de classe.

Et si Jamil avait eu raison en lui disant cela ? Ce premier soir, elle-même n'avait pas reconnu le reflet que lui renvoyait le miroir. Et un miroir ne mentait pas. Elle n'avait pas l'allure d'une gouvernante, Jamil l'avait compris tout de suite.

Cassie repoussa les draps et se leva pour sortir dans la cour.

Un rayon de lune éclairait la mosaïque représentant Shéhérazade. Seule l'eau qui jaillissait des deux fontaines brisait le silence de la nuit.

Cassie ferma les yeux et inspira.

Jamil n'avait certainement pas trouvé le sommeil après ce qui s'était passé. Cette chaleur que son corps puissant avait dégagée, cette passion qui les avait enveloppés tout à coup… Augustus, lui, n'était qu'une pâle copie de poète qui pensait savoir exprimer ses sentiments sur du papier. Comparé à Jamil, il n'avait pas grand-chose d'un homme, d'un vrai… Jamil, lui, était comme le désert, mystérieux et captivant. Il était viril et courageux.

Jamais plus elle ne se sentirait aussi désirée, c'était sûr. Jamais plus, elle ne rencontrerait un homme comme Jamil. Voilà qu'elle regrettait à présent de l'avoir arrêté. Pourquoi avait-elle laissé la raison reprendre les rênes ? Il avait stoppé dès qu'elle le lui avait demandé. Bien sûr qu'il n'allait pas la prendre de force, mais s'il avait insisté ne serait-ce qu'un tout petit peu, elle aurait cédé. Mais non, il s'était levé et la flamme de la passion s'était aussitôt éteinte.

Cassie frissonna. Que se serait-il passé si elle n'avait pas arrêté Jamil ? Que lui aurait-il fait ? Et elle, qu'aurait-elle fait ? Toutes ces questions firent soudain monter une agréable sensation de chaleur entre ses cuisses.

Etait-ce avec *ça* que Ramiz avait conquis Celia ?

Etait-ce grâce à *ça* que Celia avait l'air plus heureuse et épanouie que jamais ? Sa sœur aînée avait trouvé son prince charmant, son prince du désert. Jamil aurait-il fini par devenir son prince du désert à elle, si elle ne l'avait pas interrompu ? Aurait-elle désormais l'air aussi heureuse et épanouie que sa sœur ?

Elle ne le saurait jamais. Jamil allait la renvoyer à Balyrma. Et cette fois elle n'aurait rien à se reprocher ! C'était *lui* qui l'avait embrassée, *lui* qui avait commencé. En plus, il avait eu un comportement des plus étranges, allant même jusqu'à tenter de provoquer une dispute entre eux.

— Une fois de plus, tu avais raison, Celia, murmura-t-elle en regardant le ciel.

Oui, Celia l'avait prévenue. Elle lui avait dit de ne pas s'attacher, et de ne surtout pas se mêler de la relation entre Jamil et sa fille. Pourquoi ne l'avait-elle pas écoutée ?

Tourmentée par toutes ces réflexions, Cassie finit par retourner se coucher et par s'endormir. Lorsqu'elle fut dans les bras de Morphée, un rêve étrange vint la perturber : elle était pourchassée par des animaux sauvages qui voulaient la dévorer.

Furieux, Jamil arpentait sa cour privée de long en large.

Il s'était arrêté devant chacune des fontaines, placées aux quatre coins de la cour, avant de s'asseoir sur le rebord de la cinquième, qui trônait en son centre.

D'un regard noir, il considéra la statue de la panthère, au milieu du bassin. Puis il se releva et lâcha une série de jurons en faisant de nouveau le tour de la cour. Rien, toutefois, ne pouvait apaiser sa colère, absolument rien. Son cœur battait à tout rompre, il avait les paumes moites et il tremblait encore.

Il se laissa retomber sur le rebord de la fontaine en soupirant.

Allez, calme-toi !

Avant l'arrivée de Cassie dans sa vie, il n'avait jamais eu de peine à se dominer. Depuis qu'elle était là, un rien suffisait pour lui faire perdre son sang-froid. Et il ne cessait de se poser des questions auxquelles il n'avait jamais songé auparavant.

Etait-il heureux ? Avait-il fait les bons choix dans sa vie ?

Il marmonna quelques jurons supplémentaires.

Tout était la faute de Cassie. Pourquoi fallait-il qu'elle remette tout en question elle-même ? Et pourquoi le forçait-elle à faire de même ? Depuis qu'il était retourné dans l'aile est du palais, les souvenirs douloureux de son enfance ne cessaient d'affluer. Comme sa mère lui avait manqué pendant ces longues nuits où il pleurait à chaudes larmes, seul dans le silence de sa chambre ! La douleur infligée à son corps n'était rien en comparaison ! Parfois, il se mettait à ressentir dans tout son être la solitude et la peur qu'il éprouvait alors, il y avait des années de cela. Oui, il se souvenait de tout et le revivait. Et tout, *tout* était la faute de Cassie.

Cette colère qui l'habitait n'était cependant pas assez forte pour combattre le sentiment qui le démangeait depuis des jours. Pour la première fois de sa vie, il avait des doutes. La souffrance dans laquelle il avait grandi en avait-elle valu la peine ? En outre, que pouvait-il faire maintenant ? Son père n'était plus là, il ne pouvait plus lui en vouloir. Le mal, si mal il y avait eu, était fait. Son père avait fait de lui l'homme qu'il était aujourd'hui et il ne voulait pas changer, il ne pouvait pas changer. Ou alors…

Il avait beau chercher, il ne trouvait pas les réponses à toutes ces questions qui le tourmentaient. Pour rien au monde il n'en parlerait à Cassie. Au contraire, il allait tenter d'oublier : il ne voulait plus revivre ce trop douloureux passé.

Il ferma les yeux et inspira profondément.

Oui, il voulait oublier le passé, mais au fond de lui, *malgré* lui, il ressentait le besoin de se confier… à Cassie. Après tout, n'était-ce pas elle qui avait ouvert la boîte de Pandore ? Ce serait donc à elle de la refermer ! Oui, ce serait la moindre des choses. Non pas qu'il ait besoin de son avis, bien sûr…

Il se leva et se mit à marcher dans la cour.

Il se montrait injuste. En fait, Cassie n'était peut-être pas responsable de tout, il ne pouvait pas tout lui mettre sur le dos. A vrai dire, c'était lui qui avait eu envie d'elle, lui qui l'avait embrassée, lui qui…

— Pauvre imbécile ! marmonna-t-il dans sa barbe.

Avant même de l'embrasser, il avait su qu'il s'apprêtait à commettre une erreur. Et il avait choisi d'ignorer cette petite voix dans sa tête qui lui ordonnait d'arrêter. Pour une fois, il avait laissé parler ses émotions.

Qu'avait-elle pensé de lui ? Allait-elle faire ses bagages et s'en aller ? Non, elle ne pouvait pas partir, elle n'en avait pas le droit. Eh bien, il lui présenterait ses excuses. Oui, ainsi, elle n'aurait plus de raison de quitter le palais et tout rentrerait dans l'ordre. Car si elle venait à partir, il… enfin, Linah ne le supporterait pas.

Las de toutes ces interrogations, il regagna sa chambre, enleva sa tunique et ses sandales et se laissa tomber, nu, sur son lit rond. En essayant de trouver le sommeil, il promena son regard sur le baldaquin en organdi.

Alors, l'image de Cassie revint perturber ses pensées.

Cassie, qu'il avait tenue dans ses bras… Cassie, avec ses baisers naïfs, mais sincères, ses caresses maladroites, mais tendres… Comme son manque d'expérience l'avait excité ! Jamais aucune femme n'avait produit sur lui un tel effet. Le mélange d'innocence et de sensualité promettait bien des plaisirs.

Il se ressaisit : ces plaisirs, il ne les partagerait jamais avec elle, surtout après ce qui s'était passé ce soir.

Il se passa une main dans les cheveux, submergé par la frustration.

Cassie n'avait rien d'une séductrice, mais elle n'était pas collet monté non plus. Sous ses toilettes élégantes et raffinées se cachait un corps sublime qui ne demandait qu'à être exploré.

Jamil sentit son sexe durcir au souvenir de la sensation exquise qui l'avait submergé lorsqu'il avait caressé sa féminité du bout des doigts. Jamais plus, il ne pourrait la caresser ainsi. S'il voulait qu'elle reste, il ne devait plus la toucher, plus l'embrasser… Or il voulait vraiment qu'elle reste, il n'était pas disposé à la voir partir, même s'il ne savait pas trop pourquoi. Pour le bien de Linah, sans doute.

D'ici à quelques heures, il la reverrait. Comme tous les matins, ils monteraient à cheval et, une fois la leçon d'équitation de Linah terminée, Cassie et lui iraient galoper ensemble dans le désert. Alors, il s'excuserait.

Il sourit à cette idée.

— Oui, tout ira bien ensuite, se promit-il en observant les ombres sur le mur.

— Réveille-toi ! Allez, dépêche-toi, sinon, papa croira qu'on ne vient pas aujourd'hui ! criait Linah en tirant les draps.

Cassie ouvrit les yeux.

La fillette la dévisageait d'un air anxieux. Elle portait la tenue de cavalière qu'elles avaient confectionnée ensemble. Elle était déjà prête pour sa leçon.

— Je crois qu'il vaudrait mieux que tu y ailles seule aujourd'hui, dit Cassie, sortant brutalement du sommeil. Je vais demander à l'une de tes servantes de t'accompagner jusqu'à ton père.

— Pourquoi ? Qu'est-ce qu'il y a ? Tu es malade ? Tes sœurs te manquent ? Tu veux un câlin ? demanda Linah en lui passant les bras autour du cou.

Cassie sourit.

— Non, ma puce, je vais bien, assura-t-elle. Je suis juste fatiguée ce matin. Je n'ai pas la force de monter à cheval.

Linah fit une moue et la considéra, les sourcils froncés. Ses lèvres tremblèrent un court instant, mais elle resta immobile. Quelques semaines plus tôt, elle aurait sans doute piqué une crise. Au lieu de cela, elle secoua la tête et haussa les épaules.

On dirait son père, pensa Cassie, attendrie.

— Je vais rester avec toi si tu es malade. Je vais t'apporter du sharbat et du thé et je vais demander à la cuisinière de te préparer ta pastilla préférée et je…

— Assez, assez ! coupa Cassie en riant. C'est bon, tu as gagné, je vais me lever. Un tel dévouement de ta part mérite récompense.

— Ça veut dire que tu viens quand même avec papa et moi ? s'écria Linah en sautillant de joie.

— Oui. Allez, va m'attendre dans la cour, je me dépêche.

De toute façon, il faudrait affronter Jamil tôt au tard, alors autant en finir au plus vite !

*
* *

— Le prince ne viendra pas aujourd'hui, annonça le palefrenier lorsqu'elles arrivèrent aux écuries. C'est donc moi qui vais vous accompagner.

— Ah bon ? Vous a-t-il dit pourquoi ? s'étonna Cassie.

— Non, désolé.

Elle était rassurée malgré elle par cette nouvelle. Linah, de son côté, faisait la grimace, déçue.

— Allez, ce n'est pas grave, on va travailler le saut d'obstacles, dit-elle à la petite fille.

Sans un mot, Linah monta sur son poney, puis se dirigea vers l'enclos de sable. Cassie la suivit sur le dos de sa jument.

Elles firent quelques tours de manège et Cassie lui expliqua comment on abordait un obstacle. Linah l'écouta avec attention, puis prit de l'élan pour essayer, mais son poney refusa de sauter. Elle fit une nouvelle tentative, mais le poney s'arrêta encore une fois devant l'obstacle. Enervée, la fillette leva son fouet, s'apprêtant à frapper l'animal. Cassie lui attrapa le bras juste à temps.

— Ne te venge pas sur le poney, ce n'est pas sa faute à lui si tu n'y arrives pas ! Un tel geste n'est pas digne d'une cavalière, lui opposa-t-elle.

Linah se débattit.

— Lâche-moi ! cria-t-elle, rouge de colère.

— Calme-toi et je te lâcherai.

— Mais lâche-moi ! Je suis une princesse, personne n'a le droit de me toucher ! Lâche-moi tout de suite !

— Linah !

— Je te déteste, je te déteste, Cassie. Va-t'en ! Retourne en Angleterre, je ne veux plus de toi ici !

— Linah, tu ne penses pas ce que tu dis. Allez, calme-toi et…

Mais Linah ne l'écoutait plus. Elle parvint à se libérer de la main de Cassie et partit au galop en direction des écuries.

Cassie lança sa jument à sa poursuite, mais le poney et la fillette étaient rapides. Quand elle arriva aux écuries, Linah avait déjà laissé le poney au palefrenier et se dirigeait vers le palais. Cassie résolut de ne pas la rattraper. Mieux valait lui laisser le temps de se calmer seule.

Les mots de Linah l'avaient blessée, même si l'enfant ne les pensait certainement pas. Désormais, Jamil aurait une raison de plus de la renvoyer chez sa sœur. Qui pourrait bien vouloir garder une gouvernante dépravée et, de surcroît, incapable d'élever correctement un enfant ?

De toute façon, elle en avait assez. Assez de ce petit tyran de huit ans, assez de son égoïste de père, assez de toute cette situation ! C'était fini, elle avait atteint ses limites !

Sur cette pensée, Cassie cabra sa jument et la lança au galop vers les portes de la ville.

Chapitre 7

Un conseil extraordinaire s'était réuni au dernier moment et avait empêché Jamil d'accompagner Linah et Cassie pour leur promenade à cheval. Les discussions avaient duré plusieurs heures, l'on avait envisagé des mesures pour remédier aux problèmes qui se posaient, puis des décisions avaient été adoptées à l'unanimité. A présent, Jamil pouvait enfin quitter la salle du trône, ce qu'il fit d'un pas rapide. Sans passer par ses propres appartements, il se dirigea directement vers ceux de Linah.

Il était midi passé. Linah devait faire la sieste et il allait trouver Cassie installée sous le citronnier, occupée sans doute à lire de la poésie.

Son cœur fit un bond lorsqu'il arriva à la porte. Avec une profonde inspiration, il la poussa et pénétra dans la cour… pour s'immobiliser aussitôt devant le spectacle qui s'offrait à ses yeux.

Affalée sur un coussin et entourée de toute sa suite, Linah pleurait à chaudes larmes. A quelques pas, la mosaïque de la princesse Shéhérazade était maculée de jus de fruits et des débris de ce qui avait dû être une carafe.

Dès qu'elle le vit, Linah se leva et courut vers lui.

— Papa, papa, tu dois la ramener ici ! cria-t-elle en se jetant dans ses bras.

Elle avait les cheveux trempés et les yeux rougis par les larmes.

— Mais que diable s'est-il passé ici ? s'enquit Jamil en se baissant pour la serrer dans ses bras.

Les servantes, qui s'étaient toutes agenouillées à son arrivée, baissèrent la tête sans répondre.

— C'est Cassie, sanglota Linah.

— Quoi, Cassie ?

— Elle est partie, papa. Cassie est partie !

Ces mots résonnèrent comme un coup de tonnerre dans l'esprit de Jamil.

— Comment ça, partie ?

— C'est à cause de moi..., expliqua l'enfant entre deux halètements. C'est parce que... parce que je... je lui ai dit de s'en aller.

La fillette dans ses bras, Jamil se dirigea vers un fauteuil installé à l'ombre. Il s'y assit, sa fille sur ses genoux.

— Bon, raconte-moi tout, Linah ! Tu ne seras pas punie, je te le promets. Dis-moi exactement ce qui s'est passé.

Linah releva vers lui ses yeux embués de larmes. Sans doute se demandait-elle si elle pouvait le croire. Elle hésita un long moment, puis finit par se décider et lui relata les événements de la matinée.

— J'ai... j'ai dit à Cassie que je... que je la détestais et... et que je voulais qu'elle reparte, que... qu'elle retourne en Angleterre. Et elle... elle avait l'air toute triste, papa, et moi, j'étais contente... j'étais contente de la voir triste. Je... je voulais la voir triste, parce que, de toute façon... de toute façon, elle va bientôt partir, et moi, moi, je ne veux pas qu'elle parte et maintenant, elle est partie quand même.

— Quand est-elle partie ? Comment ?

L'une des servantes releva la tête pour expliquer d'une voix timide :

— Le palefrenier l'a vue partir à cheval vers les portes de la ville, Votre Altesse.

Jamil fit mine de se lever, mais Linah s'accrocha à lui.

— Ne sois pas fâché, papa, s'il te plaît ! J'ai dit ça comme ça… je ne le pensais pas. Je ne serai plus jamais méchante, plus jamais, je te le promets ! cria-t-elle, le visage baigné de larmes. Il faut que tu ramènes Cassie, papa. Je t'en prie, ramène-la…

Jamil se baissa et la saisit par les épaules.

— Ecoute-moi bien, Linah, dit-il. Bientôt, je vais avoir une nouvelle épouse, et ce sera donc ta nouvelle maman. Tu n'auras plus besoin de Cassie. Ta nouvelle maman te donnera des frères et des sœurs. Tôt ou tard, Cassie devait partir de toute façon.

— Mais pourquoi tu ne te maries pas avec Cassie ? Comme ça, elle pourra rester ici !

Jamil sourit malgré sa douleur.

— Ce n'est pas aussi simple, Linah. Ma nouvelle femme, ta nouvelle maman, a déjà été choisie, expliqua-t-il en caressant la joue encore humide de l'enfant.

Il lâcha Linah et se releva pour partir.

— Mais ne t'en fais pas, Linah ! ajouta-t-il. Je vais retrouver Cassie. Je vais te la ramener ici, je te le promets.

La fillette sourit à travers ses larmes et il lui rendit son sourire, affichant une expression qu'il voulait confiante.

Jamil retrouva la jument de Cassie dans l'oasis de Maldissi, à une dizaine de kilomètres du palais.

En sortant de la ville, il n'avait eu qu'à suivre les traces. Les empreintes de sabots de cheval étaient bien différentes de celles des chameaux et pas un souffle de vent n'était venu les effacer dans la chaleur du désert.

L'animal broutait à proximité de la source d'eau. En revanche, il n'y avait pas trace de Cassie.

Le pouls de Jamil s'accéléra. L'animal n'était même pas attaché. Il caressa la bête, dont le corps n'était déjà plus en sueur. Il devait être là depuis plusieurs heures. Selon le palefrenier, Cassie était partie cinq heures plus tôt environ, sans emporter ni eau, ni rien d'autre.

Il descendit de son étalon, attacha la jument sous un arbre et remonta à cheval. Il avait la gorge serrée. Il prit une profonde inspiration afin de remettre de l'ordre dans ses idées.

Cassie était une excellente cavalière. Si elle était tombée de cheval, la chute avait dû être brutale. Dans le cas contraire, elle aurait rattrapé la jument et l'aurait au moins attachée.

Il fit le tour de l'oasis en cherchant des traces de pas ou de sabots, mais la jument avait dû faire plusieurs va-et-vient entre les deux sources d'eau et, si traces il y avait eu, elle les avait toutes effacées.

L'air était lourd, trop lourd. Jamil regarda le ciel, puis l'horizon. Une tempête de sable se préparait, il le sentait. Son étalon dut lui aussi percevoir le changement de temps, car il voulut se cabrer. Jamil tira sur les rênes pour l'en empêcher.

Il faut absolument que je la retrouve, pensa-t-il.

Il fit un nouveau tour de l'oasis et finit par découvrir des traces de sabots qu'il n'avait pas encore remarquées. La jument était sûrement arrivée par là. Il remonta la piste jusqu'à un amoncellement rocheux qu'il reconnut aussitôt.

— Les Trônes des Dieux, marmonna-t-il.

Il descendit du cheval et leva la tête. Des nuages rouges, menaçants, recouvraient le ciel.

— Cassie ! cria-t-il.

Il n'eut pas de réponse.

— Caaassie !

Toujours rien.

Il examina encore le sable et distingua enfin des traces de pas. Elles étaient irrégulières, mais c'étaient bien des traces de pas humains, il n'y avait pas de doute là-dessus, même si le vent qui se levait les avait en partie effacées. Et la tempête allait s'abattre d'un instant à l'autre.

— Cassie ! cria-t-il encore une fois en suivant les traces.

Il vit les oreilles de son cheval se dresser. Avait-il entendu quelque chose ? Etait-ce Cassie ?

— Cassiiiiie !

Lui aussi entendait, maintenant ! Oui, c'était Cassie ! La voix de Cassie !

Il avança dans la direction d'où provenait le son.

Mon Dieu, pourvu qu'elle ne soit pas blessée !

Il l'aperçut enfin.

Elle s'était allongée entre deux rochers. Ses joues étaient trempées de sueur et l'on pouvait lire la peur dans son regard, mais elle ne semblait pas blessée. Elle lui adressa un faible sourire et il sentit son cœur battre la chamade. Aussitôt, il se précipita vers elle et la prit dans ses bras.

— Cassie, mon Dieu, Cassie ! Vous n'imaginez même pas comme j'étais inquiet. Qu'est-ce qui vous a pris, de partir comme ça ? Vous auriez pu mourir !

Cassie appuya la tête contre son torse dans un sanglot.

— Je suis désolée… désolée…, articula-t-elle.

— Ça va aller, assura-t-il. Ça va aller.

Elle semblait au bord des larmes et il sentit qu'elle s'agrippait à lui. Dieu, comme il était soulagé ! Elle enfouit la tête dans son cou et demeura serrée contre lui, immobile.

— Je suis désolée, murmura-t-elle. Je ne sais pas ce qui m'a pris. Je...

Elle ne put poursuivre et éclata en sanglots. Désemparé, ne sachant que faire, il la berça doucement, par réflexe. Puis elle tenta de se détacher et un petit cri lui échappa.

— Qu'y a-t-il ? s'écria-t-il. Vous êtes blessée ?

Elle se mordit la lèvre inférieure.

— Oh ! Ce n'est rien... C'est ma cheville. Je crois que je me suis fait une entorse. Tout s'est passé si vite... Un serpent a effrayé la jument, celle-ci s'est cabrée, j'ai lâché les rênes et je suis tombée.

Elle tenta de prendre appui sur sa jambe, mais là encore la douleur sembla l'en empêcher.

— Vous avez eu de la chance, dit-il.

Il la souleva alors dans ses bras sans cesser de la maintenir serrée contre lui.

Elle était saine et sauve, Dieu merci, et il se demanda ce qu'il aurait fait si cela n'avait pas été le cas. Elle aurait pu mourir...

— Je suis vraiment désolée, Jamil, répéta-t-elle. Je suis partie sur un coup de tête et...

— Un coup de tête parmi tant d'autres, soupira-t-il. A force, on s'y habitue, ajouta-t-il en souriant malgré lui.

— Je...

— Ne parlez plus. Vous êtes en vie, c'est tout ce qui compte.

Il leva les yeux vers le ciel et fronça les sourcils.

Oui, elle était en vie, mais elle ne le resterait peut-être pas longtemps s'ils ne trouvaient pas refuge rapidement.

— Nous discuterons de tout ça plus tard, mais pour

l'instant il faut se mettre à l'abri, le temps que la tempête passe, expliqua-t-il en regardant autour de lui.

Il aperçut enfin une grande fissure dans une roche. Elle s'ouvrait sans doute sur une grotte et cela ferait l'affaire...

Il serra Cassie dans ses bras et se dirigea vers l'ouverture. L'étalon marchait derrière eux.

Oui, c'était bien une grotte. L'entrée était juste assez large pour le cheval, mais c'était spacieux et profond à l'intérieur. Ici, la tempête ne pourrait pas les atteindre.

— Restez là en attendant que je m'occupe du cheval, ordonna Jamil en la posant sur le sable, dans le coin le plus reculé de la grotte.

Cassie acquiesça et s'étira avant de s'allonger.

Jamil entreprit de retirer la selle et le licol du cheval. Il faisait sombre dans la grotte et c'était difficile. L'air sec et poussiéreux n'était pas fait pour arranger les choses. Il jeta un bref coup d'œil à Cassie et réprima un soupir d'exaspération. Cette femme était-elle toujours aussi irresponsable ? Lui arrivait-il de réfléchir, parfois ? Après le soulagement, c'était la colère qui reprenait le dessus. Quelle idée de partir ainsi dans le désert, sans même emporter de l'eau ! Comment pouvait-elle être aussi inconsciente ?

Il prit les deux gourdes en peau de chèvre et la couverture qu'il emportait toujours avec lui et la rejoignit. Il posa la couverture sur elle.

— Vous tremblez, dit-il d'un ton sec, et vous claquez des dents.

— Oui, ce doit être le choc, répondit-elle. C'est ma faute, je suis désolée.

— Tenez, buvez ! Par petites gorgées.

Il enleva le bouchon et porta l'une des gourdes aux lèvres de la jeune femme.

Elle obéit, toussa, puis but de nouveau.

— Voilà, doucement, souffla Jamil. Il ne faut pas boire trop vite quand on est déshydraté.

— J'ai perdu mon voile dans la chute, murmura-t-elle. Je n'ose même pas imaginer de quoi j'ai l'air…

Voilà qu'elle se souciait de son apparence, à présent ! Jamil baissa la gourde.

Ses yeux ne s'étaient pas encore bien habitués à la pénombre, mais il imaginait que Cassie était encore pâle. Ses cheveux blonds tombaient en désordre sur ses épaules. Toujours tremblante, elle avait resserré la couverture autour d'elle. Cette fragilité inhabituelle la rendait plus belle encore, songea Jamil.

Il porta de nouveau la gourde à ses lèvres desséchées et elle but encore quelques gorgées.

— Merci, dit-elle enfin en toussotant.

— Laissez-moi jeter un coup d'œil à votre cheville ! Pour cela, il faut enlever la botte. Seulement, je ne suis pas sûr que vous pourrez la remettre après.

— Ne peut-on pas attendre d'être rentrés au palais ? interrogea-t-elle.

Il secoua la tête.

— Non, répondit-il. Je ne sais pas à quelle heure nous serons de retour et je veux m'assurer qu'il n'y a rien de cassé.

Sans plus attendre, il lui souleva délicatement la jambe et la posa sur ses genoux. Il défit ensuite les lacets de la botte et les desserra avec soin.

Cassie le regardait faire en se mordant la lèvre.

Elle se demandait ce qui la troublait le plus ; la douleur ou la douceur que lui témoignait Jamil à travers ses gestes. Elle sentait une étrange sensation se diffuser dans son corps sous la pression des doigts masculins. Jamil avait retiré la botte et lui tâtait à présent le pied, la cheville, le mollet. Tout cela était innocent, mais chaque pression lui rappelait le moment d'intimité qu'ils avaient partagé ; les caresses, les baisers…

— Vous n'avez rien de cassé, Dieu merci, mais je vais quand même devoir vous faire un bandage.

— Je m'en charge, répondit-elle. Je peux utiliser mes bas pour…

Mais… que faisait-il ?

Elle n'avait pas eu le temps d'achever sa phrase que, déjà, il lui détachait une à une ses jarretelles et lui retirait les bas l'un après l'autre, doucement. Il les enroula ensuite autour de la cheville enflée, puis ôta l'épingle de sa cape et s'en servit pour les maintenir. Elle suivit en silence chacun de ses gestes, frissonnante.

— Merci, murmura-t-elle enfin.

Elle se passa une main sur les yeux et le visage pour enlever le sable collé à sa peau.

— Attendez, dit Jamil.

Elle leva la tête vers lui. Il ôtait son turban à présent. Il prit ensuite la gourde pour verser un peu d'eau sur le tissu, qu'il lui passa doucement sur le visage. Elle réprima un petit gémissement sous la fraîcheur de la soie mouillée sur sa peau brûlante. Il lui tendit ensuite la gourde et elle but quelques gorgées supplémentaires.

— Vous vous sentez mieux, maintenant ?

Cassie hocha la tête. Elle ne tremblait presque plus.

— Je suis désolée, je sais que j'ai été stupide.

— Très stupide, même.

Un frisson la parcourut. Après les gestes tendres de Jamil, voilà que sa voix se faisait dure, très dure. Elle ne pouvait voir son visage, mais elle le devinait fâché. Evidemment qu'il était fâché ! Comment aurait-il pu en être autrement ? Sa courte carrière de gouvernante était terminée ; d'ici à quelques jours, elle se retrouverait en Angleterre. Et elle n'aurait rien prouvé du tout à son père…

— Je suis vraiment désolée, je ne voulais pas vous mettre en danger.

— Moi ? Je connais ce désert comme ma poche, je n'ai pas couru le moindre danger ! C'est vous qui seriez morte si je ne vous avais pas retrouvée ! Qu'est-ce qui vous a pris ? Tout cela parce que Linah vous a mal parlé ? Je suis au courant, elle m'a tout raconté. Mais quelle sorte de gouvernante êtes-vous pour ainsi prendre la mouche ?

— Mais non, ce n'est pas ça, Linah n'y est pour rien ! opposa-t-elle, mal à l'aise. Ce n'est pas la première fois qu'elle me parle mal, vous vous en doutez, et je ne suis jamais partie pour ça… Non, disons que… que c'était la goutte d'eau qui a fait déborder le vase. Je n'aurais jamais dû vous laisser… enfin, vous encourager à… à… Oh ! j'ai tellement honte ! Je suis désolée !

Jamil demeura silencieux à ces mots. Surprise, elle releva la tête vers lui. Il s'était détourné. Elle retint son souffle, redoutant sa réaction.

— En réalité, c'est à moi de vous faire des excuses, déclara-t-il enfin en la regardant. C'est moi qui ai profité de la situation, moi qui ai profité de votre innocence. Sachez que je m'en veux terriblement.

Ebahie, Cassie scruta son visage dans l'obscurité.

— Mais… vous n'avez pas profité de la situation, justement !

— Non, bien sûr, mais je l'aurais fait si vous ne m'aviez pas arrêté à temps.

— Oui, mais je vous ai demandé d'arrêter et vous m'avez écoutée. C'est ma faute, j'ai été ridicule. Je ne pensais pas qu'un simple baiser pouvait... Enfin, je n'ai jamais...

Le regard de Jamil pesait sur elle. Désarmée, elle s'arrêta de parler.

Pour ne pas céder à la panique, elle avait répété cent fois les excuses qu'elle comptait lui présenter. Mais, à présent qu'il venait de la sauver d'une mort aussi certaine que lente et cruelle, tout s'embrouillait dans son esprit. Jamil ne lui en voulait pas pour ce qui s'était passé. Il s'en voulait, à lui. Mais pourquoi ? Comment pouvait-il se reprocher quoi que ce soit ? C'était elle qui s'était comportée comme une dépravée, non ?

— Est-ce que vous regrettez ce qui s'est passé ? interrogea-t-elle sans réfléchir.

Elle retint sa respiration, comprenant l'ambiguïté de sa question. Mais diable, pourquoi était-elle allée la lui poser ?

— Je... je suis désolée... Je n'aurais pas dû vous demander ça. Vous n'êtes pas obligé...

— Non.

— Non quoi ?

— Non, je ne regrette pas ce qui s'est passé.

Elle vit Jamil plisser les yeux dans l'obscurité. Il semblait réfléchir. Sans doute avait-il répondu trop vite et allait-il se raviser. Après tout, n'était-il pas furieux à peine quelques minutes plus tôt ? Elle se réjouit que l'obscurité de la grotte empêche son interlocuteur de lire sur son visage toute la honte qu'elle éprouvait en cet instant.

Il lui prit soudain la main.

— Comment pourrais-je regretter ? reprit-il. Même si Dieu sait que je le devrais ! Vous êtes sous ma protection, après tout.

— Et mon comportement ne vous a pas choqué ?

— Choqué ? Au contraire ! assura-t-il en souriant dans la pénombre. Vous m'avez excité, et je crois que je vous ai fait le même effet, n'est-ce pas ?

Cassie toussota.

La conversation prenait une tournure à laquelle elle ne s'attendait pas. Ils étaient soudain en train de dévoiler des choses très intimes, des sentiments que seuls les grands poètes savaient décrire. Et voilà qu'elle éprouvait en outre des sensations qu'elle ne parvenait pas à expliquer, qui n'étaient évoquées dans aucun des poèmes qu'elle lisait.

Tante Sophia serait outrée de son comportement. Oui, mais tante Sophia n'était pas là. Elle était en Angleterre, à des milliers de kilomètres, alors qu'elle-même se trouvait là, blessée, dans une grotte au beau milieu d'un désert, en compagnie d'un prince. D'un prince du désert. Combien de personnes avaient pu vivre une expérience similaire ? Aucune, sans doute.

— Ça m'a fait un peu peur, chuchota-t-elle.

— Quoi donc ?

— Toutes ces choses qui naissaient en moi. C'était comme… comme si j'étais prise dans un tourbillon et que je ne pouvais rien faire pour y échapper.

— Et vous n'aviez pas réellement envie d'y échapper, n'est-ce pas ?

— Non, avoua-t-elle en sentant ses joues rosir. Est-ce mal ?

— Non, bien sûr que non ! Vous savez, Cassie, dans ma culture, une femme a tout à fait le droit de ressentir la même passion qu'un homme en goûtant à certains plaisirs.

— Ah bon… ?

— Oui, c'est comme ça ici.

— Ah oui… ?

Ici, une femme avait le droit de goûter aux plaisirs ? Mais quels plaisirs, d'abord ? Les plaisirs… défendus ? Défendus en Angleterre, peut-être, mais pas ici, apparemment.

Jamil lui tenait toujours la main et elle ne savait quand ni comment ils s'étaient rapprochés l'un de l'autre. Elle se sentait en sécurité, alors qu'elle ne voulait pas l'être, finalement. Elle connaissait déjà l'homme honorable qu'il était, mais à présent elle avait envie de partager la compagnie de *l'homme*, tout simplement.

Jamil rompit le silence.

— Je dirais même que, dans ma culture, une femme se doit de ressentir cette passion, ce plaisir, insista-t-il. Et, bien sûr, c'est à l'homme de lui procurer toutes sortes de sensations.

Quelques pensées aussi sensuelles que troublantes traversèrent l'esprit de Cassie à ces mots.

Elle ne connaissait rien de tout cela. Tout ce qu'elle savait, elle le tenait de tante Sophia, qui lui avait fait comprendre à demi-mot qu'il s'agissait là d'obligations particulières qu'une épouse devait accomplir. Des obligations que, de son côté, Celia semblait ravie de remplir avec son mari.

Le plaisir… Elle n'y avait jamais songé avant d'arriver dans cette ville perdue du désert. Certes, elle en trouvait dans sa vie, par exemple, dans la lecture, dans les longues promenades qu'elle faisait, dans la danse. Trouvait-on le même genre de plaisir en faisant l'amour, ou était-ce deux choses différentes ? Et puis, pouvait-on donner du plaisir à quelqu'un sans lui avoir donné son cœur auparavant ? Etait-il plus judicieux, dans ce genre de cas, de ne pas donner son cœur, justement ? Le seul « amoureux » qu'elle ait jamais fréquenté, c'était Augustus, et il n'avait pas été question de ce genre de choses avec lui. Alors comment savoir si Jamil disait vrai ? Et d'ailleurs, de quoi était-il en train de parler exactement ? Pas d'amour, en tout cas ; ça, elle en était sûre.

— Donc, une femme… une femme… Comment une femme peut-elle goûter à ces plaisirs ?

Voilà, elle l'avait posée, sa question. A présent, advienne que pourrait ! Elle était trop curieuse de savoir et, si elle ne demandait pas cette chose-là maintenant, elle n'aurait plus jamais l'occasion de le faire. Ils étaient tous les deux dans une grotte, abrités de la tempête, loin des regards indiscrets et désapprobateurs.

— Il y a bien des façons d'y goûter et bien des façons d'en donner.

— Ah…

Cassie frissonna sous la couverture.

Elle soupçonnait Jamil de lui avoir entrouvert les portes du plaisir la nuit précédente, ce plaisir dont elle ignorait tout, mais qui l'attirait désormais et qu'elle voulait découvrir tout à fait. Elle n'aurait jamais dû demander à Jamil d'arrêter ! Après tout, qu'avait-elle à perdre ? Elle avait eu peur de l'inconnu, sans doute. Oui, et elle en avait encore un peu peur, mais l'envie d'aller plus loin était plus forte, elle voulait goûter le fruit défendu, vivre l'instant présent. De plus, elle n'était pas sûre de rester très longtemps au palais. Il allait la chasser tôt ou tard… Et même s'il ne le faisait pas, il ne pourrait plus être question de quoi que ce soit entre eux.

Un seul mot avait suffi pour arrêter Jamil la nuit précédente. Maintenant, elle n'aurait qu'à poser une question et il lui ferait découvrir ces plaisirs qui l'intriguaient et l'attiraient à la fois. Elle ne doutait pas qu'il accepterait ;

il en avait envie, elle le savait. Lui aussi devait sentir la tension qui s'était créée entre eux.

Elle passa la langue sur ses lèvres desséchées. Une simple question et…

— Jamil, pouvez-vous me montrer comment…, commença-t-elle dans un murmure.

Elle ne reconnut pas sa propre voix. Sa gorge était sèche mais elle n'avait pas soif.

— Vous en avez vraiment envie ?

— Oui… Mais pas vous ?

— Si. J'ai très envie de vous.

J'ai très envie de vous…

Les mots de Jamil la firent tressaillir. Il avait envie d'elle. Personne n'avait jamais eu envie d'elle de cette manière. Même Augustus ne lui avait pas témoigné autant d'intérêt. Jamil avait envie d'elle, telle qu'elle était, et le reste importait peu. Elle brûlait d'impatience de savoir ce qu'il allait lui faire. Mais… et elle ? Qu'allait-elle devoir faire ?

— Vous n'avez rien à faire, ma douce Cassie, déclara-t-il comme s'il avait lu dans ses pensées. Mon plaisir sera de vous initier au plaisir, et rien de plus. Ce que je désire réellement, je ne peux pas l'avoir.

Elle sentit qu'il serrait les poings en prononçant ces mots.

— Je… je ne comprends pas, murmura-t-elle, désemparée.

— Bientôt…, souffla-t-il.

Il n'en dit pas plus. Déjà, il se rapprochait d'elle et la prenait dans ses bras pour l'embrasser.

Cassie savoura l'étreinte de Jamil et le goût de sa bouche, qui avait rejoint la sienne. Un frisson la parcourut de la tête aux pieds. Elle ouvrit les lèvres malgré elle et leurs langues se cherchèrent, se caressèrent, s'entremêlèrent. Les mêmes sensations délicieuses qu'elle avait éprouvées la nuit précédente se manifestèrent de nouveau.

Il l'embrassait lentement et profondément. Elle sentait ses muscles se crisper de tension sous les doigts qu'elle avait posés sur ses joues.

Il lui caressa les cheveux, puis les lui repoussa derrière les épaules, avant de lui déboutonner et de lui enlever sa veste. Un nouveau frisson la parcourut lorsqu'il commença à défaire les lacets en dentelle du chemisier. Elle se laissa faire en tremblant. Puis il abandonna sa bouche et sema une pluie de baisers le long de son cou.

Elle se crispa avec un petit gémissement. Le contact des lèvres qui lui effleuraient la peau réveillait en elle des sensations inouïes. Elle s'accrocha à lui en enfonçant les doigts dans les muscles de son dos, puis de ses bras. Elle fit glisser ensuite les mains vers l'avant, sur le torse de Jamil, mais celui-ci la saisit par les poignets et la retint fermement.

— Laissez-vous faire, souffla-t-il entre deux baisers, tout en l'allongeant sur le sable.

Chaque baiser déposé sur sa peau la faisait frémir davantage. Il immobilisa bientôt les lèvres au-dessus de ses seins et elle retint son souffle. Qu'allait-il faire maintenant ? Lentement, il repoussa le chemisier et commença à défaire le corset. Elle frémit en s'apercevant qu'elle était à demi nue devant lui, mais étrangement cette idée intensifia son plaisir. Quand il se pencha pour poser la bouche sur un mamelon, puis le saisir entre ses dents pour le mordiller, elle crut qu'elle allait défaillir de plaisir. Il s'interrompit un instant, attentif, puis se reporta sur l'autre sein. Elle éprouva une pression exquise entre les cuisses.

Quand il abandonna ses seins pour reprendre possession de sa bouche, elle lui rendit le baiser avec passion, pressant sa langue contre la sienne. Mais, très vite, il interrompit leur baiser pour redescendre lui embrasser les seins. De la main, il entreprit, en même temps, de lui remonter ses jupons, puis ses lèvres abandonnèrent les pointes de ses mamelons érigés pour descendre le long de son ventre. Elle retint son souffle quand il se mit à lui embrasser et à lui caresser les cuisses, les genoux, puis de nouveau les cuisses. Voyant qu'il continuait à remonter et imaginant soudain ce qu'il s'apprêtait à faire, elle ouvrit grand les yeux dans l'obscurité. Allait-il vraiment l'embrasser *là* aussi ?

Il glissa une main entre ses cuisses et caressa du bout des doigts son intimité humide. Elle se sentait trembler de la tête aux pieds. La pression au creux de son ventre ne cessait de s'accroître. Elle en demandait plus, à présent. Elle voulait qu'il vienne combler ce désir irrépressible qui montait en elle. Les doigts de Jamil se firent insistants.

Elle s'arqua tout à coup. Il ne la caressait plus avec les doigts, mais avec la langue.

— S'il vous plaît… Oh…, bredouilla-t-elle en enfonçant la main dans le sable.

Elle allait mourir. Mourir de plaisir. Fondre sous ces caresses.

— S'il vous plaît…

Il la saisit par les hanches et glissa la langue dans les replis de sa féminité.

— Oh…

Doucement, avec précaution, il l'explorait de la langue. Elle eut soudain l'impression que tout son corps s'embrasait.

Tous ses muscles s'étaient contractés ensemble et la

tête lui tournait soudain. Des spasmes envahirent le bas de son ventre, de plus en plus intenses.

Elle se cambra, gémit, puis cria. Une vague de chaleur la submergea et elle explosa tout à coup, emportée par un plaisir d'une incroyable intensité. Elle avait atteint l'extase.

Jamil la serra contre lui tandis qu'elle s'abandonnait dans ses bras avec langueur.

Emu, il lui caressa les cheveux et nicha la tête au creux de son cou. Sous ses lèvres, il sentait son pouls battre la chamade. Il avait tenu sa parole ; il lui avait fait goûter au plaisir. Mais maintenant il entendait lui faire découvrir davantage encore. Le désir s'était emparé de lui et son sexe était dur comme jamais. Mais non, il ne pouvait pas…

Cassie haletait doucement. Elle le tenait serré contre elle et lui agrippait le bras. Il savait qu'elle sentait son sexe pressé contre son ventre et qu'elle aussi ne demandait qu'à continuer, qu'à aller encore plus loin dans le plaisir. Seulement, elle n'était pas en état de réfléchir. Après ce qu'il venait de provoquer en elle, il aurait pu faire d'elle ce qu'il voulait, elle lui appartenait tout entière. Toutefois, il s'arrêterait là, il se l'était promis. Il le lui avait promis à elle aussi.

Il voulut s'écarter, mais Cassie protesta aussitôt en émettant de petits sons confus. Il ne pouvait pas la repousser, pas encore du moins, c'était au-dessus de ses forces.

— Dormez, lui chuchota-t-il à l'oreille en lui caressant les cheveux.

— Jamil…

Le corps féminin était totalement détendu entre ses bras et Jamil s'aperçut soudain qu'elle s'était endormie.

Au-dehors, la tempête faisait rage. Il entendait le vent souffler et voyait le sable voler en tous sens par l'entrée de la grotte. Si seulement ces éléments déchaînés pouvaient balayer en lui ce désir démesuré qui ne le lâchait pas !

Mais il devait tenir bon, c'était un homme d'honneur et il avait fait le bon choix. Il n'avait plus qu'à s'en convaincre.

Cassie se réveilla dans les bras de Jamil.

A peine eut-elle ouvert les yeux qu'elle se demanda ce qu'elle éprouverait si elle se réveillait ainsi tous les matins à son côté, en sentant ce corps viril contre elle. La sensation délicieuse qui l'envahissait en cet instant, la ressentirait-elle tous les matins ? Et que se serait-il passé s'il lui avait bel et bien fait l'amour ? Pourrait-elle être encore plus heureuse et épanouie qu'elle ne l'était déjà ? Mais surtout, était-ce vraiment raisonnable de se sentir aussi heureuse et épanouie ?

Non, elle ne se laisserait pas gagner par la culpabilité. Elle ne regrettait pas ce qui s'était passé. Comment pouvait-on regretter une chose aussi merveilleuse ? Jamais elle n'oublierait ces instants. Jamais elle n'oublierait à quel point elle s'était sentie bien sous les baisers et les caresses expertes de Jamil.

Oui, elle s'était sentie… bien. *Trop* bien.

Elle revint brutalement à la réalité.

Mais… Quelle réaction déplacée de sa part ! Elle n'avait pas le droit d'éprouver tant de bien-être. Au contraire, elle devrait se sentir mal, terriblement mal même ! Tout ceci n'avait été qu'un rêve, un moment de folie. La vie allait reprendre son cours. Qu'avait-elle bien pu imaginer ? Elle était la gouvernante de Linah, et non pas la concubine de Jamil. Et pourquoi pas entrer dans son harem, pendant qu'elle y était ?

Si elle avait fait partie de son harem, il lui aurait fait goûter à bien d'autres plaisirs encore…

Cette réflexion la laissa pensive, mais elle se ressaisit aussitôt.

Elle ne faisait pas partie de son harem, non, et elle n'en ferait jamais partie, même si elle s'était laissée aller à un moment d'égarement. Personne n'apprendrait ce qui s'était passé dans cette grotte, cela ne se reproduirait plus jamais, et elle allait repartir en Angleterre pour reprendre sa vie d'autrefois. Elle oublierait vite Jamil.

Elle avait beau se raisonner ainsi, elle savait au fond d'elle-même qu'elle n'en resterait pas là. Oui, tôt ou tard, avant de quitter ces paysages désertiques, elle succomberait de nouveau. Tôt ou tard, Jamil la reprendrait et lui ferait découvrir d'autres plaisirs encore. Elle ne pourrait pas dire non, ce serait au-dessus de ses forces. Elle se laisserait faire, se donnerait à lui corps et âme, et tout le monde finirait par savoir qu'elle était dépourvue de sens moral.

Outre sa réputation, elle perdrait aussi sa dignité, son honneur, le respect de sa famille. Et Celia ? Que penserait Celia de tout ça ? Sa chère sœur s'indignerait de son comportement. Cassie devrait de toute façon quitter le palais. Jamil lui avait bien expliqué que la gouvernante de sa fille devait avoir un comportement irréprochable.

La panique lui enserra la poitrine.

Elle ne voulait pas partir. Pas encore ! Pas tout de suite…

Oui, elle entendait rester, mais il y aurait un prix à payer : ce qui s'était passé ne devrait pas se reproduire. Cela avait été la première et la *dernière* fois. Ainsi elle garderait sa réputation intacte et mènerait à bien la mission qu'elle s'était donnée en venant ici.

Forte de sa résolution, elle se tourna vers Jamil.

Endormi, il la tenait toujours dans ses bras et elle se sentait en sécurité dans son étreinte. Elle goûtait la chaleur de son corps ferme et inhalait son odeur virile, la joue pressée contre son torse. Elle songea qu'elle devait profiter de ces précieux instants d'intimité. Ce seraient les derniers…

Dehors, la tempête semblait s'être calmée.

Faites qu'il ne se réveille pas tout de suite ! pria-t-elle en son for intérieur.

Mais Jamil remua soudain. Ses bras musclés se resserrèrent autour d'elle et elle resta immobile, les yeux fermés.

Venait-il de lui embrasser le front ?

Il se dégagea doucement et quelque chose se brisa en elle, laissant place à une sensation de vide.

Il s'était levé, mais elle prit soin de garder les yeux fermés.

— La tempête est passée, dit-il d'une voix douce. Je vous attends dehors.

Elle ouvrit les yeux. Déjà, il avait tourné les talons et se dirigeait vers la sortie de la grotte.

Cassie se retrouva seule. Il ne s'était même pas arrêté pour lui adresser un regard, il ne lui avait pas souri, rien.

Elle se leva à son tour. Ses mains tremblaient tandis qu'elle arrangeait ses vêtements en désordre. Pourquoi cette froideur ? On eût dit qu'il voulait la fuir. Il la méprisait. Elle aussi entendait bien mettre de la distance entre eux, mais le comportement qu'il adoptait à présent avait quelque chose de blessant.

Elle songea qu'elle avait été si préoccupée par ses propres sensations qu'à aucun moment elle n'avait pris le temps de penser à ce que *lui* ressentait. Elle ne le saurait sans doute jamais désormais.

Elle sortit à pas prudents de la grotte.

Tout comme ses sentiments, le désert aussi avait changé. La tempête avait laissé derrière elle des dunes de sable et le paysage était méconnaissable. De même que dans sa tête et dans son cœur, elle avait perdu le peu de points de repère qu'elle avait.

Sans dire un mot, Jamil l'aida à s'installer sur la selle de l'étalon, puis grimpa derrière elle. En sentant le torse musclé pressé contre son dos, elle réprima un frisson, de même que lorsqu'il lui passa un bras autour de la taille.

— Comment savez-vous par où il faut aller ? demanda-t-elle pour briser le silence. Tout a complètement changé.

— Il ne faut jamais se fier au sable, mais au ciel et aux astres, répondit-il froidement en faisant avancer le cheval.

Cassie ne dit plus rien.

Une brise légère et rafraîchissante lui caressait le visage. Il faisait nuit et la lune presque pleine éclairait le ciel dégagé. Un silence profond, ponctué de bruits d'animaux, recouvrait le désert.

Les choses n'auraient pas dû se passer ainsi, pensa-t-elle avec aigreur.

Le cheval avançait au pas sous un ciel semé d'étoiles. Ils étaient seuls, rien qu'elle et lui, au milieu du désert. Son prince du désert, son *amant*, la tenait fermement par la taille, elle pouvait même sentir sa respiration sur sa nuque, son corps viril pressé contre elle…

Cet instant avait tout pour être romantique et, pourtant, elle le vivait comme une torture.

Son prince du désert… Elle aurait tant aimé que Jamil

le soit bel et bien. Mais non, il n'était pas *son* prince, et encore moins son amant.

Elle laissa échapper un soupir en contemplant la lune. Si seulement elle pouvait lire dans les pensées de Jamil ! Quoi que… En réalité, mieux valait ne pas trop savoir ce qu'il ruminait. Enfin, peut-être bien que si, après tout…

Jamil resserra le bras autour de sa taille.

Pourquoi avait-elle soupiré ? Il avait l'impression que la situation lui échappait et il n'aimait pas ça. Il n'avait pas prévu ce qui s'était passé dans la grotte.

Certes, il avait eu envie d'elle dès la seconde où il l'avait vue et il avait réussi à résister à ce désir. Il s'était même fait à l'idée qu'elle n'était qu'une simple gouvernante et que, de toute façon, elle ne pourrait jamais être à la hauteur des fantasmes qu'il imaginait lorsqu'il la regardait. Eh bien, il s'était trompé sur toute la ligne ! Et maintenant, il était en proie à des sensations incontrôlables.

Il avait envie d'elle, terriblement. Et elle ne le savait sans doute pas, mais elle aussi lui avait donné du plaisir dans cette grotte. Beaucoup de plaisir, même.

Pauvre imbécile !

Une nouvelle fois, il se redressa nerveusement sur la selle. Il voulait mettre un tant soit peu de distance entre eux, mais en vain. Les hanches de Cassie finissaient toujours par revenir se presser contre son sexe tendu.

Que lui avait donc fait cette maudite Anglaise ? Pourquoi occupait-elle toutes ses pensées ? Il pouvait avoir toutes les femmes qu'il voulait, mais c'était elle qu'il désirait. Cette femme avait une façon de lui porter sur les nerfs comme personne. Elle avait fait resurgir en lui toutes les émotions néfastes qu'il cherchait à enfouir.

Mais maintenant, c'était terminé ! Toutes ces sottises avaient assez duré ! Fini les émotions, les sentiments et la passion ! Il allait remettre de l'ordre dans tout ça et tout redeviendrait comme avant. Oui, il avait envie d'elle, mais comme il n'en avait pas le droit, il allait falloir qu'il s'y fasse, tout simplement.

Ils arrivèrent bientôt à l'oasis de Maldissi.

La jument de Cassie était là où Jamil l'avait laissée la veille, attachée à l'arbre. Il descendit de cheval et se tourna pour aider Cassie à faire de même.

Elle posa les mains sur ses avant-bras et se laissa glisser de la selle. Elle fit la grimace en posant son pied blessé par terre, mais refusa le bras que lui proposait Jamil pour marcher.

— Je peux me débrouiller seule, merci, dit-elle avec une pointe d'amertume.

Sa cheville lui faisait mal, mais moins que le silence de Jamil. Bientôt, il allait lui dire que…

— Ce qui s'est passé entre nous ne doit plus jamais se reproduire, déclara-t-il soudain.

Elle baissa la tête en retenant les larmes qui lui montaient aux yeux. Il avait raison et elle était d'accord avec lui. Mais alors, pourquoi se sentait-elle rejetée ?

— Cassie, vous comprenez pourquoi, n'est-ce pas ? ajouta-t-il en lui soulevant le menton du bout de l'index.

— Oui, je sais, je sais, rétorqua-t-elle en détournant la tête. Vous regrettez ce qui s'est passé.

Il la considéra quelques instants avant de répondre.

— Ça, ce n'est pas possible, affirma-t-il. Je ne pourrai jamais regretter.

Quoi ? Il ne regrettait pas ? Le cœur plein de joie, elle se tourna vers lui.

— Moi non plus, je ne regrette rien, murmura-t-elle en lui prenant le bras.

Il lui couvrit la main de la sienne et leurs doigts s'entremêlèrent.

— Je… je suis rassuré de vous entendre dira ça. Mais cela ne change rien ; nous ne devons pas recommencer, c'est impossible. Vous le comprenez, n'est-ce pas ?

Elle esquissa un sourire.

— Oui, Jamil, je comprends tout à fait. Et je voulais aussi vous dire merci pour… pour la confiance que vous m'accordez. Je vous promets que je ne la trahirai pas.

Jamil la regarda, plein d'admiration.

Une fois encore, elle semblait endosser l'entière responsabilité de leur situation, alors qu'elle n'était pour rien, une fois de plus, dans ce qui s'était passé.

— Je n'en doute pas, mais je pense que nous devrions nous mettre d'accord sur certaines choses dès à présent ; vous savez, établir quelques règles…

Décidément, toute ma vie est régie par des règles, pensa-t-il amèrement en prononçant ces paroles.

— Nous ne devons jamais nous retrouver seuls tous les deux, énonça-t-il, et désormais, notre seul sujet de discussion sera Linah. J'espère que vous comprenez que c'est pour le bien de nous tous, Cassie.

— Oui, évidemment, bien sûr.

Le cœur de Jamil se serra. Il pouvait lire la peine et la douleur dans les beaux yeux bleus, mais il n'était pas en mesure de réconforter la jeune femme.

— Dans mon pays, dit-elle, un sourire crispé aux lèvres, il est d'usage de se serrer la main pour conclure un accord.

Sur ces mots, elle lui tendit la main.

Jamil la saisit, la porta à ses lèvres et y déposa un baiser.

— Dommage que nous ne soyons pas dans votre pays,

mais dans le mien, lui dit-il après lui avoir embrassé chaque doigt.

Cassie le regarda faire sans parler, puis elle retira sa main et se hissa sur la selle de sa jument. Jamil monta à cheval lui aussi et partit devant elle. Elle le suivit au trot.

Elle avait eu ce qu'elle voulait, leur relation allait redevenir strictement professionnelle. Oui, c'était bien ce qu'elle voulait, et pourtant elle n'était pas heureuse. Mais elle allait devoir s'habituer à cette situation, elle n'avait pas le choix.

Elle se retourna sur sa selle et jeta un regard de regret à l'eau scintillante du bassin de l'oasis.

Dire qu'ils auraient pu se baigner là, sous la lune et les étoiles… Une telle occasion ne se présenterait plus jamais à elle ; ni à eux.

Chapitre 8

Peregrine Finchley-Burke n'en revenait toujours pas.

Secrétaire au consulat d'Angleterre du Caire, il n'aimait pas particulièrement son travail, mais il n'avait pas à s'en plaindre non plus. Enfin, il n'avait pas eu à s'en plaindre jusqu'à présent.

L'une des filles de lord Armstrong se trouvait apparemment dans une situation fâcheuse et c'était à lui qu'incombait la charge de tirer l'histoire au clair.

Qu'avait-il fait pour mériter ça ?

La première fois, lorsqu'on lui avait demandé de rechercher lady Celia, il avait mis cela sur le compte de la malchance. Il fallait l'admettre, avoir affaire à la famille Armstrong n'était pas de tout repos. Mais cette fois-ci il commençait à croire qu'il était maudit.

— Bon sang ! fulmina lord Wincester en posant la lettre de lord Armstrong sur son bureau. Et dire que Henry vient d'avoir encore un gamin, alors qu'il n'est même pas capable de s'occuper de ses filles aînées ! La plus âgée s'était déjà fait kidnapper, et maintenant, c'est au tour de la deuxième ! Décidément !

— Lady Celia n'avait pas vraiment été kidnappée, fit remarquer Peregrine au consul. On l'avait gardée là-bas pour des raisons de sécurité.

— Oui, oui, vous me l'aviez dit. Il me semble même que vous aviez dû intervenir à un moment, n'est-ce pas ?

Mais, voyez-vous, je reste persuadé qu'il y a, derrière toute cette histoire, des choses que l'on ignore encore.

— Quoi qu'il en soit, le mariage de lady Celia avec le prince Ramiz s'est révélé très bénéfique pour la Couronne, répondit Peregrine en pesant ses mots.

C'était vrai. Le royaume d'A'Qadiz jouissait d'un avantage considérable par rapport à ses voisins — il disposait d'un très grand port sur la mer Rouge. Et ce port permettait désormais aux Anglais de rejoindre l'Inde en gagnant un temps précieux.

Mais le consul Wincester avait raison lui aussi. Il y avait bel et bien des choses qu'il ignorait dans cette histoire.

Un frisson le parcourut.

Deux ans s'étaient écoulés depuis cette affaire et, pourtant, il en gardait un goût amer. Cette année-là, il était censé rejoindre la Compagnie anglaise des Indes orientales, mais le destin en avait décidé autrement. Le destin lui avait fait croiser le chemin de lord Armstrong. Et, après la fameuse scène dans le harem du palais du prince Ramiz, lord Armstrong, soucieux de préserver sa réputation, lui avait promis un poste diplomatique en échange de sa discrétion.

Peregrine était donc resté très discret sur le sujet. Jamais il n'en avait parlé à qui que ce soit, même pas à sa chère gouvernante, Lalla Hugues. Il se voyait déjà gravir les échelons de la diplomatie anglaise au Caire, mais, une fois de plus, le destin n'en avait fait qu'à sa tête. Au lieu de gérer les relations diplomatiques avec d'autres pays, il s'était vu confier les travaux les plus ingrats. Pire encore, il était devenu le larbin de lord Wincester.

Et si seulement son calvaire s'était arrêté là ! Hélas pour lui, le consul avait un sens de l'humour assez particulier, dont Peregrine faisait souvent les frais. Et il était persuadé que les blagues déplacées de lord Wincester étaient une sorte de vengeance. Le consul n'était certainement pas dupe, il devait se douter que Peregrine en savait bien plus long que ce qu'il voulait bien admettre sur les Armstrong.

Il n'avait donc pas le choix : il supportait ces plaisanteries douteuses en serrant les dents en espérant que ses efforts et ses sacrifices ne seraient pas vains. Il était prêt à tout endurer pour faire avancer sa carrière diplomatique.

— Mon cher Perry, vous allez devoir aller chercher la fille en question et la ramener ici, déclara lord Wincester, tirant Peregrine de ses pensées.

Il relut encore une fois la lettre.

— Elle est à Daar-el-Abbah. Je ne me souviens plus très bien où ça se trouve, par contre…

Peregrine se leva de son fauteuil et se dirigea vers la carte de la péninsule d'Arabie posée sur une table. Il l'examina quelques instants.

— Voilà, c'est ici, juste à côté d'A'Qadiz.

— Bien, bien… Vous pourrez donc faire un petit détour par A'Qadiz pour discuter de tout cela avec lady Celia.

— Oui, bien sûr. Mais… Puis-je savoir ce que je suis censé faire exactement ?

Le consul haussa les sourcils.

— Bon sang, mais je viens de vous le dire ! Vous devez ramener la fille ici.

— Mais quelle fille ? Lord Armstrong en a cinq.

— Lady Cassandra. Vous vous souvenez sans doute d'elle : elle est superbe. Le problème, apparemment, c'est qu'elle n'en fait qu'à sa tête.

La gorge de Peregrine se serra.

Lady Cassandra était en effet la plus belle femme qu'il ait jamais rencontrée. Superbe, elle l'était, et même plus que cela ! Et intimidante, aussi. C'était d'ailleurs elle qui, à l'époque, l'avait convaincu de les escorter, elle, son père et son horrible tante, jusqu'à A'Qadiz. Enfin, elle n'avait pas eu à insister beaucoup. Ses yeux d'un bleu incroyable et sa… Il se sentit rougir et toussota en examinant de nouveau la carte.

— Lady Cassandra. D'accord… Mais comment… Enfin, qu'est-ce que… ?

Lord Wincester gloussa.

— Elle est retenue dans le harem du cheikh al-Nazarri. C'est du moins ce que pense Henry. Personnellement, j'ai du mal à y croire, mais bon… Si j'étais le cheikh et qu'elle était dans mon palais… Enfin bref, je suis sûr que Henry exagère. Cela dit, si vous découvrez qu'il a raison, inutile de vous préciser que vous devrez respecter une discrétion absolue. Lady Cassandra est promise à l'un des protégés de Wellington. J'espère pour ce pauvre Henry que… que la marchandise ne sera pas… endommagée, si vous voyez ce que je veux dire, conclut-il avec un clin d'œil à son interlocuteur.

Peregrine acquiesça d'un signe de tête, gêné.

— Parfait ! Je ne vous retiens pas plus longtemps, alors.

Lord Wincester se leva et lui tendit la lettre. Il lui sourit en lui donnant une tape dans le dos, puis gagna la porte et sortit.

Resté seul dans la pièce, Peregrine se laissa tomber sur la chaise, face au bureau du consul. Il parcourut la lettre d'un œil rapide et en eut des sueurs froides.

Mais quelle tragédie ! Pauvre lady Cassandra !

— Lady Celia…, marmonna-t-il.

Oui, il irait d'abord voir lady Celia. Elle saurait sans doute ce qu'il convenait de faire.

*
* *

Cassie s'efforçait de respecter de son mieux les règles qu'avait établies Jamil dans le désert. Et tout allait pour le mieux. En apparence, du moins, car si ces règles pouvaient peut-être tromper sa raison, son cœur ne voulait pour sa part rien entendre. Elle peinait à contrôler son désir. Ses pensées retournaient souvent dans la grotte où elle avait ressenti du plaisir physique pour la toute première fois. Oui, souvent, elle se laissait aller à ses rêveries, puis se réprimandait. Elle devait oublier tout ça et se concentrer sur Linah. Linah, et rien d'autre.

Chaque jour passé en compagnie de la fillette était devenu un bonheur. La peur de perdre sa gouvernante, sans doute, avait métamorphosé Linah depuis la terrible dispute. Elle suivait les leçons avec intérêt et montait son poney dès qu'on l'y autorisait. Jamil venait la voir chaque jour et il était évident que tous deux appréciaient beaucoup ces heures en famille.

Bien sûr, il lui arrivait encore de piquer des crises de colère, mais celles-ci ne duraient pas et elle faisait ensuite amende honorable. Les habitants du palais avaient tous remarqué ses progrès et elle-même en était très fière. Pour la récompenser, Jamil avait même permis que l'on fasse venir de temps en temps des fillettes du village pour jouer avec elle.

Cassie était ravie de tous ses changements. Même Jamil, dont les exigences étaient souvent hors de proportion, semblait satisfait de son travail. Il n'y avait que Halim pour refuser de reconnaître ses mérites. Selon ce dernier, si le comportement de Linah avait changé, c'était grâce au prince et à personne d'autre. Mais cela ne touchait guère Cassie. Cet avis lui importait peu.

Elle aurait en revanche aimé voir la réaction de son

père, de sa chère tante et de Celia. Tous trois avaient désormais de quoi être fiers d'elle. Elle avait réussi ; elle avait fait ses preuves. Ce qui ne l'empêchait pas de ressentir encore un vide au fond d'elle-même…

Jamil. Evidemment que c'était à cause de Jamil, pourquoi le nier ?

Elle ne le voyait presque plus et, quand c'était le cas, il n'était jamais seul. Il ne venait plus lui rendre visite dans la salle de classe, sauf lorsque Linah était là.

Sa compagnie manquait beaucoup à la jeune femme ; leurs discussions, leurs balades à cheval, et même leurs querelles. Elle avait beau se répéter que c'était pour le bien de tous, plus les jours passaient, plus la sensation de vide grandissait.

Pendant quelques instants ô combien précieux, Jamil avait été son amant. Et c'était précisément ce rapprochement qui les avait obligés à mettre de la distance entre eux. Ce n'était pas juste ! Les choses n'auraient jamais dû se passer comme cela ! Pourtant, elles n'auraient pas pu se passer autrement non plus.

Cassie était donc traversée en permanence par des sentiments conflictuels. Jamil occupait ses pensées jour et nuit et elle ne cessait alors d'imaginer quelles seraient les autres manières de s'adonner au plaisir. Cette question faisait battre son cœur et entraînait son esprit dans des rêveries sensuelles et bouleversantes, mais aussi choquantes. Cependant, rien de tout cela ne deviendrait jamais réalité, rien ! Ses insomnies l'incitaient souvent à chercher refuge dans la cour Shéhérazade, où elle demeurait parfois jusqu'au petit matin.

Jamil inspira une bouffée d'air nocturne.

Une fois de plus, il n'avait pas trouvé le sommeil. Une

fois de plus, il était là, à arpenter nerveusement sa cour privée au lieu de dormir du sommeil du juste.

Il avait beau essayer, il ne parvenait pas à chasser Cassie de son esprit. Il ne savait plus où il en était. Que lui arrivait-il ? Jamais il n'avait été dans un tel état, jamais il n'avait autant désiré une femme.

Pire encore, ce profond mal-être affectait ses obligations de prince. Pendant les séances avec le Conseil, il s'était déjà surpris plusieurs fois à contempler le vide sans écouter ce que disaient les Anciens. Cela l'intéressait peu, à vrai dire, voire pas du tout. En fait, rien ne l'intéressait plus…

Combien de fois s'était-il arrêté devant la salle de classe, ne sachant même pas comment il était arrivé là ! Il restait immobile devant la porte, à assister au combat sans merci que se livraient son désir et sa raison. Et cette dernière l'emportait toujours, quoique avec de plus en plus de difficulté.

Halim s'en était aperçu et lui avait même fait part de son inquiétude. Jamil aussi s'inquiétait, d'ailleurs : il ne se reconnaissait plus et ne pouvait rien y faire. Il devait prendre son mal en patience et attendre que l'attirance qu'il éprouvait pour cette femme disparaisse.

Etant donné le comportement qu'il était parvenu à adopter envers elle, Cassie devait s'imaginer qu'elle lui était indifférente. Il en avait la nausée, rien que d'y penser, mais il n'avait pas le choix. Les choses ne pouvaient se passer autrement.

Il avait mis du temps à s'en rendre compte, mais il adorait la compagnie de Cassie. Celle-ci était attachante, pleine d'esprit et, surtout, elle était imprévisible. Elle le faisait rire ou enrager, et dans ce dernier cas, il finissait souvent par rire de toute façon. Lorsqu'ils étaient seuls, elle n'avait pas peur de lui livrer le fond de sa pensée, surtout si elle n'était pas d'accord avec lui. Une fois, elle lui avait même avoué qu'elle avait du mal à supporter son comportement de « corsaire ». Ce mot l'avait beaucoup amusé, même s'il ne le lui avait pas dit.

Jamais, avant elle, il n'avait eu d'ami ou de confident. Il n'en éprouvait pas le besoin. Du moins, jusqu'à l'arrivée de Cassie. Cassie était une femme, elle ne pouvait donc être ni une amie ni une confidente, et pourtant elle avait fini par devenir les deux. Or cela ne lui suffisait pas, il aurait voulu qu'elle soit plus encore, bien plus. Oui, il l'aurait souhaité, mais cela n'arriverait jamais.

Ce matin-là, alors qu'il profitait de quelques instants de tranquillité sur la terrasse, Jamil distingua une silhouette qui se promenait dans le jardin de roses. Il crut que son cœur allait exploser.

Cassie !

Elle avait attaché ses longs cheveux dorés en une queue-de-cheval toute simple et quelques boucles lui retombaient sur les épaules. Elle portait une robe jaune pâle qui mettait en valeur ses courbes, et un foulard blanc noué autour de sa taille lui tenait lieu de ceinture. Elle avait désormais la peau tannée par le soleil et, de là où il était, il distinguait même les taches de rousseur sur les ailes du nez.

Sans la quitter du regard, il recula pour se dissimuler derrière une colonne.

Elle se promenait entre les rosiers, s'arrêtant ici et là pour humer le parfum des fleurs. Elle fermait alors les yeux et les commissures de ses lèvres se retroussaient chaque fois. Chacun de ses gestes était gracieux.

Jamil sentit un désir fou s'éveiller en lui. Il eut envie

de cueillir cette fleur ravissante, cette rose anglaise qui avait fini par se métamorphoser en une plante exotique bien plus sensuelle.

Il réprima un juron. Son sexe était si dur qu'il en avait mal.

Cassie s'arrêta devant la statue de Râ, le dieu du soleil, qui s'élevait au milieu du parterre de roses. Elle déplia une liasse de feuilles et leva les yeux vers le dieu égyptien en marbre, puis se mit à lire à voix haute en accompagnant ses paroles de gestes de la main.

Jamil sourit. C'était sans doute la fameuse « minute Cassandra » ; Cassie elle-même lui en avait parlé. Celia, sa sœur, avait trouvé ce nom farfelu pour désigner ses moments d'inspiration profonde.

Intrigué, il fit le tour de la terrasse pour se retrouver bientôt derrière la jeune femme, puis il s'avança sans bruit pour écouter.

— *A Cassandra, la femme qui a cédé à mes avances*, déclama-t-elle.

Elle esquissa une grimace.

— Je me demande si Augustus aurait écrit quelque chose de plus sensé si je n'avais pas cédé à ses avances, justement. Qu'en penses-tu, Râ ?

Elle s'éclaircit la gorge et poursuivit :

— *A toi, geôlière délectable qui gardes mon tendre cœur,*

En cette prison sensuelle dans laquelle je me meurs.
Les barreaux qui me cernent en fils de soie sont faits,
et malgré les menottes mon esprit est en paix.

Elle rit.

— Ah, Augustus, j'espère que tu finiras par comprendre que la poésie n'est pas ta vocation, en fait ! s'exclama-t-elle en regardant la statue. Ces vers doivent te donner la migraine, mon cher Râ, et la suite risque de faire empirer ton état.

Piégé dans ma cellule par ton amour divin,
La clé de ma liberté réside entre tes mains.
En cette prison de rêve toujours je vais rester
Quand toi, belle Cassandra, je t'aurais épousée.

Elle fit une profonde révérence à la statue et Jamil dut se mordre la lèvre pour ne pas éclater de rire.

Il fut tenté d'applaudir, mais se retint *in extremis*, curieux de voir, ou plutôt d'entendre la suite. Cette lecture était bien plus qu'une représentation amusante, c'était un rite pour Cassie, sans doute. Une façon de désacraliser cet homme qui se prenait pour un grand poète et qui l'avait trahie. Jamil se rapprocha encore.

— Tu sais, Râ, je voulais te les lire tous, mais, honnêtement, je ne sais pas si mes yeux et mes oreilles pourront en supporter davantage. Et puis, je ne vois pas en quoi toi aussi, tu mériterais un tel supplice.

Elle posa la liasse sur le socle et saisit la première feuille.

Jamil plissa les yeux, tentant de lire ce qui était écrit sur la deuxième. Comme celle que Cassie tenait dans ses mains, elle était couverte d'une écriture serrée et inégale. Cette pile de feuilles devait comporter *tous* les poèmes qu'Augustus lui avait écrits.

La jeune femme inspira profondément, puis déchira la feuille en mille morceaux.

— Disparais à tout jamais avec le vent, s'écria-t-elle en jetant les morceaux de papier en l'air.

— Adieu, fantômes du passé, adieu ! lança-t-elle en pirouettant sur elle-même… avant de tomber nez à nez avec Jamil.

— Mon Dieu, Jamil ! Vous… Vous m'avez fait peur,

balbutia-t-elle en se pressant une main sur la poitrine. Vous êtes là depuis longtemps ?

— Assez pour comprendre qu'Augustus est non seulement un homme méprisable, mais aussi un poète médiocre.

— Vous savez, je suis vraiment heureuse qu'il m'ait abandonnée, parce je ne sais pas si j'aurais pu l'écouter me lire ses poèmes jusqu'à la fin de mes jours !

— Je vous l'accorde, votre vie aurait pris une tournure bien tragique. Cela dit, je pensais qu'une personne aussi romantique que vous mériterait de passer sa vie à écouter et à lire de la poésie.

Cassie le considéra un instant, surprise.

Etait-il en train de flirter avec elle ? Si c'était le cas, elle ne pourrait pas résister à tant de charme et de beauté virile. Surtout dans le décor ô combien romantique qui les entourait !

— C'est vrai, mais tout dépend du genre de poésie.

— Bien. Alors que pensez-vous de celle-ci… ? s'enquit-il en la prenant dans ses bras.

Cassie se sentit rougir d'un coup et ses genoux vacillèrent.

— Devrais-je te comparer à une journée d'été ? Tu es plus tendre et bien plus tempérée, déclara-t-il d'un ton théâtral. Ces mots de Shakespeare vous correspondent parfaitement, ma douce Cassandra.

Il connaissait Shakespeare ? Elle le dévisagea, stupéfaite. Il la regarda un instant droit dans les yeux, puis l'attira soudain contre lui sans lui laisser le loisir de protester et l'embrassa. Ce devait être un baiser innocent, un baiser de théâtre, rien de plus, mais leurs lèvres restèrent soudées un très long moment. Jamil la tenait prisonnière et prolongeait encore et encore le baiser.

Cassie ne put réprimer un gémissement de plaisir et

ses bras vinrent se nouer autour du cou de Jamil. Elle oublia tout, sauf le parfum des roses, la chaleur du soleil, et cette sensation exquise de braver l'interdit. Elle ne songeait qu'à s'imprégner de cet instant romantique pour ne jamais l'oublier. Ce fut Jamil qui se détacha le premier. Il avait la respiration lourde et ses yeux brillaient d'une ardeur singulière.

— Puisqu'il n'y a plus rien à faire, embrassons-nous avant de nous quitter, récita-t-il d'une voix rauque.

— Vous embrasser, je l'ai fait, répondit-elle du tac au tac, et désormais mes lèvres plus jamais vous ne sentirez.

Elle se libéra de son étreinte, retroussa ses jupons et s'éloigna d'un pas vif.

La cérémonie annuelle des Pétitions avait enfin lieu et c'était un moment que Jamil avait toujours apprécié. Elle se déroulait dans le désert pendant toute une semaine. Jamil profitait de l'occasion pour rencontrer ses sujets, s'entretenir avec eux, les conseiller et endosser parfois le rôle de médiateur.

Oui, les autres années, il prenait cette tradition très à cœur, mais pas là. Pour la première fois de sa vie, il n'avait qu'une envie : revenir au palais. Linah lui manquait. Et Cassie aussi. Bien plus qu'il ne l'aurait imaginé.

Et elle, est-ce que je lui manque ?

Il savait qu'il devait éviter ce genre de questions, mais c'était plus fort que lui. Cassie habitait ses pensées, hantait ses nuits et faisait croître en lui un désir aussi ardent que douloureux. Il avait beau être entouré de ses nombreux sujets qui l'adulaient, il se sentait seul. Il en avait assez d'être prince, assez de devoir avoir réponse à tout et toujours être irréprochable. Cassie était la seule à voir l'être humain qu'il était, l'homme, avec ses qualités et ses défauts.

Car il n'était pas infaillible. Il commençait même à se demander pourquoi il avait tant souhaité l'être. Il ressentait des choses qu'il n'avait encore jamais ressenties et se posait une multitude de questions dont il n'avait pas les réponses. Ces réponses, une seule personne les connaissait : Cassie. Et elle lui manquait, au point qu'il craignait d'en devenir fou. Cassie était la seule à le comprendre et à pouvoir le rassurer. La seule.

Après une longue semaine d'agitation, Jamil franchit enfin le seuil du palais. Il devait résister à l'envie d'aller voir Cassie. Il était déjà tard et Linah, devenue malgré elle leur chaperonne, devait être couchée. L'accord qu'ils avaient passé dans le désert s'était révélé une véritable torture pour son âme. Au fond de lui, il savait qu'un rien suffirait à le briser et il attendait ce *rien* avec impatience.

Fatigué du voyage, il se rendit au hammam. Un bain de vapeur lui remettrait les idées en place. Il l'espérait, du moins, mais il devait avouer que c'était sans grande conviction.

Situé derrière les quartiers de vie du palais, le hammam était constitué d'une série de pièces reliées entre elles. Chacune d'elles était surmontée d'un dôme et, hormis le vestiaire, dépourvue de fenêtres.

Jamil congédia les serviteurs censés veiller au bon déroulement du bain et attendit d'être seul pour se déshabiller. Il enleva son turban, sa tunique et ses chaussons et pénétra dans la pièce chaude où montait la vapeur. Là, il plongea dans la piscine d'eau froide, un bassin octogonal alimenté par une source naturelle.

Le contact de l'eau glacée sur sa peau tiède lui coupa comme toujours le souffle.

Il ressortit aussitôt du bassin et alla s'allonger sur le ventre sur une table de marbre. Il ferma les yeux et attendit que la vapeur l'enveloppe et qu'une torpeur profonde gagne son corps tendu.

Cassie trouvait de plus en plus difficile de supporter la chaleur sous ses trop nombreux vêtements et sous-vêtements. Et quand Linah lui avait suggéré de se confectionner elle-même des vêtements plus appropriés au climat du désert, elle avait trouvé l'idée formidable.

Dès le lendemain, elle s'était rendue au souk, accompagnée d'une servante, pour s'acheter du tissu. Elle ne savait pas si Jamil serait d'accord, mais elle n'avait pas envie d'attendre son retour du désert pour lui demander la permission de sortir.

Au lieu de rendre la situation plus vivable pour elle, l'absence du prince n'avait fait qu'augmenter sa souffrance. L'image de Jamil avait pris racine dans son esprit et elle ne cessait de penser à lui et à ce qui s'était passé dans la grotte. Chaque nuit, elle revivait cet épisode de plaisir et de passion et imaginait ce qu'aurait pu être la suite. Les leçons de morale de tante Sophia n'avaient plus aucun effet sur elle ; se dire que ce sacrifice était indispensable pour le bien de Linah non plus.

Ce qui s'était passé dans la grotte avait transformé sa vie à tout jamais. Elle ne pourrait pas l'oublier, ne souhaitait pas l'oublier. Au contraire, elle en voulait plus, beaucoup plus. Et Jamil aussi, elle en était persuadée. Combien de fois l'avait-elle surpris en train de la pénétrer du regard ? Oui, elle n'était pas la seule à lutter contre ce désir éperdu qui la démangeait à la rendre malade.

Si seulement le destin décidait de les réunir encore une fois, rien qu'elle et lui ! Juste une fois. Et cette fois-ci, elle ne dirait pas non, elle ne résisterait pas à Jamil, au destin. Un destin qui préférait toutefois jouer un jeu cruel avec elle. Tout comme Jamil.

Ce soir-là, une fois de plus, le sommeil ne venait pas.

Pour changer ses habitudes, Cassie décida d'aller faire un tour dans le palais. Après avoir longtemps réfléchi à ce qu'elle allait revêtir, elle opta pour les vêtements qu'elle venait de se confectionner : un sarouel, pantalon ample au niveau des hanches, mais qui serrait les chevilles, et un caftan à manches longues, dont elle n'avait boutonné que le haut. Le tout était en soie et d'un beau bleu céruléen. Sur tous les ourlets, elle avait cousu de petites perles bleu foncé qui tintaient lorsqu'elle marchait. Elle enfila des chaussons en cuir brodés de perles et ramena ses cheveux en arrière à l'aide d'une pince en écaille de tortue que lui avait offerte Linah.

Lorsqu'elle se regarda dans le miroir de la salle de bains, elle peina à se reconnaître. En face d'elle se tenait une créature exotique dont les vêtements dessinaient les courbes. Pour la première fois de sa vie, elle n'avait pas mis de dessous, juste un petit haut de soie pour se couvrir la poitrine. Le décolleté était moins révélateur qu'avec les toilettes anglaises qu'elle portait d'ordinaire et le tissu recouvrait toutes les parties de son corps. Néanmoins, Cassie pouvait imaginer la réaction de sa tante Sophia. La pauvre serait indignée de voir sa nièce dans cet accoutrement, qui donnait à son corps une totale liberté dans ses mouvements.

Etait-elle habillée d'une façon indécente ? Mais non ! Après tout, Celia aussi portait ce genre de vêtements, tout comme les servantes de Linah, même si les leurs étaient moins travaillés.

— Oh ! et puis flûte ! Si tu es à Rome, fais comme les Romains ! lança-t-elle à son reflet.

Oui, il valait toujours mieux se plier aux règles du lieu où l'on se trouvait. Et de toute façon elle ne croiserait personne, il était très tard et tout le monde devait déjà dormir.

Cassie partit dans la direction opposée au jardin de roses. Elle évitait ce dernier depuis qu'elle y avait rencontré Jamil. Elle n'avait pas la force de se remémorer ce qui s'y était passé.

Elle se promena un long moment dans les jardins et les cours désertes, avant de gagner la partie arrière du palais et de s'arrêter devant un petit bâtiment doté de plusieurs toits en forme de dôme. Il n'y avait aucun garde à l'entrée. Titillée par la curiosité, Cassie poussa la grande porte de bois et pénétra à l'intérieur.

Elle se retrouva dans une pièce de style romain qui ressemblait à un vestiaire. Les murs n'étaient pas en marbre, mais recouverts de mosaïques qui représentaient des dieux et des déesses dans des positions assez intimes. Tante Sophia aurait sûrement fait un malaise face à une telle liberté d'expression. Il était évident que ces illustrations étaient faites pour stimuler le désir.

Cassie contempla une à une les images, troublée par la chaleur qu'elle sentait monter à ses joues. Petit à petit, son esprit remplaça les visages des dieux et des déesses par celui de Jamil et le sien.

Elle fit le tour de la pièce en s'arrêtant devant chaque représentation. Son imagination s'emballait et la chaleur devenait suffocante.

Jamil aurait donc pu lui faire *ceci*… ou encore *cela*… Et elle, elle aurait pu lui faire *ça*…

Elle arriva à la dernière image, près de laquelle se trouvait une porte. Sa respiration courte et la gorge sèche, elle comprit qu'elle se trouvait dans un hammam, une institution antique calquée sur les thermes romains, mais modifiée et adaptée par les Arabes.

Elle saisit la poignée de la porte et hésita un court instant.

Il ne pouvait y avoir personne à une heure pareille. Il régnait un silence total… Et puis, elle avait envie de voir d'autres mosaïques. Qui sait, celles de la pièce suivante représentaient peut-être des positions plus intimes encore, plus sensuelles ? Des positions étroitement liées aux plaisirs dont lui avait parlé Jamil. Jamais elle ne pourrait assouvir son désir avec lui, mais rien ne l'empêchait, en revanche, d'assouvir sa curiosité seule.

Elle tourna lentement la poignée et entra dans la pièce sans faire de bruit.

Un nuage de vapeur s'élevait à l'intérieur, lui brouillant la vue pendant quelques instants. L'air était épais et il y régnait une chaleur humide, au point que le caftan et le sarouel commençaient déjà à lui coller à la peau. Des niches creusées dans les murs abritaient des lampes à huile qui éclairaient la pièce de lueurs diffuses.

Elle fit quelques pas vers le bassin qui se trouvait au centre et se baissa pour y tremper la main. L'eau était glacée. Elle s'en humecta le visage, puis se releva.

Elle tressaillit soudain en entendant une respiration : elle n'était pas seule dans la pièce. Il y avait quelqu'un d'autre. C'était un homme, et il était nu.

Figée sur place, Cassie porta une main à sa bouche pour étouffer son cri, mais l'homme dut l'entendre, car il releva la tête. Elle reconnut immédiatement ces yeux couleur d'automne anglais.

— Jamil ! s'exclama-t-elle.

Il la regarda sans bouger.

Rêvait-il ? Il avait pensé à elle tout ce temps et, maintenant, voilà qu'elle était là, devant lui !

Elle portait une tenue orientale dont le tissu lui collait à la peau, révélant sa silhouette voluptueuse. Elle le dévisageait, les yeux ronds et la bouche entrouverte. Il se souvint alors qu'il était nu, allongé simplement sur une petite serviette. Sa robe de chambre était restée dans le vestiaire. Elle allait donc devoir le voir ainsi et, au fond de lui, il avait hâte de cela. Non par vanité, mais…

Elle était si désirable ! Il voyait ses joues roses dans la pénombre et les mèches de cheveux qui lui collaient aux tempes, son cou baigné de sueur… Le caftan qu'elle portait lui allait à ravir et son sarouel, trempé lui aussi, enveloppait ses jambes magnifiques.

— Cassie, murmura-t-il.

Une vague de désir le submergeait. Elle était là, tel un cadeau du ciel, vêtue à l'orientale. Erotique… Cette fois-ci, il n'allait pas résister. Il en avait plus qu'assez de résister.

— Jamil… Je croyais qu'il n'y avait personne…

— Vous êtes sublime, Cassie.

Elle détourna les yeux avec un adorable embarras.

— Je… je devrais partir, dit-elle.

— Non ! Ne partez pas, Cassie. Personne ne viendra nous déranger ici. Restez !

N'était-ce pas ce dont elle rêvait depuis des semaines ? Elle et lui, tout seuls. Le destin avait-il décidé de les réunir enfin ? Et était-il digne de confiance, ce destin qui s'était montré si cruel ces derniers temps ?

Elle ne bougea pas ; elle se sentait paralysée. Enfin, elle trouva le courage de relever la tête et promena le regard sur le corps musclé. Des hommes nus, elle en avait déjà vu en sculpture ou en peinture, mais ce n'était rien comparé à ce qu'elle avait devant elle en ce moment. Jamil était beau… très beau. Et très bien bâti. Son dos, ses bras, ses jambes étaient musclés. Ses fesses aussi. Il avait une peau ferme et hâlée, recouverte de gouttes de sueur.

Et autour de lui, autour d'eux, les dieux et les déesses prenaient du plaisir. Un vertige l'envahit. Elle avait chaud, elle était trempée et elle peinait à respirer. Mais surtout elle avait envie de toucher Jamil, envie de faire courir les doigts le long de son dos, de son ventre, et plus bas encore.

— Il faudrait vraiment que je m'en aille, chuchota-t-elle sans bouger.

— Non. Ce sont les dieux qui nous ont réunis, Cassie.

Elle soupira. Les dieux, le destin, il pouvait appeler cela comme il voulait, mais c'était vrai : cela devait finir par arriver et ils le savaient l'un comme l'autre.

— Venez, Cassandra, approchez-vous !

Elle obéit sans le quitter des yeux, comme ensorcelée, et s'arrêta devant lui.

Jamil se redressa en prenant soin de se couvrir le bas du ventre de la serviette. Cassie sentit ses mamelons pointer à travers la soie du caftan.

— J'étais en train d'admirer les mosaïques, murmura-t-elle en se détournant vers la première image qu'elle aperçut.

— Regarder, c'est bien, mais toucher, c'est encore mieux, fit-il remarquer en lui prenant les mains pour les lui placer sur ses épaules.

Elle les fit aussitôt glisser le long de ses bras, puis remonta de nouveau et descendit sur son torse. Elle sentait sa puissance sous ses doigts. L'excitation, le choc et la chaleur montaient en elle ; bien trop de sensations pour son corps fragile…

— Non, je… je ne peux pas, balbutia-t-elle.

Non, elle ne pouvait vraiment pas… Enfin…

Il lui saisit de nouveau les mains et l'approcha de lui. Puis il défit un à un les boutons du caftan, lentement, très lentement. Le dernier céda et il repoussa la tunique, qui tomba à ses pieds. Cassie ne bougea pas et retint sa respiration sans quitter Jamil du regard. Elle sentait encore ses mamelons dressés qui pointaient contre le haut de soie.

Jamil se pencha et en saisit un entre ses lèvres à travers le fin vêtement. Elle émit un petit gémissement et s'accrocha à ses épaules. Il s'empara ensuite de l'autre mamelon et elle planta les doigts dans sa peau.

— Touchez-moi, Cassie, ordonna-t-il d'une voix profonde.

Il lui prit la main pour la poser sur son torse, puis il défit le dernier rempart de tissu qui la protégeait encore : le petit haut qui lui tenait lieu de soutien-gorge. Celui-ci alla rejoindre le caftan au sol.

— Faites-moi sentir ce que vous ressentez, Cassie.

Elle ferma les yeux et inclina la tête en arrière lorsque les lèvres fermes vinrent se poser sur ses seins. Ceux-ci semblaient gonfler sous les caresses. Tantôt il lui en titillait une pointe de la langue, tantôt il prenait l'autre en coupe au creux de sa main. Plus rien ne venait tempérer la chaleur qui montait en elle. Et elle en voulait plus encore : plus de caresses, plus de baisers. Elle entreprit de lui caresser le torse à son tour et descendit jusqu'au ventre dur et plat. Il voulait des caresses, il voulait qu'elle lui fasse sentir ce même plaisir qu'elle éprouvait. Eh bien, elle mourait d'envie de lui faire plaisir…

Quand il s'empara soudain de ses lèvres, elle laissa échapper un petit gémissement et s'abandonna au baiser. Leurs langues se joignirent en une danse effrénée. Il la serra alors contre lui, pressant ses seins contre son torse.

Les mains de Jamil exploraient à présent son dos, puis ce fut son ventre, puis ses hanches, où elles s'arrêtèrent. Quand Cassie comprit qu'il avait entrepris de défaire le sarouel, elle enleva sans hésiter ses chaussons et se débarrassa du vêtement.

Elle était désormais nue. Entièrement nue. D'habitude, il n'en était ainsi que dans l'intimité de sa salle de bains. Mais là, elle exposait son corps entier au regard de Jamil et elle ne se sentait pas le moins du monde embarrassée. Au contraire, le sourire et la lueur dans les yeux de Jamil faisaient monter en elle un élan de désir si puissant que tout son monde en était bouleversé.

Il lui retira la pince avec laquelle elle avait réuni ses cheveux et ceux-ci lui retombèrent en cascade sur les épaules. Il les embrassa tout en les caressant doucement. Puis il sema des baisers sur ses épaules, son cou, son visage, et sa bouche s'empara enfin de nouveau de la sienne. Une étrange chaleur vint se nicher au creux de son ventre ; le désir, plus fort et plus fou que jamais ou bien, selon Byron, *les inspirations d'un cœur qui bat de volupté au premier baiser de l'amour.*

— Magnifique…, chuchota Jamil dans son oreille.

Elle ne comprit pas ce qu'il dit ensuite. Il devait parler dans sa langue et, de toute façon, cela lui importait peu. Le son de sa voix, à lui seul, la caressait tout entière.

Il se leva et la serviette tomba par terre. Le regard

de Cassie se posa aussitôt sur le membre viril et elle se sentit gênée. Elle rougit jusqu'aux oreilles et détourna le regard.

— N'ayez pas peur.

— Non, je… je n'ai pas peur.

Elle voulait le regarder de la même manière que lui, sans honte ni pudeur. Oui, elle le voulait, mais ne pouvait se résoudre à le faire. Les statues et les peintures qu'elle avait vues… Leurs parties intimes étaient toujours recouvertes et même… Elles ne ressemblaient en rien à Jamil.

Il lui saisit le menton et le releva doucement. Elle avait l'impression que ses genoux allaient se dérober sous elle lorsqu'elle croisa son regard de braise.

— Nous avons cinq sens, Cassie. Le toucher…

Il lui pinça légèrement un mamelon du bout des doigts.

— L'odorat…

Il baissa la tête et huma son cou.

— L'ouïe…

Il lui chuchota quelque chose, puis traça le contour de son oreille du bout de la langue.

— Le goût…

Toujours de sa langue, il suivit la courbe de sa lèvre inférieure.

— Et la vue, dit-il en plongeant le regard dans le sien. Chaque sens vient accentuer le plaisir de l'autre. Regardez donc !

Il fit un pas en arrière et Cassie obéit. Elle posa les yeux sur ses épaules, son torse, puis son nombril, en dessous duquel une toison de poils bruns descendait en une seule ligne plus bas… Elle retint son souffle en voyant le membre viril superbement dressé. Il avait l'air… puissant. Maintenant, elle imaginait, elle savait, grâce aux mosaïques, comment…

Il l'attira contre lui et l'entraîna à s'asseoir par terre avec lui. Les jambes emmêlées, ils se retrouvèrent comme liés l'un à l'autre. Il l'embrassait encore et encore, avec fougue, comme si sa vie en dépendait. Peau contre peau, elle sentait la passion qui le possédait, son désir s'imprégner en elle. Ses mains viriles s'égaraient dans son dos, sur ses seins, sur ses cuisses. *Entre* ses cuisses. Il caressa les boucles humides qui recouvraient son intimité, puis y glissa les doigts. Elle s'arqua sous cette nouvelle sensation.

— Vous aimez ça, Cassie ? demanda-t-il d'une voix rauque, la respiration haletante.

— Oui.

— Et ça ?

— Oui.

Le jeu sensuel de ses doigts en elle faisait vibrer chaque parcelle de son corps. Elle brûlait de se perdre dans le tourbillon de ces sensations affolantes, mais cette fois elle voulait qu'il se joigne à elle. Elle voulait lui donner du plaisir elle aussi.

— Jamil, puis-je…

— Oui, Cassie, oui. Touchez-moi.

Il lui prit la main et la posa sur son sexe. Malgré sa rigidité, celui-ci était doux comme de la soie.

— Comme ça…, chuchota-t-il en lui montrant comment faire.

Elle le prit dans sa main et le lissa d'un geste très doux. Il gémit. Elle recommença et il gémit plus fort. Elle se fit plus audacieuse et continua de le caresser en exerçant une petite pression.

Elle sentit de nouveau les doigts qu'il avait glissés en elle. Il les poussa un peu plus loin et elle gémit à son tour. Leur étreinte devenait de plus en plus intense.

Elle le sentait frémir sous ses caresses. La respiration de Jamil s'accéléra d'un coup. Il la regardait, les yeux grands ouverts, et une vague d'excitation monta en elle.

Soudain, il poussa un cri en rejetant la tête en arrière et elle le sentit se déverser sur sa main au moment même où une chaleur exquise se déroulait en spirale au creux de son propre ventre. Elle ferma les yeux et s'abandonna aux spasmes du plaisir, savourant chaque instant de cette passion ardente.

Après l'extase, ils restèrent étendus sur le sol, enlacés.

— Byron avait raison…, lui glissa-t-elle dans l'oreille en se blottissant encore contre lui, plus heureuse que jamais.

Chapitre 9

— J'ai chaud, murmura Cassie en relevant la tête, les yeux brillants.

Elle avait le regard d'une femme comblée.

— Chaud comment ?

Elle se redressa et se passa une main sur le front.

— Très chaud.

Jamil se leva sans effort, lui tendit la main pour l'aider et l'attira dans ses bras.

— Voulez-vous vous rafraîchir ?

Elle le regarda un court instant, confondue par son sourire malicieux.

— Que voulez-vous dire ?

Il tourna la tête vers le bassin et un frisson la parcourut lorsqu'elle comprit ce qu'il entendait faire.

— Non ! cria-t-elle.

Il était trop tard et elle poussa un cri au contact de l'eau glacée sur sa peau. Jamil la tenait dans ses bras et il colla ses lèvres aux siennes, la réduisant au silence. Elle se cramponna à lui, répondant avidement à son baiser. Curieusement, le froid, associé à ce baiser ardent, faisait de nouveau monter le désir en elle. Déjà ? Mais comment était-ce possible ?

Comme s'il avait lu dans ses pensées, Jamil la souleva et la porta hors du bassin, puis jusqu'à la chambre adjacente. Là, il la posa dans un bassin peu profond au-dessus duquel se trouvait un dispositif étrange qu'elle ne reconnut pas. Des niches encombrées de flacons d'huiles essentielles et de savons ponctuaient les murs. Il devait s'agir du tepidarium, la pièce servant de salle de soins et de repos.

Cassie eut un sursaut lorsqu'elle sentit l'eau tiède asperger son corps. L'eau coulait du mécanisme étrange au-dessus de sa tête et jaillissait également de la bouche de plusieurs petits poissons en or qui décoraient le mur et près desquels se trouvaient des sortes de robinets en forme de coquillages.

Elle vit que Jamil la contemplait et elle sentit se dresser les pointes de ses seins.

Alors, il prit une éponge, qu'il enduisit d'huile de jasmin avant de rejoindre Cassie sous les jets d'eau. Lentement, il lui passa l'éponge sur tout le corps, suivant ses courbes, effleurant la pointe dressée de ses seins pleins et fermes. Cassie se laissa faire, conquise, abandonnée, ne songeant même pas à résister à l'appel de la chair. Soudain, il laissa tomber l'éponge et se mit à l'embrasser avec fougue.

Elle s'offrit sans retenue. Elle avait peine à croire qu'ils pouvaient déjà renouveler l'expérience. Et pourtant, oui, c'était possible ! Elle commença à en prendre conscience lorsqu'elle sentit le membre viril de Jamil pressé contre sa cuisse. Que ressentirait-elle s'il pénétrait en elle ?

L'eau tiède, associée à leurs baisers passionnés, la précipitait dans un tourbillon de folie. Elle s'adossa contre le mur pour assurer son équilibre. Jamil s'agenouilla devant elle et lui couvrit le ventre de baisers. Il embrassa ensuite ses cuisses, puis les abords de sa féminité. Elle ferma les yeux ; au contact de sa bouche et sous les caresses de sa langue, toute la chaleur qui s'était de nouveau accumulée dans son ventre explosait comme de la poudre. Transportée hors d'elle-même par cette extase brûlante, elle cria son nom.

Elle rouvrit les yeux et resta immobile, essayant de recouvrer ses esprits. Lui non plus ne bougeait pas, la maintenant fermement par la taille. Puis il finit par se redresser et elle sentit le membre viril très dur contre sa cuisse. Désireuse de lui donner du plaisir à son tour, elle s'agenouilla et embrassa les cuisses musclées. Pouvait-elle déclencher en lui ces mêmes sensations qu'il venait de provoquer en elle ?

— Cassie…

Le timbre de la voix masculine lui disait qu'elle faisait exactement ce qu'il fallait. Elle caressa, puis enveloppa son membre viril dans ses doigts tout en en titillant l'extrémité du bout de sa langue. Ce geste très intime éveillait en elle une toute nouvelle sensation. Elle était en train de donner du plaisir tout en en prenant elle-même. Au bout de quelques caresses, elle l'embrassa et le prit dans sa bouche, décidée à le mener ainsi, lui aussi, jusqu'à l'extase.

Après ce moment aussi intime qu'intense, ils restèrent longuement étendus l'un contre l'autre sur une table de massage de bois. Cassie souhaitait préserver la magie du moment, mais la réalité commençait à s'insinuer dans son esprit.

— Je devrais y aller, dit-elle en se redressant. Si quelqu'un me voit sortir d'ici…

— Vous avez peur de ce que l'on pourrait dire sur vous ?

— Non, sur vous, plutôt. Je sais à quel point la discrétion est importante à vos yeux. Imaginez par exemple que le Conseil…

— Le Conseil me doit le respect, comme tout le monde, d'ailleurs. Je ne tolérerais aucune rumeur désobligeante !

— En tant que prince, vous avez certes beaucoup de pouvoirs, mais vous ne pouvez pas empêcher les gens de parler, fit-elle remarquer en souriant. Ils vont dire que je suis votre concubine.

Elle discerna une lueur sombre dans le regard masculin. Jamil semblait contrarié.

— Gare à celui qui osera insinuer une telle chose !

— Mais les gens parleront, vous ne pouvez rien y faire. La vérité…

Ses mots restèrent bloqués dans sa gorge.

La vérité, qui était là, quelque part, depuis un long moment, la frappa de plein fouet : elle était amoureuse de lui. Amoureuse de Jamil. Tout simplement.

— Cassie ?

Oui, elle était amoureuse du prince de Daar-el-Abbah.

— Lady Cassandra ?

Bien sûr qu'elle était amoureuse de lui ! Pour quelle autre raison se serait-elle comportée ainsi ? Une fois de plus, son cœur avait pris le dessus sur la raison, sauf que cette fois-ci il s'agissait du véritable amour, de l'amour avec un grand A, de cet amour que l'on ne ressent qu'une fois dans sa vie. Oui, Jamil était l'amour de sa vie. Le seul et l'unique.

— Voyons, Cassie, que vous arrive-t-il ?

Rappelée à la terrible réalité, Cassie se tourna vers lui en joignant les mains.

— Jamil…

— Si cela vous tracasse à ce point, je veillerai

personnellement à ce que votre réputation reste intacte, assura-t-il.

— Non, non, ce n'est pas ça. Cela m'importe peu, désormais.

Jamil parut étonné par cette réponse et il la dévisagea un long moment.

— Vous avez honte, insista-t-il en la regardant droit dans les yeux. J'aurais dû m'en douter !

Elle s'alarma devant son regard soudain fermé.

— Non, Jamil, pas du tout ! s'écria-t-elle.

Elle se couvrit le visage de ses mains. Il ne devait pas voir la peine qu'il venait de lui causer. Non, tout cela n'était qu'un mauvais rêve, un cauchemar dont elle allait émerger d'une seconde à l'autre.

— Vous vous trompez, Jamil, poursuivit-elle d'une voix tremblante. Je n'ai pas honte. Je… je… Vous ne comprenez pas.

— Eh bien, expliquez-moi, alors !

— Je regrette, mais je ne peux pas.

Sur ces mots, elle se leva et se précipita vers l'autre pièce. Elle ramassa ses vêtements épars près de la piscine et les enfila vivement. Puis elle saisit une serviette propre en traversant le vestiaire et l'enroula fébrilement autour de son corps. Elle n'avait qu'une hâte : se réfugier dans sa chambre.

Elle rejoignit ses appartements en courant, sans croiser personne en chemin. Rassurée, elle enleva ses vêtements trempés, se sécha et se glissa dans le lit. Maintenant qu'elle était seule, elle pouvait laisser libre cours à sa douleur et verser les larmes qu'elle ne parvenait plus à contenir. Elle était amoureuse de Jamil, mais l'amour était un sentiment qui se vivait à deux. Leur histoire était donc vouée à l'échec. Son corps se crispa sous l'effet du chagrin. Elle enfouit le visage dans l'oreiller et pleura toutes les larmes de son corps.

Jamil demeura longtemps immobile, les yeux rivés sur la porte par laquelle Cassie s'était enfuie. Puis il finit par se lever et plongea dans le bassin de la pièce voisine en espérant que l'eau froide apaiserait sa colère.

Comment cette femme s'y était-elle prise pour le troubler autant et en si peu de temps ? Jusqu'à présent, il avait su garder ses émotions sous contrôle, mais là, celles-ci l'avaient submergé. Mais surtout il brûlait d'envie de s'unir de nouveau à ce corps féminin qui lui avait donné tant de sensations nouvelles. Elle l'avait fait jouir deux fois et ces deux fois avaient éveillé en lui une envie dévorante de la posséder.

Cassie était une femme dont on ne pouvait se lasser. Non, aucun homme sain d'esprit ne pourrait accepter de vivre sans ce corps de déesse après y avoir goûté une fois. Il brûlait de la voir encore s'épanouir sous des caresses, de la sentir sous lui, sur lui. Il pourrait lui apprendre à ne pas avoir honte de succomber aux plaisirs charnels. En unissant leurs corps, il pourrait lui faire découvrir de nouveaux horizons de sensualité.

Mais tout cela resterait à jamais dans son imagination. Il était prince, il savait ce qu'était l'honneur et il connaissait les limites à ne pas franchir.

Sauf si…

Sauf si tout était fait dans les règles.

Il repensa à ce que lui avait dit Linah le jour où Cassie s'était enfuie dans le désert et il sourit. *La vérité sort de la bouche des enfants.* Mais était-il prêt à commettre une telle folie ? Il devrait s'attaquer à des traditions profondément ancrées dans la culture. Et puis, il y avait le contrat de fiançailles, cette maudite feuille de papier qu'il avait signée.

Contrarié par sa dernière pensée, il sortit de l'eau et se dirigea vers le vestiaire. Puis il se rappela les paroles de Cassie. *En tant que prince, vous avez certes beaucoup de pouvoirs, mais vous ne pouvez pas empêcher les gens de parler.*

Oui, bien sûr ! Il était prince et n'avait peut-être pas le pouvoir de celer les bouches, mais il avait celui de changer les choses. Ses devoirs de souverain lui pesaient plus que jamais depuis quelque temps et voilà longtemps qu'il cherchait un moyen de rompre avec certaines traditions. La solution qu'il envisageait pourrait même avoir des répercussions positives pour son royaume. Et l'une de ces répercussions valait son pesant d'or : une alliance avec l'Angleterre.

Convaincre le Conseil n'allait pas être une sinécure, mais il pourrait sans doute compter sur l'aide de Halim pour ça. Et puis, il y avait déjà un précédent dans le royaume voisin. En effet, l'union entre le prince Ramiz et lady Celia semblait fonctionner sans accroc.

Enfin, et surtout, c'était ce qu'il voulait. Et, pour la première fois de sa vie, il allait faire passer ses envies avant le reste.

Il enfila sa tunique en souriant et quitta le hammam. *La nuit porte conseil*, pensa-t-il en regagnant ses appartements. Mais changement il y aurait, il en était certain.

Ce matin-là, Cassie contempla longuement son reflet dans le miroir. Elle portait une robe en mousseline blanche on ne peut plus sévère. Quelques mèches de cheveux s'étaient échappées de son chignon et elle les remit aussitôt en place.

Qu'allait-il se passer, maintenant ? Celia avait pour habitude de dire que la nuit porte conseil, mais, pour une fois, Cassie se demanda si sa sœur n'avait pas tort.

Elle cligna furieusement des paupières pour retenir ses larmes. Il était vrai que l'on voyait les choses sous un autre angle quand le soleil brillait, mais depuis son réveil ses idées étaient toujours aussi confuses. Néanmoins, une chose était nette dans son esprit troublé : elle était éperdument amoureuse de Jamil. Oui, elle l'aimait d'un amour profond, d'un amour qu'elle n'aurait jamais ressenti si elle n'était pas venue ici. Elle était faite pour l'aimer, cet homme était sa destinée, son autre moitié.

Un sourire altéra ses lèvres malgré elle. Elle aimait tant Jamil ! Elle aimait sa façon d'être, mais, plus que tout, elle aimait l'homme qui se cachait derrière le prince. Cet homme que personne, hormis sa fille peut-être, ne connaîtrait jamais. Cet homme qui ferait toujours passer ses obligations princières en premier. Cet homme qui ne croyait pas en l'amour. Et elle ne pouvait même pas lui en vouloir pour cela. Après tout, comment pouvait-il y croire, avec l'éducation rigoureuse qu'il avait reçue ? Et même s'il parvenait à vaincre tous ses démons, saurait-il apprécier le sentiment amoureux à sa juste valeur ? D'ailleurs, finirait-il par éprouver celui-ci un jour ?

Il lui était difficile d'imaginer Jamil se confier à une autre personne qu'elle. Pire encore, l'idée qu'il puisse tenir une autre femme dans ses bras, qu'il puisse la caresser, *l'aimer*, était insupportable. Toutefois, il ne pouvait pas non plus rester seul jusqu'à la fin de ses jours, mener son existence dans la solitude et l'amertume. Il méritait d'avoir une vie heureuse et elle ne voulait que son bonheur. Et elle-même n'avait pas le pouvoir de le rendre heureux. Elle était d'une tout autre culture…

Mais si, je le pourrais...

Vraiment ?

Elle repensa à Célia. Sa sœur aînée l'avait fait, elle avait fait de Ramiz le plus heureux des hommes, sans doute. Et elle aussi était heureuse, très heureuse même. Oui, mais voilà : Celia aimait Ramiz et c'était réciproque. Jamil, quant à lui, ne ressentait rien pour elle, Cassie, mis à part du désir, mais cela ne lui suffisait pas.

— Le désir ne peut perdurer sans amour, déclara-t-elle tristement à son reflet.

Eh bien, la nuit avait tout de même fini par porter conseil. Elle venait d'avoir la réponse à la question qui la tourmentait depuis la veille : il serait préférable qu'elle s'en aille, car si elle restait, elle ne pourrait pas résister à Jamil et cela ne ferait qu'aggraver les choses. A moins que…

On frappa à la porte. Quand Cassie alla ouvrir, un serviteur se tenait sur le pas de la porte. Le prince Jamil, lui dit-il, souhaitait la voir.

Le cœur battant, elle retourna dans la salle de bains pour achever sa toilette à la hâte. Voilà, c'était la fin, il allait lui faire part de sa décision de la renvoyer chez sa sœur. Peut-être en avait-il même déjà parlé avec le Conseil.

N'était-ce pas ce que tu voulais ? Il vaut mieux en rester là, pensa-t-elle avec un dernier coup d'œil à son reflet.

Elle avait bien fait de mettre cette robe aujourd'hui. Le col était haut et les manches longues. Elle attrapa le foulard en dentelle de Bruxelles offert par ses sœurs et le fixa dans ses cheveux à l'aide d'épingles afin de s'en recouvrir le visage. Ainsi, Jamil ne pourrait discerner ses traits fatigués ni sa réaction une fois qu'il lui aurait dit qu'elle était renvoyée. Et elle n'allait pas pleurer !

Elle rejoignit le serviteur qui l'attendait devant la

porte et le suivit, en proie à une brusque appréhension. Les couloirs de marbre lui parurent interminables. Ses mains tremblaient tellement qu'elle dut serrer les bras contre sa poitrine.

Ils arrivèrent devant une porte à double battant et le serviteur la laissa passer, avant de refermer derrière elle.

La pièce, sans doute la salle du trône, était inondée de lumière et somptueusement décorée. Elle suivit du regard le long tapis vert émeraude qui menait à une estrade, à l'autre extrémité de la pièce.

Jamil était là.

Assis sur le trône, il l'observait.

Prenant une inspiration profonde, Cassie avança lentement vers lui. Il y avait quelque chose de troublant dans cette scène. Elle était vêtue de blanc, portait un voile et avançait vers Jamil qui attendait sur l'estrade. Il était peut-être sa destinée, mais les choses allaient prendre une tout autre tournure, plus tragique. Son estomac était noué et elle n'avait qu'une envie : se précipiter vers Jamil et se jeter à ses pieds pour implorer son amour. Elle l'aimait à en perdre raison.

Elle arriva au bas de l'estrade et releva la tête. Elle était face à son destin.

Il portait une tenue de cérémonie qu'elle ne reconnut pas, agrémentée d'une magnifique ceinture en or incrustée de diamants. Cassie n'avait vu des pierres aussi belles qu'une seule fois auparavant : sur la couronne qu'avait portée Ramiz le jour de son mariage.

La tunique du prince Jamil était d'un vert flamboyant et sa tête était coiffée d'un kéfié de la même couleur, attaché par un agal doré. Jamil portait également une longue, très longue cape dorée, brodée de passementerie et ornée de pierres précieuses. Elle était attachée avec une épingle en or en forme de panthère, dont les yeux étaient faits avec les mêmes diamants jaunes que ceux qui ornaient la ceinture.

Le visage dissimulé par le voile, Cassie fit une profonde révérence tout en essayant de discerner l'expression de Jamil. Comme d'habitude, celui-ci était impassible. Il avait son regard de corsaire. Le cœur de Cassie se serra. Il était tellement séduisant !

— Votre Altesse, dit-elle en se redressant.

— Lady Cassandra.

— Vous vouliez me voir ?

Jamil acquiesça de la tête.

— J'ai quelque chose de très important à vous dire.

Cassie sentit ses genoux se dérober sous elle. Les mots qu'elle redoutait tant allaient sortir, d'ici à quelques instants, de cette bouche qui l'avait si bien aimée.

— J'ai décidé qu'il serait dans l'intérêt de mon royaume que vous deveniez ma femme.

Cassie sursauta, abasourdie, avant de fixer Jamil d'un regard incrédule.

Ses souvenirs la transportèrent jusqu'à un soir, il y avait bien longtemps de cela, où un ami de son père était venu leur rendre visite. Il venait de rentrer d'un de ses nombreux voyages au bout du monde et lui avait rapporté un énorme coquillage rose. Il lui avait dit que l'on pouvait entendre le bruit des vagues en posant le coquillage contre son oreille. Depuis ce soir-là, jamais elle n'avait pu oublier le bruit qu'elle avait entendu dans ce coquillage, le mélange de bourdonnements et de sifflement, ce bruit affreux qui pouvait s'apparenter à n'importe quoi, sauf au bruit relaxant des vagues.

En ce moment même, c'était ce bruit qu'elle entendait

résonner dans ses oreilles. Elle avait la sensation que la salle tout entière se mettait à tournoyer autour d'elle.

— Votre femme ? s'enquit-elle d'une voix cassée.

— Oui, j'ai décidé que nous allions nous marier, répondit-il. Bien évidemment, il y aura quelques obstacles et oppositions à notre union, mais je ne m'en fais pas trop pour cela.

— Des… obstacles ? répéta-t-elle, perplexe.

Jamil fronça les sourcils, apparemment agacé de sa réaction.

— Oui, mais rien de bien méchant, je vous assure. Notre union est bien plus avantageuse que celle que le Conseil avait arrangée et…

— Quoi ?

Cassie n'en croyait pas ses oreilles. Il lui semblait que sa propre voix se répercutait comme un coup de tonnerre dans toute la salle.

— Oui, les fiançailles arrangées par le Conseil devront être annulées afin que nous puissions nous marier.

Elle releva son voile d'un geste brusque.

— Ma parole, Jamil, mais de quoi parlez-vous ? hurla-t-elle. Vous êtes en train de me dire que vous êtes déjà fiancé ?

Cassie fulminait, les joues rose vif, les yeux brillant d'un feu inquiétant.

— Oh ! Ce n'est pas bien grave, assura Jamil d'un ton dédaigneux. Je ne la connais même pas.

— Pas bien grave ? Vous êtes déjà fiancé et pour vous, ce n'est pas bien grave ? Mais pourquoi diable ne me l'avez-vous pas dit plus tôt ?

— Et pourquoi aurais-je dû vous le dire ? Cela ne vous regarde pas.

Incrédule, Cassie leva les yeux au ciel.

— Mon Dieu, mais dites-moi que je rêve ! s'écria-t-elle. Bien sûr que cela me regarde ! Et comment, que cela me regarde ! Alors vous étiez donc déjà fiancé quand… quand vous et moi, nous avons…

— Ce qui s'est passé entre nous n'a strictement rien à voir avec la princesse Adira.

— La princesse Adira ! Vous connaissez donc son prénom.

— Bien sûr que je connais son prénom ! Je connais sa famille aussi, et je dois avouer qu'une union avec elle pourrait en effet représenter une alliance profitable. Et ce dont je suis sûr, c'est que si je romps ces fiançailles le Conseil et la famille de la princesse me tomberont sur le dos, mais je suis prêt à en assumer les conséquences pour faire de vous mon épouse, lady Cassandra.

Cassie déglutit avec peine.

Jamil voulait l'épouser ! Jamais, même dans ses rêves les plus fous, elle n'aurait cru une telle chose possible et pourtant… Mais alors, pourquoi ne bondissait-elle pas de joie ? Au fond d'elle-même, elle connaissait déjà la réponse, mais elle voulait en être sûre et certaine.

— Pourquoi ? interrogea-t-elle.

— Je vous demande pardon ?

— Pourquoi voulez-vous m'épouser ?

— Pour plusieurs raisons. Premièrement, il va de soi que vos relations sont nettement plus intéressantes que celles de la princesse Adira. En revanche, votre dot sera certainement inférieure à la sienne, mais ce n'est pas grave, l'argent n'est pas un problème pour moi.

Cassie le dévisagea en s'efforçant de ne pas s'effondrer devant l'énormité qu'elle entendait.

— Vous parlez du mariage comme s'il s'agissait d'un accord commercial. J'ai l'impression d'entendre mon père.

— Oh ! Merci, s'exclama-t-il avec un petit signe de la tête.

— Ce n'est pas un compliment, bien au contraire ! rétorqua-t-elle d'un ton tranchant.

L'homme qu'elle aimait de tout son cœur venait de lui demander sa main. Elle aurait dû être folle de joie, mais au lieu de cela elle était folle de rage et de douleur.

— Je n'arrive pas à croire ce qu'il m'arrive, murmura-t-elle en se pinçant la racine du nez.

Des larmes s'étaient mises à couler le long de ses joues.

Jamil ne disait rien.

Il descendit néanmoins de l'estrade, sans doute pour la prendre dans ses bras, mais elle se raidit et il s'arrêta sur la dernière marche, comme s'il avait perçu sa réticence.

— Bien évidemment, il ne s'agit pas que de vos relations, reprit-il. Votre héritage anglais insufflera un vent de modernité dans le royaume. Vous deviendrez rapidement un modèle pour toutes les femmes de Daar-el-Abbah.

Il sembla à Cassie qu'il souriait en disant ces mots, mais elle préféra ne pas le regarder. Elle vivait un cauchemar.

— Et puis, il y a Linah, aussi. Vous exercez sur elle une très bonne influence et je voudrais que cela continue. Vous semblez être devenues tellement proches, toutes les deux, qu'il serait dommage de rompre un lien aussi fort.

— Oui, vous venez d'énumérer une série de très bonnes raisons, mais je crois que vous en avez oublié une : la plus importante.

Elle releva la tête et le regarda, prise d'un espoir soudain. C'était insensé, mais elle devait en avoir le cœur net. Il lui adressa l'un de ses sourires qui la faisaient chavirer et elle crut en perdre le souffle.

— Vous parlez sans doute de mon devoir de produire un héritier, dit-il. En effet, c'est une chose très importante.

Mais n'ayez aucune crainte, après ce qui s'est passé hier, je pense que nous prendrons tous les deux beaucoup de plaisir dans l'accomplissement de cette obligation.

Et voilà ! Elle avait sa réponse, cette fois !

— Une obligation, marmonna-t-elle. Pour vous il s'agit donc d'une obligation, d'un devoir conjugal, comme on dit, et de rien d'autre. Mon Dieu…

— Voyons, Cassie, nos cultures ont beau être très différentes, il y a tout de même des traditions que nous partageons. Les gens de notre statut se marient pour deux raisons : leurs intérêts propres et la garantie de leur pérennité, qui se fait en engendrant un héritier. Vous êtes la fille d'un grand diplomate anglais qui a déjà approuvé ce genre d'alliance dans la famille. Il n'y verra donc aucun inconvénient. Et puis, je suis sûr que vous et moi saurons l'un comme l'autre tirer profit de cette union.

— C'est votre façon de voir les choses et je pense que mon père serait d'accord avec vous, mais pas moi, déclara la jeune femme d'une voix blanche. Pas moi, Jamil. Je suis désolée.

Quelque chose venait de se briser en elle pour toujours. Elle y avait tant cru, Dieu sait à quel point elle y avait cru, mais Jamil ne l'aimait pas. Hier encore, elle pensait mourir de plaisir dans ses bras, et là, c'étaient ses paroles insensées qui la faisaient mourir. Son conte de fées venait de s'achever de manière brutale et douloureuse.

— Je suis désolée, mais je ne peux pas vous épouser, Jamil. Vous ne voulez pas d' une épouse, vous avez besoin d'une femme avec qui vous accoupler. Je ne suis pas une poulinière.

Elle pressa aussitôt la main sur sa bouche. Elle était allée trop loin, elle le vit aux traits durcis du prince et à son regard noir. Il remonta sur l'estrade, pris d'une colère terrible qu'elle percevait de là où elle se trouvait.

— Vos commentaires désobligeants ne vous mèneront nulle part et votre insolence finira par vous perdre, lady Cassandra. Jamais je n'aurais cru que l'on puisse être aussi dépourvu de raison. Je me rends compte que je m'étais trompé sur vous.

— Oui, je vois ça ! riposta-t-elle en le défiant du regard.

Elle n'avait plus rien à perdre maintenant, de toute façon.

— Fort bien ! Vous n'avez donc plus rien à faire ici. Je m'assurerai que tout soit prêt au plus vite pour votre départ. D'ici là, vous êtes priée de ne pas quitter vos appartements.

Sur ces mots, il redescendit les marches et passa près de Cassie sans un regard. Les yeux baignés de larmes, elle le laissa passer en silence, immobile. Elle entendit ses pas qui martelaient le sol, étouffés par l'épais tapis, jusqu'à la porte.

Elle ne bougea pas d'un cil. Elle n'avait ni la force ni le courage de se retourner. Elle entendit la porte claquer et sentit alors ses forces l'abandonner. Elle se laissa tomber sur la dernière marche de l'estrade et enfouit la tête dans ses mains. Ses gémissements rompirent le silence pesant qui régnait dans la salle du trône. Elle se laissa aller aux larmes sans rien tenter pour les interrompre.

Elle pleura ainsi un long moment. Elle avait le cœur en mille morceaux, mais elle devait se ressaisir et quitter les lieux avant que son esprit ne finisse lui aussi par être brisé.

Frissonnant malgré la chaleur accablante, elle se leva et retourna dans ses appartements.

*
* *

Jamais Jamil n'avait éprouvé une colère aussi intense. Jamais il n'avait ressenti une telle frustration. Cassie avait refusé sa demande en mariage ! Et elle l'avait refusée avec effronterie !

Il avait du mal à y croire.

Il avait du mal à comprendre.

Il ne pouvait l'accepter !

Et malgré tout cela, il avait toujours envie d'elle.

Il voulait toujours l'épouser.

Il était même persuadé que, si elle ne l'épousait pas, elle n'en épouserait aucun autre. Le destin l'avait placée sur son chemin et ce n'était pas pour rien. Il ne croyait guère au destin, mais il savait avec certitude, pour une raison qu'il ne parvenait pas à s'expliquer, que Cassie lui était destinée.

Il se déshabilla en proférant un chapelet de jurons dans toutes les langues qui lui venaient à l'esprit.

Lui, le cheikh al-Nazarri, prince de Daar-el-Abbah, venait d'être rejeté par une femme ; par une simple gouvernante anglaise qui avait été fiancée pendant un temps à un poète de pacotille et qui s'était attiré à cause de lui les foudres de sa famille !

Il enfila sa tunique blanche préférée.

Et si…

Et si elle avait refusé sa demande en mariage parce qu'il ne s'y était pas pris de la bonne manière ?

Il attacha le col de sa djellaba, enroula hâtivement son turban autour de la tête et sortit de sa chambre.

Oui, après ce qui s'était passé avec son prétendant qui se prenait pour un poète, Cassie ne voulait certainement pas susciter encore une fois la colère de son père en se fiançant sans son accord.

Il arriva aux écuries et attendit qu'on lui selle son cheval, avant de se hisser dessus et de s'engager dans l'allée conduisant à la sortie du palais.

Mais le père de Cassie n'aurait aucune raison d'être en colère. Au contraire, il serait ravi de cette union. Le mariage de sa fille aînée au prince Ramiz s'était révélé une réussite diplomatique pour les deux royaumes. Et si lui-même épousait Cassie, l'influence de l'Angleterre en Arabie serait renforcée ; le passage vers l'Inde, que les Anglais utilisaient tant, serait encore mieux protégé. Lord Armstrong donnerait n'importe quoi pour cela, y compris la main de sa fille, Jamil n'en doutait pas.

Cette idée le mit mal à l'aise. Il ne voulait pas que lord Armstrong lui donne la main de sa fille, il voulait que Cassie accepte d'elle-même de l'épouser. La manière dont elle s'était offerte à lui dans le hammam lui avait laissé croire qu'elle accepterait une telle proposition sans hésiter. Pourquoi s'était-elle cabrée ainsi ?

Lorsqu'il eut passé l'oasis de Maldissi, il lança son étalon au galop vers la grotte où Cassie et lui s'étaient réfugiés le jour de la tempête.

Plus il se posait de questions, plus sa colère se dissipait. Cassie était une femme obstinée de nature, il l'avait compris dès le début. Et ce côté passionné était d'ailleurs l'une des choses qu'il appréciait en elle. Elle n'avait pas la langue dans sa poche et, si on lui disait de prendre une direction, il y avait de grandes chances pour qu'elle s'en aille dans la direction opposée. Elle n'aimait pas qu'on lui impose des choix autres que les siens. Tout comme lui, d'ailleurs…

Il sourit. Oui, elle avait les mêmes réactions que lui. Ils avaient beaucoup de points communs, en fin de compte. Et il s'était mal comporté avec elle, il n'aurait pas dû la brusquer comme cela. Non, il n'aurait pas dû la mettre devant le fait accompli.

Cependant, il y avait autre chose aussi. Que lui avait-elle dit, déjà ? Oui, elle avait parlé de la raison *la plus importante*, ou de la chose la plus importante, il ne se souvenait plus… Qu'avait-elle voulu dire par là ?

La raison la plus importante… La chose la plus importante… La chose la plus importante à ses yeux, c'était elle.

Surpris par cette pensée, il ralentit son cheval et but quelques gorgées d'eau à sa gourde. Les intérêts de son royaume ne semblaient plus aussi cruciaux depuis que cette femme était entrée dans sa vie. Jamais il n'avait rien ressenti de similaire pour quiconque auparavant ; elle avait éveillé en lui des sentiments qu'il avait peine à contrôler, des sentiments dont, selon Cassie, il ne devait pas avoir honte.

Des sentiments…

La chose la plus importante, aux yeux de Cassie, était sans doute le romantisme ; des fleurs, des petits cœurs et des belles paroles.

L'amour…

C'était donc ça ! Cassie avait fait allusion à l'amour. Cet amour dont elle lui avait parlé le jour où il l'avait surprise dans l'aile est du palais.

Il fit la grimace.

L'amour.

Il avait peut-être changé d'avis sur beaucoup de choses, mais pas sur celle-ci. Mais l'amour n'était qu'un mythe inventé par ces satanés poètes que Cassie appréciait tant ! L'amour n'existait pas, il ne s'agissait que d'un synonyme de passion, rien de plus. Pauvre Cassie, elle se faisait tant d'illusions fondées sur un mirage ! N'avait-elle pas compris que l'attirance physique qui les avait réunis avait également créé entre eux un lien très fort qui n'était pas près d'être rompu ? Un lien qui ne serait *jamais* rompu. Elle aurait pourtant dû s'en rendre compte, surtout après l'épisode du poète.

Jamil frémit et ses mains se crispèrent sur les rênes.

Le fait que Cassie ait pu avoir des sentiments pour cet homme, pour n'importe quel autre homme que lui, lui était inconcevable. Et cette soudaine possessivité avait de quoi surprendre, d'ailleurs. Cependant, il devait convaincre Cassie qu'il existait bel et bien un lien entre eux. Un lien très fort. Pas de l'amour, bien évidemment, mais de la passion, du désir. Oui, c'était la passion qui accélérait les battements de son cœur, le désir qui lui donnait l'impression d'avoir de petits papillons dans le ventre, comme elle l'avait dit elle-même. Il devait lui faire entendre raison. Une fois qu'il lui aurait fait découvrir tous les plaisirs charnels, elle finirait par se rendre compte que les fleurs, les petits cœurs et les belles paroles étaient superflus. Elle finirait par comprendre que ce qu'ils avaient trouvé ensemble était bien plus fort et plus important que tout le reste. Oui, il comptait bien le lui prouver. Par tous les moyens possibles et imaginables. Il avait hâte de le faire !

Dès son retour au palais, il indiquerait à Halim qu'il entendait rompre ses fiançailles avec la princesse Adira. Comment avait-il pu signer ce fichu contrat ? Dès le début, et même bien avant l'arrivée de Cassie, il avait su que ce serait une grossière erreur. Il allait avoir beaucoup de mal à rompre ces maudites fiançailles et cela lui coûterait sans doute très cher, mais peu importait. Il n'épouserait jamais la princesse Adira.

Il leva les yeux vers le ciel. Il existait peut-être quelque chose de l'ordre du destin, après tout ; le ciel ne lui avait pas envoyé Cassie par hasard.

Souriant et rassuré, il fit faire demi-tour à sa monture. Son souhait le plus cher était étroitement lié aux intérêts de son royaume. Tout le monde y trouverait son compte.

Son sexe durcit à l'idée qu'il allait enfin posséder Cassie. Enfin, il allait pénétrer en elle, sentir sa chaleur moite envelopper sa virilité. Il allait jouir en elle. Ensemble, ils allaient se perdre dans des plaisirs voluptueux. Oui, bientôt il la ferait sienne, il lui montrerait qu'elle était à lui, rien qu'à lui.

Il remit son étalon au galop. Il voulait rejoindre le palais au plus vite pour retrouver Cassie et lui ôter sa virginité de la plus belle façon qui soit.

Chapitre 10

Peregrine Finchley-Burke avait embarqué à bord d'un boutre pour rejoindre le port d'A'Qadiz, heureux de pouvoir échanger la chaleur étouffante du Caire contre la fraîcheur du large.

Le sourire aux lèvres, il regarda la ville s'éloigner, puis disparaître de son champ de vision. Pour une fois, il avait décidé de ne pas penser à ses soucis professionnels. L'eau de la mer Rouge était si limpide que l'on pouvait admirer les fonds marins depuis le navire. Poissons exotiques de toutes les couleurs, coraux et étoiles de mer défilaient sous ses yeux.

Au bout de quelques heures de navigation, il s'allongea dans un grand coussin sous un baldaquin, laissant tremper une main dans l'eau. Il se sentait si à l'aise qu'il avait enlevé sa veste et déboutonné le haut de sa chemise. Il avait l'impression d'être un pharaon égyptien. Il ne lui manquait que quelques esclaves prêts à exaucer ses moindres désirs.

Il ferma les yeux et profita de ces quelques heures de calme. Une fois arrivé à destination, il n'aurait plus une seule seconde de répit.

Lorsqu'il ouvrit les yeux, le navire entrait dans le port d'A'Qadiz.

Peregrine, qui pensait ne s'être assoupi que quelques minutes, se redressa et regarda autour de lui. Le port était immense et il y régnait un véritable chaos. Il avait bien du mal à supporter tout ça ; trop de monde, trop de bruit, trop de tout.

Il ferma de nouveau les yeux et attendit qu'un batelier vienne le prévenir une fois le navire amarré.

Quand il débarqua, il fut aussitôt obligé de se mêler à la foule sur les quais et se fraya tant bien que mal un chemin entre les mules et les chameaux, les dockers transpirants et les marchands ambulants, qui essayaient de lui vendre leur marchandise. Il les ignora en continuant à avancer.

Soudain, il se retrouva avec un chaton roux dans les bras. Au même moment, un petit garçon surgi de nulle part se mit à le tirer par l'un des boutons en argent de sa veste. Voulant chasser l'enfant, Peregrine laissa tomber le chat, qui s'agrippa à sa jambe gauche.

— Ah, ma jambe ! s'écria-t-il. Mon pantalon !

Le chaton s'enfuit aussitôt en miaulant, tandis que l'enfant regardait Peregrine en riant. Peregrine examina son pantalon fichu et n'eut pas le temps de réagir lorsqu'un vendeur d'encens, profitant de son moment d'inattention, lui glissa un petit paquet dans la main. Il le regarda et le porta à son nez. Il esquissa une grimace de dégoût.

Mais quelle horreur, ça sent le chien trempé !

L'homme lui tendit la main en posant sur lui un regard menaçant. Avec un long soupir résigné, Peregrine glissa la main dans sa poche et en tira quelques pièces, qu'il lui donna. C'était l'une des premières choses qu'il avait apprises en arrivant au Caire : toujours avoir de la monnaie sur soi.

— Balyrma ! Balyrma ! cria-t-il en avançant de nouveau dans la foule.

Il ne parlait pas l'arabe, mis à part quelques mots

comme « tente », « chameau » et « guide », mais il n'avait pas besoin de se faire comprendre. Au milieu de cette foule, il finirait vite par trouver quelqu'un qui partait également en direction de Balyrma.

Au bout d'une heure, après avoir tenté en vain de négocier le tarif avec un guide local, Peregrine prenait enfin la direction de l'est, hissé sur le dos d'un chameau.

Il lui fallut trois jours, trois longs jours, pour atteindre Balyrma. Le prince Ramiz et la princesse Celia, que personne n'avait prévenus de sa visite, furent plus qu'étonnés de le voir arriver au palais.

— Monsieur Finchley-Burke, quelle surprise ! Comment allez-vous ? demanda Celia en lui tendant un verre de thé glacé.

Peregrine avait certes fini par s'habituer à la tradition arabe de s'asseoir par terre, mais il n'était jamais à l'aise dans cette position. Avec son ventre proéminent, il avait l'impression de ressembler à un morse cloué au sol, et non à un haut dignitaire de la société anglaise.

— Oh ! Bien, bien, merci ! Vous savez, je n'ai pas à me plaindre, répondit-il en essayant de trouver la bonne position sur le grand coussin en satin.

— Et votre poste au consulat au Caire vous plaît-il ?

Peregrine but une gorgée de thé glacé et regarda du coin de l'œil le prince Ramiz, qui le dévisageait sans mot dire.

— Oui, bien évidemment ! répondit-il tout en sentant la sueur perler à son front.

— Je suis certaine que lord Wincester ne peut plus se passer de vos services.

— Oh ! Vous savez…

Il se sentit rougir et avala nerveusement une autre

gorgée de thé. Cela faisait déjà un an qu'il avait fait son entrée dans le monde diplomatique et il ne savait toujours pas mentir avec aisance.

— Vous êtes trop modeste, affirma Celia avec un large sourire. Je doute que lord Wincester vous ait envoyé ici pour rien. Il doit y avoir une bonne raison pour que vous soyez venu jusqu'ici, n'est-ce pas ?

— Oui, pourquoi êtes-vous venu exactement ? s'enquit soudain le prince Ramiz. Je n'ai pas été prévenu de votre visite.

— Eh bien… Je ne suis pas ici pour des raisons professionnelles. Enfin, pas tout à fait.

Celia posa son verre avec un regard interrogateur.

— Etes-vous venu pour des raisons personnelles, alors ? demanda-t-elle en tournant un bref instant vers son époux un visage étonné.

— Non, non, bien sûr que non, bafouilla Peregrine, embarrassé. Enfin, je veux dire que je suis ravi d'être ici, ravi de vous revoir après tout ce temps… Mais en fait il s'agit de votre sœur.

— Ma sœur ? s'exclama Celia en attrapant la main de son époux. Laquelle ? A-t-elle contracté une maladie ? Mais pourquoi ma tante et mon père… Peregrine, ne me dites pas que…

— Non, non, lady Celia, tout le monde va bien, rassurez-vous ! Je ne parlais pas de vos sœurs en Angleterre, mais de celle qui est ici, en Arabie : lady Cassandra.

— Cassie ? Mais que lui est-il arrivé ? s'enquit Celia, encre alarmée.

— Calmez-vous, lady Celia, mon intention n'était pas de vous inquiéter.

— Dans ce cas, je vous prie de bien vouloir nous dire pourquoi vous êtes ici. Immédiatement ! lança froidement Ramiz en prenant Celia dans ses bras. Ne t'en fais pas, mon amour, s'il était arrivé quoi que ce soit à Cassandra, je suis certain que le prince Jamil serait venu nous l'annoncer en personne.

— Oui, bien sûr, suis-je bête ! répondit-elle. Je vous écoute alors, monsieur Finchley-Burke. Vous avez toute mon attention.

Peregrine entreprit d'exposer la situation en détail, sous le regard de Celia, qui ne le lâchait pas des yeux. Une foule de questions se pressaient dans l'esprit de la jeune femme.

— Je ne comprends toujours pas pourquoi Père est si pressé que Cassie retourne en Angleterre, soupira-t-elle.

— Je… je ne sais pas, lady Celia. Il doit être inquiet pour sa sécurité.

— Mais cela n'a aucun sens ! Je lui ai envoyé une lettre quand Cassie est partie pour Daar en lui expliquant qu'elle allait occuper le poste de gouvernante dans le palais royal. Il a dû expédier sa missive avant de recevoir la mienne. Quoique… Non, cela n'a pas de sens non plus, étant donné qu'il semblait déjà informé que Cassie se trouvait à Daar. Pourquoi est-il si inquiet de la savoir là-bas ?

— Euh… Eh bien…, bredouilla Peregrine en ajustant de nouveau le coussin sur lequel il était assis.

— Oui ?

— Eh bien, peut-être pense-t-il que ce poste de gouvernante… Oh ! vous savez, lady Celia, les rumeurs circulent si vite au ministère des Affaires étrangères.

— Oui, monsieur Finchley-Burke, je le sais, répondit Celia sèchement. Cela dit, je corresponds régulièrement avec ma sœur et je peux vous dire qu'elle est très heureuse là-bas. Tout le monde semble l'apprécier, et quant au prince Jamil, c'est son employeur, rien de plus.

— J'en suis certain. Cependant, j'ai pour ordre de ramener lady Cassandra au Caire, que cela lui plaise ou non. Je suis sincèrement navré de la tournure qu'ont pris les événements, lady Celia, mais je n'ai pas le choix. Avec votre permission, je vais rester ici cette nuit et je partirai en direction de Daar dès demain matin.

Celia le considéra quelques instants avant de se tourner vers Ramiz.

— Mon chéri, je pense que je vais accompagner M. Finchley-Burke. J'avais promis à Cassie de venir lui rendre visite dès que possible, de toute façon. En plus, Bashirah est sevrée maintenant et je ne resterai pas longtemps. Je suis sûre que tout va bien pour Cassie, mais maintenant que la question se pose, je voudrais m'en assurer par moi-même.

— Oui, bien sûr, c'est tout à fait normal, acquiesça Ramiz.

— Dans ce cas, et si vous n'y voyez pas d'inconvénient, je partirai avec vous pour Daar, monsieur Finchley-Burke, dit-elle en se tournant vers son hôte.

— Ma chère lady Celia, bien sûr que je n'y vois pas d'inconvénient, bien au contraire. Je pense que votre présence me facilitera les choses. Sur ce, si vous me le permettez, je vais aller me rafraîchir un peu.

Lorsqu'il les eut quittés, Celia se tourna de nouveau vers son époux.

— Je veux juste m'assurer que cet homme ridicule ne contrarie pas Cassie inutilement. Elle est encore trop fragile, après sa rupture avec Augustus. Je ne sais pas ce que Père et cet homme manigancent, mais je ne veux en aucun cas voir ma sœur souffrir de nouveau. Je reviendrai très vite.

— Un seul jour sans toi me paraît déjà une éternité, murmura Ramiz en l'embrassant. Le convoi sera prêt pour que vous puissiez partir dès l'aube. Reviens-moi vite, mon amour !

— Ne t'inquiète pas, je ferai vite. Tu sais bien que je ne peux plus me passer de toi, affirma-t-elle en posant la tête sur l'épaule de son époux. En tout cas, je me réjouis déjà de nos retrouvailles.

De retour au palais, Jamil fit immédiatement appeler Halim dans son bureau pour l'informer de sa décision.

— Je souhaite rompre les fiançailles avec la princesse Adira, déclara-t-il en parcourant du regard les documents posés sur son bureau. Trouvez une solution qui pourrait nous arranger tous, enfin, les arranger eux, surtout. Nous devons nous montrer généreux, je ne voudrais pas que son père éprouve de la rancœur à notre égard.

— Qu'il n'éprouve de…, répéta Halim, visiblement incrédule. Mais, Votre Altesse, je crois que vous ne vous rendez pas bien compte des conséquences que cela va avoir !

— Bien sûr que je m'en rends compte, Halim ! Ça ne sera pas facile, je vous l'accorde, mais je suis certain que vous trouverez une solution. Vous pourriez leur proposer de transformer le contrat de fiançailles en un accord commercial, ou alors…

— Votre Altesse, souvenez-vous que personne n'a jamais rompu de fiançailles sans qu'une guerre n'éclate derrière ! Je vous en supplie, réfléchissez bien à…

— C'est tout réfléchi et je ne reviendrai pas sur ma décision. Vous savez très bien que je n'ai jamais souhaité épouser la princesse Adira. Vous m'avez forcé la main et je suis sûr que vous parviendrez à conclure un compromis avec la famille. Allez, mon ami, vous sous-estimez vos talents de négociateur.

Halim lui jetait des regards inquiets en se balançant d'un pied sur l'autre.

— Oui, certainement, Votre Altesse. Je vous remercie de la confiance que vous me témoignez. Mais même si nous parvenons à trouver une solution, je me permets de vous rappeler que le problème de votre héritier subsiste. Comment allez-vous faire pour en produire un ?

— Ah oui, l'héritier… Je sais à quel point cela vous tient à cœur, mais vous n'avez plus de raison de vous en faire à ce sujet.

— Vous avez trouvé une autre épouse ?

— Oui.

— S'agit-il d'une des princesses figurant sur la liste du Conseil ? s'enquit Halim, semblant reprendre du poil de la bête.

Jamil sourit intérieurement. Quelque chose lui disait qu'il n'allait guère apprécier la réponse à sa question.

— Non. Il s'agit de lady Cassandra.

Halim tomba à genoux. Il faisait peine à voir.

— Non, non, Jamil… Prince Jamil, je vous en conjure, non, non !

— Nom d'un chien, Halim, relevez-vous et arrêtez de pleurer comme une femme ! Je savais que vous n'approuveriez pas mon choix, mais…

— Bien sûr que je ne l'approuve pas ! Comment pourrais-je l'approuver ? Cette femme n'est pas de sang royal, elle ne possède pas la moindre terre, elle n'a rien ! Et elle n'est même pas des nôtres !

Jamil s'appuya au bureau et inspira profondément. Il

ne s'attendait pas à une réaction aussi violente de la part de son homme de confiance. En règle générale, celui-ci agréait toutes ses décisions et le prince pouvait compter sur lui pour le soutenir face au Conseil. Mais à présent il devenait évident que Halim était aussi vieux jeu que les autres. Sa patience était mise à rude épreuve, mais il décida de prendre le temps nécessaire pour lui expliquer qu'épouser Cassie serait bien plus avantageux qu'épouser la princesse Adira.

Halim l'écouta en silence, le visage fermé. Une fois que le prince lui eut exposé son point de vue, il essaya de le raisonner de nouveau. Le mariage devait être soumis à l'approbation du Conseil, argua-t-il, et il doutait fortement que celui-ci accepte une telle folie. Toutefois, le prince ne voulut rien entendre, sa décision était irrévocable.

— Dans ce cas, déclara Halim, visiblement résigné, je vous suggère d'aller annoncer en personne la nouvelle à la famille de la princesse Adira. Ainsi, la princesse se sentira peut-être moins offensée.

— Mais elle n'a pas à se sentir offensée de quoi que ce soit, Halim ! Si je me souviens bien, vous m'avez dit que j'étais l'un des cinq hommes que son père avait choisis pour elle. Ce n'est pas comme si c'était elle qui m'avait choisi, ou vice versa. Aucun de nous deux n'a eu son mot à dire.

Jamil enleva son turban et passa la main dans ses cheveux.

Pourquoi tout, absolument tout dans ma vie doit-il être aussi compliqué ? se demanda-t-il amèrement.

— Certes, concéda Halim, mais vous ne voudriez pas mettre en péril la paix entre nos deux royaumes à cause d'une femme, n'est-ce pas ?

Jamil poussa un soupir exaspéré.

— Ça suffit, Halim ! Réunissez le Conseil immédiatement. Je veux en finir avec cette histoire une bonne fois pour toutes. Et je vous promets qu'il n'y aura aucune guerre à cause de la princesse Adira.

Incapable de trouver le sommeil, Cassie ne cessait de se repasser dans les moindres détails l'épisode de sa dispute avec Jamil. Depuis qu'il avait quitté la salle du trône, la laissant seule, elle était retournée dans ses appartements et n'en était plus ressortie. A présent, elle entendait partir dès que possible. Sa raison lui soufflait de toute façon que c'était le bon choix. En revanche, comme à son habitude, son cœur lui disait tout le contraire.

L'idée d'épouser Jamil, de devenir sa femme, de partager son lit toutes les nuits était bien sûr très tentante. Elle aimait cet homme de tout son cœur, elle souhaitait être la mère de ses enfants et ne rêvait que de partager sa vie avec lui.

Malheureusement, Jamil, lui, n'éprouvait rien pour elle, hormis peut-être du désir. Mais peut-être que, si elle lui donnait tout son amour, il finirait par comprendre que…

Non Cassie, tu sais très bien que ça ne marche pas comme ça.

S'il ne l'aimait pas maintenant, il ne l'aimerait jamais. Et qu'allait-il se passer une fois les premiers émois du désir disparus ? Tout comme l'amour, le plaisir physique était une chose qui se vivait à deux et, surtout, l'un comme l'autre étaient indispensables dans un mariage.

Non, aussi tentante que pût être la proposition, elle ne pouvait épouser Jamil. Et si elle ne se mariait pas avec lui, elle savait d'ores et déjà qu'elle n'épouserait personne d'autre. Elle n'aurait donc pas d'enfants. Elle deviendrait une vieille fille. Elle restait à jamais vierge.

Jamais elle ne ferait l'amour avec Jamil, et encore moins avec un autre homme.

Cassie s'était levée dès l'aube. Elle avait enfilé l'une de ses robes en mousseline les moins attrayantes et s'était occupée de faire ses bagages. Elle voulait être prête à partir dès que possible. Oui, elle devait s'en aller au plus vite pour tout oublier ; Linah, Jamil, tout… Mais la fin de la matinée approchait et personne n'était encore venu la chercher.

Elle alla rejoindre Linah et l'une des servantes l'informa que Jamil était en session avec le Conseil.

Encore une affaire d'Etat urgente…

Les priorités de Jamil ne changeraient jamais ! Cependant, elle ne pouvait s'empêcher de souffrir de son comportement. Il l'ignorait ouvertement et cela la blessait. Et elle ne pouvait rien dire après ce qui s'était passé la veille.

Cassie essaya de faire bonne figure devant Linah, qui semblait se douter que quelque chose n'allait pas. Elle y parvint tant bien que mal. Ce fut seulement quelques heures plus tard qu'un serviteur vint l'informer que le prince l'attendait dans sa cour privée. Elle tressaillit. Non, elle ne devait pas y aller ! Elle devait invoquer n'importe quelle excuse pour éviter cette rencontre !

— J'arrive. Donnez-moi quelques minutes, répondit-elle.

La tentation de voir Jamil une toute dernière fois était trop forte. Elle se para de l'une de ses plus belles toilettes, une robe du soir chasuble couleur or, sous laquelle elle enfila une culotte de soie et des bas aux reflets dorés. Son décolleté était certes un peu trop plongeant, mais elle tenait à se sentir à son avantage devant Jamil.

Elle releva ses cheveux en chignon et mit les boucles

d'oreilles en diamants offertes par tante Sophia. Puis elle enfila des longs gants de soie qui la couvraient jusqu'au coude. Enfin, elle resserra autour de ses épaules son châle, de la même couleur que la robe, et jeta un dernier regard au miroir. Malgré la fatigue qui se lisait sur son visage, elle fut satisfaite de son reflet. Elle enfila ses sandales et sortit de la chambre.

Le serviteur lui fit savoir qu'elle était en retard avant de s'engager, d'un pas rapide, dans le couloir. Elle le suivit sans un mot.

Avait-elle bien fait de prendre autant de temps pour s'habiller ? Elle savait que Jamil détestait attendre. Mais tant pis, ce serait la dernière fois qu'elle le verrait. Sans doute voulait-il lui faire part des arrangements qu'il avait pris pour son voyage.

Au moins, il le fait en personne, alors qu'il aurait très bien pu envoyer quelqu'un.

Ils parvinrent devant les appartements de Jamil et le domestique lui ouvrit les portes pour la laisser entrer, puis disparut. Tâchant d'ignorer ses sentiments et les vives réactions de son corps, Cassie entra dans la cour où se tenait Jamil.

Il était pieds nus à côté de la fontaine, sans turban. Il portait en tout et pour tout un caftan couleur émeraude.

Comme les vêtements pouvaient transformer une personne ! Sans ses habits officiels, Jamil n'avait plus rien du Corsaire, il redevenait un homme, tout simplement. Le plus bel homme qu'elle ait jamais vu.

Elle le dévora du regard, soucieuse d'enregistrer chaque détail de son visage : ses pommettes hautes, la fossette de son menton, ses lèvres fermes et ses yeux, ses yeux d'un si beau brun d'automne. Il était tout simplement superbe.

Il l'observait sans bouger et, comme d'habitude, elle

ne put rien lire sur son visage. Ses yeux, en revanche, le trahissaient. Elle y percevait un désir intense et sentit aussitôt les pointes de ses seins durcir. Heureusement qu'elle portait un corset et un chemisier pour cacher cette faiblesse contre laquelle elle ne pouvair rien. Il ne devait rien voir de son trouble. Elle devait résister.

Oui, elle devait résister, et pourtant elle imaginait déjà les doigts de Jamil courir sur sa peau. Elle s'imaginait collée contre son corps. Elle les voyait faire…

Cassie !

Le caftan convenait parfaitement à sa silhouette athlétique. Portait-il quelque chose en dessous ? se demanda-t-elle, avant de s'en vouloir pour cette question déplacée. Mais il était trop tard, elle avait très envie de connaître la réponse. Puis elle se souvint à quel point il avait été en colère la veille et se ressaisit aussitôt.

— Votre Altesse, lança-t-elle froidement.

— Jamil, s'il vous plaît.

— Vous vouliez me voir ?

Pourquoi avait-elle la voix aussi aiguë ?

Jamil s'avança vers elle en souriant. Il semblait très content de la revoir. Elle se raidit.

— Vous êtes ravissante ce soir, Cassie, lui dit-il en lui prenant la main.

Il la porta à ses lèvres et y déposa un baiser.

— Vous êtes la plus belle femme que j'aie jamais vue. La plus désirable aussi.

Cassie plissa les yeux, sceptique.

Pourquoi lui disait-il cela maintenant ? Pourquoi rendait-il les choses plus difficiles qu'elles ne l'étaient déjà ?

— Je vous en prie, ne dites pas ça.

— Pourquoi ? Ce n'est que la vérité et je la dis tout simplement, répondit-il en l'attirant vers lui.

Elle se débattit.

— Lâchez-moi, Jamil…

… ou pas. A quoi bon ? Son corps était déjà en train de fondre.

Elle le laissa faire quand il la serra dans ses bras et lui souleva le menton.

— Il n'est pas question que vous partiez.

Il avait la voix rauque et les yeux pétillants. Il la regarda un instant droit dans les yeux, puis son regard glissa vers son décolleté. Elle ne savait que faire. Son cœur s'affolait dans sa poitrine. Que voulait-il dire par là ? Elle eut envie de le lui demander, mais n'osa pas. Elle ne voulait pas se faire des idées ; les hommes comme Jamil ne changeaient pas en une nuit. Mais, d'un autre côté, la curiosité la tenaillait. Elle était si faible en sa présence !

— Jamil…

— Cassie, en ce qui concerne notre conversation d'hier… Je pense ne pas avoir été assez clair sur la nature de mes sentiments à votre égard.

Cassie crut défaillir.

— De vos… sentiments ?

— Ne soyez pas surprise, voyons ! dit-il, un sourire ravageur aux lèvres. Vous aviez raison, j'éprouve bien des sentiments pour vous.

A ces mots, un espoir fou jaillit en elle. Et si… Oui, et si…

— Que… quels genres de sentiments ?

Jamil approcha son visage à quelques centimètres de celui de Cassie.

— Jamais je n'ai désiré aucune femme comme je vous désire.

Il me désire... Mais ça, je le savais !

— J'ai rompu mes fiançailles avec la princesse Adira. Il n'est pas question que je l'épouse. Il n'est pas question que j'épouse une autre femme que vous, Cassie.

Elle le contempla bouche bée. Allait-il lui dire qu'il...

— Hier, poursuivit-il, je n'ai parlé que de l'aspect pratique de notre union. Je n'ai pas changé d'avis à ce sujet, mais il est vrai que j'ai oublié de mentionner la chose la plus importante : ce que nous éprouvons l'un pour l'autre, ce lien invisible qui nous unit.

Cassie retint sa respiration. Oui, il était sur le point de lui avouer qu'il éprouvait de...

— Cette passion, précisa-t-il.

Elle ouvrit la bouche et la referma.

— Cette... passion..., finit-elle par répéter.

— Oui. L'amour tel que vous l'imaginez n'existe pas, sauf dans les livres et les poèmes. Ce ne sont que des paroles en l'air. Le cœur ne s'exprime pas, alors que le corps, si. Ce que nous ressentons l'un pour l'autre est réel, concret. Je n'ai jamais rien ressenti de tel auparavant. Cassie, ce qu'il y a entre nous est très, très fort !

Elle brûlait de le croire, brûlait de se laisser convaincre. S'il pouvait exprimer ses sentiments comme il venait de le faire, alors peut-être qu'il finirait par comprendre qu'il...

Sois forte, Cassie, résiste !

Oui, elle devait lui résister, sauf qu'elle n'y arrivait pas. Elle l'aimait trop pour ça. Elle le *désirait* trop pour ça.

— Jamil, je...

— Cassie, Cassie, Cassie ! J'ai tellement envie de vous ! Laissez-moi vous montrer jusqu'à quel point ! la pressa-t-il en se plaquant contre son corps.

Il fit ensuite descendre ses mains le long du dos de la jeune femme pour s'arrêter au-dessus des hanches.

— Laissez-moi vous prouver que la passion est la clé d'un mariage heureux. Laissez-moi vous prouver que ces plaisirs, lui chuchota-t-il en lui mordillant le lobe de l'oreille, sont les fondements d'un mariage.

Elle voulait tant le croire, lui donner une chance ! Oui, elle en avait vraiment envie. Une chaleur enivrante émanait du contact de Jamil et se répandait dans tout le corps de Cassie. Tous ces serments, et le plaisir interdit que promettaient ces lèvres fermes et ce regard de braise la faisaient frissonner d'anticipation. Comment pourrait-elle y résister ?

— Cassie ?

A quoi bon résister ? Elle devait se rendre à l'évidence : le désir était bien trop fort. Jamil était persuadé d'avoir raison, mais comment pouvait-elle lui faire comprendre qu'elle-même n'avait pas tort ?

— Faites-moi l'amour, Jamil, souffla-t-elle en pressant des baisers dans son cou.

Mon Dieu, pourvu que j'aie raison…

— Faites-moi l'amour, répéta-t-elle, enivrée par l'odeur masculine.

Elle rejeta la tête en arrière pour accueillir ses baisers et s'y abandonner. Il lui embrassa le cou, puis la gorge, puis la naissance de la poitrine.

— Si vous saviez comme j'ai attendu ce moment, murmura-t-il entre deux baisers.

Puis il remonta lentement ses lèvres jusqu'au visage de Cassie et lui embrassa les joues, le front et le nez. Lorsque enfin il atteignit la bouche, Cassie crut défaillir. Jamais elle ne se lasserait de ces baisers, jamais elle ne pourrait vivre sans eux.

Elle le sentit tirer sur son décolleté et il abandonna ses lèvres pour s'emparer de la pointe de ses seins. Il en titilla une du bout dc la langue, puis l'autre, et elle sentit aussitôt un flux de chaleur se répandre entre ses cuisses.

Sans trop savoir comment, elle se retrouva allongée sur un lit, pieds nus et à moitié dévêtue. Les baisers de Jamil se faisaient de plus en plus pressés et passionnés. Ses doigts exploraient sa féminité, réveillant en elle un plaisir inouï. Instinctivement, elle se cambrait. Son corps était comme attiré par celui de Jamil.

— S'il vous plaît… Oh ! oui, s'il vous plaît, chuchota-t-elle.

S'il te plaît, Jamil, aime-moi ! Aime-moi comme moi je t'aime, et ne me quitte jamais !

Soudain, une vague de chaleur intense monta en elle. Perdant tout contrôle, elle cria sa jouissance et demeura ensuite immobile, bouleversée par l'orgasme intense qu'elle venait de vivre.

Quand elle reprit tant bien que mal ses esprits, Jamil était toujours à côté d'elle, entièrement nu. Son sexe était fièrement dressé et semblait encore plus imposant que l'autre fois. Il était magnifique. Jamil caressa la joue de Cassie et elle l'entendit lui promettre qu'elle n'aurait pas mal. Mal ? Mais pourquoi aurait-elle mal ?

Jamil lui cala des coussins sous son dos. Il procédait par gestes doux et lents, comme s'il craignait de lui faire du mal, comme s'il voulait la ménager au maximum. Devait-elle avoir peur ? Elle se remettait tout juste de son orgasme et se demandait s'il était possible de ressentir encore plus de plaisir. La curiosité la titillait. Il allait pénétrer en elle, elle devait être prête à l'accueillir. Son cœur s'emballa à cette idée et elle le vit se positionner au-dessus d'elle sans la quitter des yeux. Puis, avec précaution, il entra légèrement en elle.

Il lui prit la bouche en un baiser intense, tout en continuant à progresser très lentement, jusqu'à ce qu'il se fût presque entièrement introduit en elle.

— Je vais faire de mon mieux pour ne pas vous faire mal, promit-il dans un souffle.

Elle cligna les yeux en signe d'acquiescement, mais soudain une douleur fulgurante, un déchirement dans le bas du ventre lui arracha un cri. Cependant, la douleur s'estompa aussitôt, laissant place à une nouvelle sensation de plaisir. Elle se sentait comblée par sa présence. Jamil était en elle et sa féminité l'enveloppait étroitement. Quelle magnifique sensation de pouvoir enfin le sentir ainsi ! Ils ne faisaient plus qu'un désormais.

Elle ouvrit les yeux et lui sourit. Le beau visage masculin semblait tendu par le désir et elle frissonna de plaisir. Instinctivement, elle se cambra contre lui, en attente de quelque chose. Oui, elle en voulait plus.

— S'il vous plaît…

Il la serra contre lui et se retira un instant, avant de revenir doucement en elle. Elle savoura la tension qui montait, puis redescendait en elle avant de remonter de nouveau. Une tension qui s'intensifiait à chaque instant. Cassie s'accrocha à lui. Il augmentait la cadence. Une nouvelle vague voluptueuse, bien plus forte que les précédentes, monta alors soudain du plus profond d'elle-même. Lorsqu'elle sentit la chaleur de son orgasme à lui l'envahir subitement, elle se cambra encore une fois. Le souffle de Jamil s'accéléra et des spasmes coururent dans son ventre. Il la saisit par les hanches et elle le sentit se libérer en elle. L'extase ; ils venaient d'atteindre l'extase au même moment.

Elle s'agrippa à lui et ferma les yeux avec l'impression de flotter dans un brouillard de plaisir tandis qu'il était encore sur elle, en elle.

Jamil se retira et la prit dans ses bras.

Il ne voulait pas se séparer d'elle, bien au contraire, il ne rêvait que d'une chose : recommencer, encore et encore. Jamais il ne s'était senti aussi…

Satisfait ? Non.

Repu ? Non plus.

Il ne parvenait pas à trouver les mots justes pour s'expliquer ce qu'il venait de ressentir, mais il en voulait déjà plus. Cassie était sienne ; désormais, ils pourraient explorer les plaisirs charnels tous les jours.

Un sourire espiègle dansa sur son visage à cette idée. Il enroula une boucle blonde échappée du chignon autour de son index. Il ne s'était jamais montré possessif auparavant, mais maintenant il se réjouissait de posséder cette ravissante rose anglaise. Oui, elle était à lui, rien qu'à lui. *Sa* destinée. *Sa* femme.

Cassie ouvrit les yeux et vit que Jamil la regardait d'un air songeur.

— Un sou pour vos pensées, lui dit-elle en souriant.

Il lui adressa un regard interrogateur.

— C'est une expression que l'on utilise en Angleterre pour demander à quelqu'un à quoi il pense, lui expliqua-t-elle.

Il rit.

— J'étais en train de me dire que je viens d'avancer un argument irréfutable et que j'aimerais bien remettre ma théorie en pratique, et tout de suite, même.

Elle sentait sa virilité durcie contre le bas de son dos. Il semblait bel et bien prêt à reprendre du plaisir. A lui en donner aussi. Mais était-il prêt à lui *faire l'amour* ?

Cette interrogation, suivie d'une déception profonde, la frappa de plein fouet.

Il ne lui avait toujours pas dit les mots qu'elle rêvait

d'entendre de sa bouche. Elle avait pensé que l'amour qu'elle éprouvait pour lui finirait par le gagner, le consumer de l'intérieur, et qu'il allait enfin comprendre la véritable nature des sentiments qu'elle lui inspirait. Mais non, il n'en était rien. Rien du tout.

— Jamil, vous sentez-vous différent, maintenant que nous avons…

— Oh ! Cassie, cessez donc de parler, de poser des questions. Vous savez très bien ce que je ressens pour vous ! affirma-t-il en lui prenant la main pour la poser sur son sexe érigé. Voilà ce que je ressens pour vous.

De la passion. Du désir. Mais pas de l'amour. Non, Jamil ne l'aimait pas. Jamais il ne l'aimerait, elle en était sûre maintenant.

Elle retira sa main.

Comment as-tu pu être aussi bête, Cassie ?

Jamil ne l'aimait pas et ne l'aimerait jamais. Pire encore, il venait de lui faire comprendre qu'il ne voulait même pas de son amour. Il ne la voulait pas, elle, en tant que personne ; il voulait son corps. Il en avait toujours été ainsi, depuis le début. Il était tombé amoureux du corps, et non de l'être.

Elle était furieuse à présent et se sentait de nouveau rejetée. Elle devait s'en aller au plus vite pour ne pas avoir à supporter davantage d'humiliation.

— Non ! cria-t-elle.

Elle tenta de se dégager des bras qui l'enlaçaient encore.

— Quoi, je vous ai fait mal ? Je suis navré, mais je vous promets que la prochaine fois…

Elle se débattit pour s'écarter de lui. Elle voulait s'en aller au plus vite, avant que son cœur se résigne à accepter le peu que Jamil avait à lui offrir. Elle devait garder un tant soit peu de dignité.

— Lâchez-moi, Jamil, lâchez-moi !

Elle réussit enfin à se lever, oppressée.

— Cassie, je ne voulais pas vous faire mal.

— Vous ne m'avez pas fait mal. Et sachez d'ailleurs qu'il n'y aura pas de prochaine fois !

Jamil se redressa, tous les sens en alerte.

— Vous souhaitez attendre que nous soyons mariés, n'est-ce pas ? Si tel est le cas, je n'y vois pas d'inconvénient.

En réalité, cela ne lui plaisait guère, mais c'était un compromis qu'il lui fallait accepter. Il allait faire le maximum pour accélérer les préparatifs du mariage. Dans le meilleur des cas, tout pourrait être organisé en six semaines.

Six semaines ?

Un frisson d'angoisse le parcourut. Comment allait-il tenir tout ce temps ?

— Nous n'allons pas nous marier, Jamil.

Avait-il bien entendu ? Que venait-elle de dire ? Les mots de Cassie le laissèrent interloqué. Il la regarda enfiler sa robe froissée, ne sachant quoi dire.

— Vous être ridicule, voyons, finit-il par articuler. J'ai cru que vous aviez enfin compris que…

— Oui, j'ai enfin compris. J'ai très bien compris, même. Vous avez été parfaitement clair.

Se mains tremblaient et elle n'arrivait pas à boutonner le corset. Elle essaya de nouer les lacets de la robe, mais en vain. Machinalement, elle resserra son châle autour d'elle et ses doigts se crispèrent sur le tissu. Jamil la fixait d'un regard si dur qu'elle en eut le cœur serré. Si seulement il pouvait la regarder autrement ! Si seulement…

Si ceci, si cela… On pourrait refaire le monde avec des si ! Mais là, il n'y avait plus rien à faire, elle ne pouvait plus empêcher le triste cours qu'allait prendre sa vie.

— Je suis désolée, Jamil, je ne peux pas vous épouser, chuchota-t-elle en tendant vers lui une main qu'il repoussa avec brutalité.

— Alors vous restez convaincue que l'amour existe ? Ma pauvre Cassie, vous ne comprenez donc pas qu'on ne peut pas construire sa vie sur une vague notion comme celle-là ? Jamais vous ne trouverez l'amour, jamais !

Mais je l'ai trouvé, Jamil ! Je vous aime, vous ! voulut-elle crier.

— Je suis désolée, répéta-t-elle.

Jamil ferma les yeux et elle le vit prendre plusieurs inspirations profondes.

— Sortez d'ici ! cria-t-il en se redressant, les yeux bien ouverts, cette fois. Hors de ma vue, je ne veux plus jamais avoir affaire à vous !

Cassie se mordit la lèvre pour retenir ses larmes. Son cœur venait de se briser et son monde volait en éclats. Avait-elle eu raison ? N'aurait-elle pas mieux fait d'accepter sa demande ? Elle aurait pu devenir sa femme, prendre encore du plaisir avec cet homme qui semblait brûler de désir pour elle ?

Jamil avait le visage fermé et il était trop tard maintenant. Elle avait fait son choix et c'était le bon : elle n'aurait jamais pu vivre aux côtés de cet homme sans être aimée en retour. Tout cet amour qu'elle éprouvait pour lui aurait fini par la rendre malade.

Elle le regarda une dernière fois. Il était pâle et sa bouche formait une ligne fine.

— Je… Au revoir, Jamil.

Il ne dit rien et ne la regarda même pas. Elle attendit quelques instants, puis se tourna et s'en alla, le cœur plus lourd que jamais.

Chapitre 11

Jamil se leva tôt le lendemain matin. Il n'avait pas fermé l'œil de la nuit.

Cassie avait piqué son orgueil, ce qui ne l'avait pas empêché de penser à elle toute la nuit. La savoir à la fois si proche et inaccessible représentait une véritable torture. Et il était bien sûr hors de question qu'il fasse le premier pas après ce qu'elle lui avait fait subir. Elle avait refusé de l'épouser non pas une, mais deux fois. *Deux* fois !

Cela dit, maintenant qu'il l'avait faite sienne, il avait l'impression ne plus pouvoir se passer d'elle. Redoutant de céder à cette attirance, il jugea donc plus prudent de quitter le palais.

Il demanda à Halim qu'on lui prépare un petit convoi et s'habilla. Il allait suivre le conseil de son homme de confiance : par prudence, il irait en personne faire part de sa décision à la famille de la princesse Adira.

Le convoi était déjà prêt lorsqu'il arriva.

Dix gardes, dix serviteurs et vingt mules chargées de matériel et d'offrandes de toutes sortes l'attendaient. Halim et lui n'avaient apparemment pas la même notion du mot « petit », mais il préféra ne rien dire. Il ne voulait surtout pas être soupçonné de manquer de générosité.

Résigné, il monta sur son chameau blanc et prit la tête de la procession. Avec tout ce qu'il apportait, il voyait mal comment la famille de la princesse pourrait refuser ses excuses.

Certes, après le refus de Cassie de l'épouser, il n'avait plus de raison de rompre les fiançailles, mais une petite voix lui disait malgré tout qu'il faisait le bon choix. Il ne se voyait pas épouser la princesse Adira, de toute façon. Il ne se voyait épouser personne, d'ailleurs. Mis à part une certaine femme, mais il ne fallait plus y penser.

Il devait la bannir de sa mémoire.

Et il réussit l'exploit de ne pas songer à elle de toute la journée. Ce fut seulement le soir, lorsqu'il se retrouva seul dans sa tente, qu'elle réapparut dans ses pensées, l'empêchant de trouver le sommeil. Il sortit donc et alla faire le tour du campement dans la nuit.

Cassie, Cassie, Cassie…

Pourquoi ne pouvait-elle pas le laisser en paix une bonne fois pour toutes ? Cette femme l'avait rejeté *deux* fois ! Il aurait dû la maudire, la haïr même, mais non, il n'y parvenait pas. Il se languissait d'elle autant qu'il continuait de la désirer. Il ne comprenait pas pourquoi elle avait réagi comme elle l'avait fait après les moments d'exception qu'ils avaient partagés, cela ne lui ressemblait pas. Que lui arrivait-il ?

Comment avait-elle pu refuser de devenir sa femme quand leurs désirs mutuels étaient aussi forts ? Elle s'était donnée à lui sans réserve, elle s'était laissé porter par la passion tout autant que lui, il n'y avait pas à en douter. Et il était certain qu'elle serait prête à se laisser aller de nouveau avec lui, à s'abandonner encore dans ses bras, ce qui ne l'empêcherait pas de persister à refuser une alliance avec lui ensuite.

Pourquoi ?

En fait, il s'était bien trompé sur son compte. Lui qui

pensait, avant de la connaître, que les Anglaises étaient prêtes à tout pour se marier ! Et l'on disait même qu'une fois mariées elles cherchaient par tous les moyens à se dérober aux obligations conjugales. Cassie, elle, était tout le contraire !

Il alla s'asseoir sur un rocher, dans un coin sombre du campement. A quelques pas de lui, deux scorpions entamaient une parade nuptiale. Tout commençait par le rituel et les instincts. Ensuite, il y avait la danse, l'accouplement et les petits.

Jamil déglutit. Etait-il en train de penser aux scorpions, ou aux hommes ?

Avec les années, il s'était fait une idée du mariage assez similaire à ce schéma. Le contrat de fiançailles, les formalités, l'accouplement, puis la naissance d'un héritier. Le harem. La séparation, avec les hommes d'un côté, les femmes et les enfants de l'autre. En fin de compte, le monde des scorpions n'était guère différent de la vie dans un palais. Chacun avait un rôle bien défini. Et c'était comme ça depuis toujours.

Depuis toujours, oui, mais plus maintenant !

Il ne voulait pas vivre ainsi. Il ne voulait *plus* vivre ainsi. Ces traditions devenaient un fléau pour le développement de son royaume et il était grand temps de faire souffler le vent du changement. Cassie l'avait remarqué dès le début, d'ailleurs. C'était elle qui lui avait fait comprendre qu'il ne fallait pas s'accrocher au passé, mais aller de l'avant. Elle avait modifié la manière dont il voyait les choses sans qu'il s'en rende compte tout de suite. Elle lui avait même prouvé que la vie d'un prince se résumait souvent en un mot : la solitude. Ce détestable sentiment, qu'il n'avait plus ressenti depuis qu'elle était arrivée au palais.

Nous avons tous besoin de quelqu'un, lui avait-elle dit un jour.

Maudite soit-elle ! Pourquoi fallait-il qu'il voie désormais le monde à travers son regard à elle ? Il aurait pu continuer à vivre dans l'ignorance, comme il le faisait si bien jusqu'à présent. Certes, il n'aurait pas été très heureux, mais il n'aurait pas su qu'il était possible de l'être.

Cesse de te voiler la face, pauvre imbécile !

Il était en train de se mentir, tout comme il avait menti à Cassie. Bien sûr qu'il n'était pas heureux, il ne l'avait jamais été. Son passé l'en empêchait. Non : en fait, son passé l'en avait empêché jusqu'à présent. Mais n'avait-il pas cessé de faire des cauchemars dès l'instant où Cassie avait cassé la fameuse cravache en deux ? Les souvenirs douloureux ne le hantaient plus eux non plus. Ils avaient… disparu. Et tout ça grâce à…

Cassie.

Elle ne méritait pas un tel manque de considération de sa part, bien au contraire. Elle méritait toute son admiration. Il ne fallait pas oublier qu'elle était venue ici toute seule et avait dû s'adapter aux traditions et à la langue. Et non seulement elle l'avait fait avec entrain, mais elle avait aussi transformé la vie de la petite Linah. En outre, elle avait manifesté de l'intérêt pour l'histoire de son royaume et pour sa culture, et elle avait une passion pour la nature et le désert qu'il aimait tant lui-même…

Non, Cassie n'était pas comme les autres. Elle avait même appris des rudiments d'arabe. Oui, sous tant de beauté, se cachait un être exceptionnel. Comment ne s'en était-il pas rendu compte plus tôt ?

Des souvenirs se mirent à surgir dans sa mémoire. Combien de fois avait-elle, par exemple, parlé sans réfléchir avant de se couvrir la bouche de la main, les yeux pétillants ? Sans parler de ses talents de cavalière et de la patience dont elle faisait preuve à l'égard de Linah. C'était quelqu'un de curieux, de vivant. Et puis, il y avait son sourire, son merveilleux sourire, et le son de son rire, de sa voix…

Jamil ferma les yeux.

Il adorait la voir froncer les sourcils lorsqu'elle était contrariée ; se mordre la lèvre inférieure lorsqu'elle réfléchissait ; joindre les mains quand elle était nerveuse ; parler de ses sœurs ; essayer de cacher sa peine quand elle évoquait son père.

Jamais elle ne lui avait menti, pas une seule fois. Jamais elle ne s'était plainte. Elle ne recevait d'ordre de personne, mais elle se laissait guider dans ses choix. Elle ne cherchait pas à dissimuler ses sentiments. Et elle savait écouter. Oui, elle l'avait écouté chaque fois qu'il avait eu besoin de se confier.

Lorsqu'il rouvrit les yeux, les deux scorpions avaient disparu et un profond silence régnait dans l'oasis. Il leva la tête vers le ciel. Un croissant de lune voilé par un fin nuage éclairait faiblement le ciel.

En soupirant, il prit une poignée de sable et laissa celui-ci glisser entre ses doigts. Il n'avait pas donné l'ordre de préparer le départ de Cassie. Quelque chose au fond de lui l'en avait dissuadé, peut-être. Cependant, il n'avait pas non plus ordonné qu'on empêche la jeune femme de partir si elle en exprimait le souhait. Il ne pouvait oublier ni la résolution qu'il avait lue dans son regard ni le ton glacial de sa voix. Elle allait sans doute partir d'elle-même. Peut-être même ne serait-elle plus là à son retour. Il devrait être satisfait, cela lui éviterait d'avoir à la fuir pour résister à la tentation qu'elle incarnait.

En fait, sa vie semblait lui échapper, tout comme le

sable qui glissait lentement entre ses doigts. Il serra le poing, mais il était trop tard ; tout le sable s'était écoulé. Un signe, sans doute.

Perdu dans sa solitude, il jeta un coup d'œil à son désert, qui était aussi vide que l'était sa vie.

Cassie pensait toujours qu'il y avait un temps pour tout. Un temps pour être seul, un temps pour panser ses blessures à l'abri des regards, un temps pour prouver aux autres ce dont on était capable. Et, à présent, c'était le moment de chercher du réconfort auprès de la personne qui lui était la plus chère au monde.

Ce matin-là, en se levant, Cassie décida d'écrire une lettre à Celia pour lui demander d'envoyer quelqu'un la chercher au plus vite. Et, en attendant, elle prendrait soin d'éviter Jamil. Après ce qui s'était passé la nuit précédente, elle savait pertinemment qu'elle ne pourrait pas lui résister s'il s'approchait d'elle. Elle s'offrirait à lui sans hésitation. Son corps appartenait désormais à Jamil et celui-ci en était conscient. Il lui avait pris son cœur aussi, mais ça, il ne le savait pas. Il ne le saurait jamais d'ailleurs. C'était mieux ainsi, même si, tout bien réfléchi, cela ne devait lui faire ni chaud ni froid. Il ne restait à Cassie que son âme, et elle avait du mal à la préserver de cette douleur qui la rongeait un peu plus chaque jour. Il fallait qu'elle tienne encore une dizaine de jours, le temps que Celia reçoive la lettre et envoie quelqu'un à Daar.

Elle était en train de rédiger sa missive lorsque Linah arriva et l'informa que son père s'était absenté pour trois jours. La nouvelle aurait dû la soulager. Oui, sauf que c'était tout le contraire qui se passait. Comment Jamil avait-il pu partir sans lui adresser une seule parole ? Sans même lui dire au revoir ?

Ce manque de tact la blessa profondément. Mais la colère se transforma vite en tristesse, puis en sentiment de solitude. Elle se sentit seule, terriblement seule. Et cette absence inopinée de Jamil ne fit que renforcer son envie de partir.

De toute façon, elle avait su dès le départ qu'elle devrait repartir un jour ou l'autre. Il fallait qu'elle soit forte. Dix jours. Encore dix jours et son séjour à Daar ne serait rien de plus qu'un mauvais souvenir.

Elle voulut pleurer, mais les larmes ne vinrent pas. La tristesse qui s'était emparée d'elle la meurtrissait de l'intérieur. Son monde s'était écroulé et la douleur la laissait apathique. La Cassie pleine de vitalité qu'elle avait toujours été laissait place à une créature pâle et emplie de détresse.

Un fantôme.

Elle ne se reconnaissait plus.

Cassie s'efforçait de faire bonne figure devant Linah. Mais ses faibles sourires et son manque d'entrain ne pouvaient passer inaperçus auprès de la fillette. Lorsque celle-ci lui demandait ce qui n'allait pas, Cassie prétextait un mal de tête ou la fatigue. Linah avait donc fini par cesser de la questionner, mais elle ne la quittait pas pour autant d'une semelle. Cassie se sentait certes touchée par l'attention que lui manifestait l'enfant, mais elle avait malgré tout l'impression d'être devenue inerte, comme dépourvue d'émotions. Elle en voulait au destin de l'avoir privée de l'amour à jamais. Pourquoi Jamil ne l'aimait-il pas ? Pourquoi ? Elle avait envie de hurler, mais aucun son ne sortait de sa gorge. Elle avait envie de pleurer, mais elle avait déjà versé toutes les larmes de son corps. Il lui semblait n'être plus qu'une coquille vide.

Deux jours s'étaient écoulés et Jamil était toujours en voyage. Quand elle n'était pas avec Linah, Cassie passait des heures plongée dans ses pensées.

Cet après-midi-là, elle était ainsi installée près d'une fontaine de la cour Shéhérazade, le regard perdu dans le vague.

Elle tressaillit en entendant la porte d'entrée s'ouvrir et se tourna pour voir qui arrivait. Elle reconnut immédiatement la silhouette féminine qui se dessina dans l'entrebâillement. Elle se leva d'un bond.

— Celia ! Oh ! Celia, je suis si contente de te revoir ! s'exclama-t-elle en se jetant dans les bras de la nouvelle venue. Mais comment as-tu fait pour arriver aussi vite ? J'ai envoyé la lettre il y a deux jours à peine !

Elle se détacha de sa sœur et s'aperçut qu'un homme se tenait sur le seuil derrière elle.

— Oh… Monsieur Finchley-Burke ? fit-elle, surprise. Quel plaisir de vous revoir !

— Tout le plaisir est pour moi, lady Cassandra, répondit-il en s'avançant pour s'incliner en un salut respectueux.

— Que me vaut l'honneur de votre visite ? interrogea-t-elle. Me portez-vous un message de la maison ? Quelque chose est-il arrivé à l'une de mes sœurs ou à Père ? Oh…

— Non, non, Cassie, rassure-toi, tout le monde va bien, affirma Celia.

— Mais alors… Oh ! Suis-je bête ! Votre arrivée m'a tellement surprise que j'en oublie les bonnes manières ! Vous devez êtes épuisés après votre long voyage. Venez par ici et prenez place.

Peregrine laissa passer les deux femmes devant lui en réprimant un soupir. Pourquoi ne pouvait-on pas s'asseoir dans des fauteuils ou sur des chaises ? Contrarié, il s'installa tant bien que mal sur les gros coussins et regarda lady Cassandra leur servir un verre de thé glacé. Quelque chose n'allait pas chez elle, cela se voyait à son visage pâle et tendu. Des problèmes de cœur, peut-être ? Quoi qu'il en soit, il s'était fait du souci pour rien. S'il était dans le vrai, il n'aurait guère de difficulté à convaincre la jeune femme de rentrer en Angleterre.

— Oh ! Celia, comme je suis contente que tu sois là ! s'exclama-t-elle, confirmant le sentiment de Peregrine. J'aimerais quitter ce lieu le plus vite possible.

— Quitter ce lieu ? s'étonna Celia. Mais j'avais cru comprendre que tu te plaisais infiniment ici !

— Vous souhaitez repartir ? intervint Peregrine. Mais c'est une très bonne nouvelle !

Deux paires d'yeux interrogateurs se tournèrent aussitôt vers lui.

— Je… je… j'espère qu'il n'y a rien de grave, bien sûr, ajouta-t-il à la hâte. Je voulais juste dire que je serais ravi de pouvoir vous aider à organiser votre retour en Angleterre.

Cassie lui jeta un bref coup d'œil, puis se tourna vers sa sœur.

— Oui, en effet, je me plaisais beaucoup ici. Mais… Enfin, disons que les choses se sont compliquées et que… En fait, je veux juste m'en aller d'ici le plus vite possible.

— Très bien, lança Peregrine en se frottant les mains. Je vais voir si le convoi peut repartir dès aujourd'hui.

— Non, attendez ! s'écria Cassie. Je ne peux pas partir aujourd'hui.

— Mais bien sûr que si ! Il faut battre le fer tant qu'il est chaud, affirma-t-il avec un large sourire.

— C'est que… Il faut d'abord que je parle à Linah, que je lui explique. Demain, ce sera préférable. Oui, nous pouvons partir demain ou…

— Demain, il sera trop tard, lady Cassandra, asséna Peregrine. On attend une tempête de sable. Mieux vaut ne pas prendre le risque…

— Demain, ce sera parfait, déclara Celia en lui adressant un regard sombre, avant de prendre sa sœur par l'épaule. Bien évidemment, vous êtes libre de partir dès maintenant si vous le souhaitez, monsieur Finchley-Burke. Après tout, votre mission sera accomplie, avec ou sans votre présence.

— Quelle mission ? s'enquit Cassie. Vous ne m'avez toujours pas dit pourquoi vous êtes venu, monsieur Finchley-Burke.

Peregrine croisa son regard et tressaillit, subjugué. Elle était encore plus belle que dans son souvenir.

— Je… enfin, votre père est inquiet pour… pour votre sécurité, expliqua-t-il à la hâte. Et puis… Enfin, vous devez certainement en avoir assez de… de cette chaleur étouffante et des bestioles en tout genre.

— Je veux rentrer chez moi, c'est vrai, mais je ne comprends pas comment mon père…

— Oh ! Vous connaissez monsieur votre père. C'est un homme prévoyant.

Celia tourna vers sa sœur un regard soucieux.

— Cassie, es-tu sûre de vouloir retourner en Angleterre ? demanda-t-elle.

— Oui, tout à fait.

Voyant que lady Cassandra ne changerait certainement pas d'avis, Peregrine se leva, rassuré.

— Très bien. Je vais donc retourner au Caire m'occuper des formalités de votre voyage. Cela dit, je peux très bien rester pour vous attendre, afin de vous tenir compagnie sur le chemin du retour.

— Merci de votre sollicitude, monsieur Finchley-Burke, mais nous ne voulons pas vous retenir. Mon époux s'occupera des arrangements nécessaires pour le voyage de Cassie jusqu'au Caire. Vous pouvez partir la conscience tranquille, assura Celia.

— A votre guise…

Il s'inclina pour prendre congé, puis se dirigea vers la porte. Là, il se retourna.

— Ce fut un plaisir de vous revoir, lady Cassandra. Lady Celia, mes hommages à votre époux.

Il fit un deuxième salut, plus profond, et se dirigea vers les écuries.

Voilà une bonne chose de faite !

Il devait à présent s'en aller au plus vite, avant que l'une des sœurs ne songe à lui confier une autre mission.

Ce fut à dos de chameau que Peregrine quitta Daar une heure plus tard, heureux de ne plus avoir affaire à la famille Armstrong. Du moins, jusqu'à nouvel ordre.

— Il est tout de même très étrange que Père ait envoyé quelqu'un pour me ramener à Londres, déclara Cassie, pensive, une fois certaine que M. Finchley-Burke n'était plus à portée de voix. Quoique… En fait, cela ne me surprend pas plus que ça : il n'était pas très content que j'aille en Arabie.

— Et moi qui croyais que tu ne voudrais pas repartir ! s'exclama Celia. D'après tes lettres, j'étais sûre que tu étais heureuse ici. Et la façon dont tu me parlais de Linah… Tiens, où est-elle, d'ailleurs ?

— Chez une amie. Jamil l'autorise à sortir du palais une fois par semaine désormais.

Celia observa sa sœur. Le plaisir qu'elle avait paru ressentir à leur arrivée s'estompait lentement et la tristesse apparaissait dans son expression. Alarmée, Celia se réjouit que M. Finchley-Burke soit reparti sans attendre : Cassie allait pouvoir se laisser aller aux confidences.

— Je t'ai envoyé une lettre avant-hier, commença celle-ci, mais tu n'as pas dû la recevoir. Oh ! Celia, si tu savais…, soupira-t-elle en baissant la tête.

Celia fronça les sourcils. Sa sœur semblait en pleine confusion. Elle était pâle et des cernes de fatigue se creusaient sous ses yeux bleus. Son regard était d'ailleurs éteint et son sourire manquait cruellement de chaleur et de spontanéité. Il avait dû se passer quelque chose de grave pour qu'elle se trouve dans un tel état. En fait, on avait peine à la reconnaître. La Cassie de toujours, celle qui laissait libre cours à ses émotions et à ses pensées, surtout lorsqu'elles n'étaient que toutes les deux, n'était plus là.

— Dis-moi ce qui te tracasse, Cassie ! déclara Celia. Quelque chose ne va pas et je veux savoir quoi. Et je veux la vérité bien sûr.

Cassie la regarda un court instant, puis secoua la tête.

— Je ne… je ne peux pas te dire ce qui s'est passé. Tu vas me trouver bête, tellement bête ! Et tu auras bien raison, parce que c'est la vérité !

— Cassie, je t'en supplie, raconte-moi ! Tu commences à m'inquiéter sérieusement. On dirait que quelqu'un est mort !

— Ce n'est pas quelqu'un, mais quelque chose, soupira la jeune femme. Oui, quelque chose en moi s'est éteint à tout jamais et la douleur que je ressens est insoutenable. Je l'aime tellement !

— Tu l'aimes ? Mais qui donc ?

— Jamil. Le prince Jamil. Je suis amoureuse de lui, répondit Cassie tout de go.

Celia tressaillit.

— Oh ! Mon Dieu…

— Oui, je sais, je sais, murmura Cassie en prenant un coussin pour le serrer dans ses bras. Il m'a demandé ma main, mais j'ai refusé, et maintenant il est très en colère. Il est parti sans même me dire au revoir ! Il doit me détester et moi… moi, je l'aime de toutes mes forces !

Celia considéra sa sœur sans bien comprendre.

— Attends, attends… Il veut *t'épouser* ?

— Oui, mais tu aurais dû l'entendre ! Il voit le mariage de la même façon que Père, comme une obligation, un acte nécessaire pour pouvoir engendrer un héritier. En plus, il va rompre ses fiançailles avec la princesse Adira et…

— Quoi ? Il était déjà *fiancé,* en plus ? interrogea Celia, stupéfaite cette fois.

— Oui, enfin… plus maintenant, je crois. Il est parti annoncer à la famille qu'il ne souhaite plus épouser la princesse. Et maintenant, par ma faute, il n'aura plus personne pour lui donner un héritier. Il restera seul et moi, je ne veux pas qu'il finisse ses jours comme ça. Oh ! Celia, c'est sans espoir ! Et c'est pour ça que je veux m'en aller d'ici le plus vite possible. Je ne veux plus le voir, ce serait au-dessus de mes forces ! Et en même temps, je ne supporte pas l'idée de ne plus jamais le revoir. Oh ! s'il te plaît, Celia, s'il te plaît emmène-moi loin d'ici.

Celia secoua la tête, ébranlée. Le discours de sa sœur lui semblait incohérent et, en même temps, celle-ci semblait souffrir le martyre. Que s'était-il passé exactement entre Cassie et le prince Jamil ?

Elle avait déjà sa petite idée à ce sujet, mais elle préférait l'entendre de la bouche de Cassie. En temps normal, cette dernière serait déjà en train de pleurer à chaudes larmes dans ses bras. Mais là, elle restait assise, enroulant nerveusement les franges du coussin autour de son doigt, le visage sombre, tendue ; elle n'avait pas eu cette expression depuis la mort de leur mère. Non, tout cela n'augurait rien de bon.

Elle prit les mains de Cassie.

— Allez, reprenons calmement depuis le début, déclara-t-elle avec un sourire encourageant.

Cassie reprit la parole pour se perdre dans des explications qui n'en étaient pas. Sa sœur aînée l'écouta patiemment, mais ne fut pas dupe. Il était clair qu'elle ne lui disait pas tout.

Il ne faisait aucun doute que Cassie avait succombé aux charmes de l'Orient, tout comme elle deux ans plus tôt. Et tout comme elle, sa petite sœur semblait avoir trouvé son prince du désert. Et elle était mal placée pour la juger : elle-même ne s'était-elle pas très vite laissée aller dans les bras de Ramiz ? La différence, c'était qu'à en croire Cassie le prince Jamil n'éprouvait aucun sentiment pour elle et qu'il n'y avait donc rien à espérer. Cassie avait bien fait de refuser sa demande en mariage.

— Voilà, tu sais pourquoi je veux partir, maintenant, soupira Cassie. Mais avant cela je dois aller annoncer mon départ à Linah. Cela va lui faire un choc et elle sera sans doute très triste. Tu sais, nous sommes vraiment devenues très proches et elle va beaucoup me manquer. N'empêche, j'aurai au moins fait quelque chose de positif.

Jamil est plus… plus affectueux avec sa fille. Et elle aussi l'aime énormément.

— Je suis fière de toi, Cassie, et tu dois l'être aussi. Nous partirons demain alors. Es-tu bien sûre de toi ?

Cassie acquiesça en silence.

Après avoir conduit Celia à sa chambre, dans la partie du palais réservée aux invités, Cassie alla trouver Linah.

Le cœur lourd, elle lui expliqua qu'elle devait retourner chez elle, en Angleterre et, comme prévu, la petite fille réagit très mal à la nouvelle.

— Tu pars à cause de moi, hein ? C'est ma faute !

— Mais non, Linah, pas du tout…

— S'il te plaît, Cassie, s'il te plaît, reste ! Je te jure que je serai la petite fille la plus sage du monde ! Je te le jure, mais reste, reste, je t'en supplie !

La gorge de Cassie se serra. Comme il était difficile de supporter les larmes de Linah sans rien pouvoir faire pour les apaiser !

— Linah, je ne…

— Viens faire une dernière promenade à cheval avec moi, alors ! suggéra soudain la fillette. S'il te plaît, Cassie, allez, s'il te plaît…

Cassis bondit sur cette occasion de lui redonner le sourire, au moins pendant quelques heures encore. Elle accepta.

— D'accord, nous monterons encore une dernière fois à cheval demain matin, c'est promis !

Le lendemain, dès l'aube, Cassie et Linah rejoignirent les écuries main dans la main. En arrivant devant les boxes, un domestique informa Cassie que le palefrenier, qui les accompagnait d'ordinaire quand Jamil ne pouvait pas le faire, était au lit avec une forte fièvre.

A ces mots, Linah piqua une colère sans précédent. Cassie tenta de la calmer, lui proposant une promenade à pied à travers la ville, mais la fillette ne voulut rien entendre. En désespoir de cause, déchirée par ses larmes et ses cris, qui en disaient long sur la détresse qu'elle éprouvait, Cassie céda et décida de l'emmener faire un petit tour malgré tout. Elles sellèrent le poney et la jument et partirent en direction du village, puis du désert.

Une fois au milieu des dunes, Cassie mit sa jument au trot et, suivie de près par le poney de Linah, elles se dirigèrent vers l'oasis de Maldissi.

Là, elles attachèrent les bêtes à un arbre et s'assirent au bord de la source, à l'ombre des palmiers, en trempant les pieds dans l'eau. Elles bavardèrent un long moment, puis Cassie se leva.

— Allez, il temps de rentrer à présent ! annonça-t-elle en commençant à remettre ses bas et ses bottes.

— D'accord, mais on fait la course avant ! Dis oui, Cassie, s'il te plaît ! Juste une fois !

Ayant déjà désobéi à Jamil en emmenant Linah faire du cheval sans escorte, Cassie voulut refuser. Toutefois, c'était le dernier jour qu'elles passaient ensemble et elle tenait à laisser un bon souvenir à la fillette.

— Bon d'accord, mais pas longtemps, alors, répondit-elle.

Elle aida Linah à monter en selle, avant de se hisser à son tour sur sa jument.

— Allez, vas-y ! Je te laisse prendre un peu d'avance, étant…

Elle n'eut pas le temps de terminer sa phrase. Déjà Linah avait lancé son poney au galop et était partie en direction de l'est, tout droit vers le soleil qui montait dans le ciel. Cassie voulut s'élancer à sa poursuite, mais elle s'aperçut que son étrier n'était pas assez serré et dut redescendre de cheval pour l'ajuster. Lorsqu'elle remonta en selle, Linah avait disparu de son champ de vision.

Son estomac se noua. Jamais elle n'aurait dû quitter l'enfant du regard. Soudain, elle aperçut une silhouette, loin devant elle, et poussa un soupir de soulagement, avant de lancer sa jument au galop. Comment Linah avait-elle réussi à prendre autant d'avance ?

— Linah ! Liiiinaah ! cria-t-elle de toutes ses forces.

La fillette avait-elle décidé de l'ignorer ou ne l'entendait-elle pas, tout simplement ?

— Liiinaah !

La silhouette parut ralentir sa course et Cassie accéléra encore. Elle allait juste rattraper Linah et tirait sur les rênes pour freiner sa monture lorsque trois hommes surgirent de derrière des rochers, montés sur des chameaux. Le poney de la fillette se cabra en les voyant, projetant sa cavalière dans les airs. Celle-ci alla atterrir à quelques mètres.

— Oh ! mon Dieu ! s'écria Cassie en mettant pied à terre pour se précipiter vers l'enfant.

Elle la prit dans ses bras avec précaution. Apparemment, elle n'avait rien de cassé. Rassurée, Cassie se releva.

— Merci, dit-elle à l'un des hommes, qui avait attrapé les rênes du poney.

Elle lui tendit la main pour les reprendre, mais l'homme tira la bête à lui et cracha par terre en marmonnant un juron. Le poney s'agita et Linah se blottit contre Cassie, qui promena son regard sur les trois hommes. Tous étaient coiffés d'un kéfié rouge et blanc et portaient des vêtements sales et déchirés et de longues barbes négligées.

Quelque chose dans leurs regards mit soudain la jeune femme mal à l'aise.

Des brigands ! C'étaient des brigands !

Elle tâcha de garder son sang-froid.

— Merci beaucoup pour votre aide, dit-elle en regardant droit dans les yeux l'homme qui tenait les rênes.

Il portait au cou une affreuse cicatrice qui lui donnait un air dangereux. Cassie tendit de nouveau la main.

— Je vais reprendre les rênes maintenant, si vous le voulez bien.

L'homme marmonna quelques mots dans sa langue et Linah se serra encore plus fort contre la jeune femme. Du coin de l'œil, Cassie regarda sa jument. Celle-ci se trouvait à une cinquantaine de mètres. Trop loin, beaucoup trop loin. Puis elle se tourna vers les deux autres hommes. Ils se tenaient sur le côté, les yeux rivés sur le brigand à la cicatrice, qui devait être le chef. Tous les trois portaient un cimeterre autour de la taille, tandis qu'elle-même n'avait rien pour se défendre.

Sans trop réfléchir, elle saisit malgré tout les rênes et tira dessus. Sans les lâcher, le brigand descendit aussitôt de son chameau et sortit de sa ceinture un poignard, qu'il lui pressa contre la gorge. Elle s'immobilisa.

Mais que voulaient ces hommes ? Quoi qu'il en soit, elle devait sauver Linah. C'est tout ce qui importait en cet instant. Sans plus réfléchir, elle assena un coup de coude dans le ventre du brigand, qui poussa un cri et lâcha les rênes, plié en deux.

— Allez, Linah, vite, échappe-toi ! hurla-t-elle en poussant la fillette vers le poney.

Elle saisit ensuite l'homme par la ceinture et lui mordit la main qui tenait le poignard. Il hurla de nouveau et ses deux acolytes descendirent de chameau au moment même où Linah montait sur son poney. Ils se jetèrent sur Cassie qui se débattit tout en les éloignant de Linah et de sa monture.

— Va-t'en ! Vite !

La dernière image qu'elle vit fut Linah s'éloignant au galop sur son poney. Elle sentit soudain un coup brutal l'atteindre à la tempe, puis ce fut l'obscurité.

Cassie ouvrit les yeux. Elle avait la gorge sèche et sa tête lui faisait horriblement mal. Elle essaya de se redresser, mais fut aveuglée comme par une lumière blanche et s'évanouit aussitôt.

Lorsqu'elle rouvrit les yeux, il lui fallut un moment pour comprendre où elle se trouvait et pourquoi. Cette fois, elle demeura immobile. Elle n'avait plus mal, mais sentait d'atroces battements dans son crâne. Ses lèvres lui semblaient collées l'une à l'autre.

Il faisait sombre. Elle devait se trouver dans une grotte. Comment était-elle arrivée là ? Elle remua les orteils, puis tenta de bouger ses pieds, mais n'y arriva pas. Ses pieds… ses pieds et ses mains étaient attachés !

— Linah ? appela-t-elle à mi-voix.

Elle n'eut pas de réponse.

— Linah ?

Rien.

L'enfant avait dû réussir à s'échapper. A moins que les brigands ne la retiennent prisonnière ailleurs. Ou alors…

Non, Cassie, n'y pense même pas !

Elle perdit peu à peu toute notion de temps. Elle s'endormait, puis se réveillait en sursaut et tentait alors de chasser les sombres pensées qui l'assaillaient.

Non. Linah s'était échappée, elle était saine et sauve. Elle préviendrait Jamil et il la trouverait. Mais non, Jamil n'était pas là. Alors elle préviendrait Halim ! Pas du tout, Halim était avec Jamil. Soit, mais elle préviendrait sûrement quelqu'un. Les gardes ? Ou Peregrine Finchley-Burke ?

Elle laissa échapper un rire nerveux qui résonna dans la grotte. Elle imaginait la silhouette bedonnante de Peregrine, monté sur un cheval. Il n'arriverait sans doute même pas à atteindre l'oasis de Maldissi. Et quand bien même il y parviendrait, il ne saurait pas où chercher ; il ne connaissait pas du tout ce désert. Et de toute façon, lui non plus n'était plus là : il était parti la veille et devait être à mi-chemin entre Daar et Le Caire. Jamil seul connaissait ce désert comme sa poche. Seulement, il ne se souciait plus d'elle. Et il n'était pas là. Et…

Elle éclata en sanglots. Les larmes lui coulaient à flots sur les joues, lui donnant encore plus soif. Qu'allait-il lui arriver maintenant ? Elle allait mourir. Mais comment ? De soif ? Que prévoyaient les brigands ? Qu'allaient-ils faire d'elle ? Finiraient-ils par la poignarder ? L'abandonneraient-ils dans le désert, à la merci du soleil et des bêtes sauvages ? L'oublieraient-ils dans cette grotte sombre ? Ou alors… Ils avaient peut-être l'intention de la violer et de faire d'elle leur esclave. Elle se souvint de leurs regards inquisiteurs, de la manière dont ils l'avaient détaillée de la tête aux pieds avec de petits sourires. Un frisson la parcourut tout entière. Elle ne voulait pas mourir, elle ne voulait pas non plus être livrée en pâture à ces hommes. Elle devait trouver un moyen pour sortir d'ici avant leur retour.

Elle tira sur les liens, mais la corde rugueuse lui entailla la chair. Non seulement ils lui avaient enlevé ses bottes, mais ils lui avaient également ôté ses bas ! Comment avaient-ils osé faire une telle chose ? Cette atteinte à son intégrité, aussi minime soit-elle, la mit hors d'elle.

— A l'aide ! Il y a quelqu'un ? A l'aide ! cria-t-elle de toutes ses forces.

Elle tira de nouveau sur ses liens, mais en vain. Elle n'irait nulle part et elle devait se faire une raison. Ces brigands, toutefois, devaient avoir besoin d'elle. Dans le cas contraire, elle serait sans doute déjà morte. Ils allaient revenir la chercher.

— A l'aide !

Elle essaierait de leur faire entendre raison. Sinon, elle se battrait corps et âme. Elle ne voulait pas mourir, mais si cela devait arriver, elle ne se laisserait pas faire sans réagir.

Quand Linah parvint au palais, elle était sous le choc. A bout de forces, elle ne parvenait pas à aligner une phrase compréhensible. Celia, qui l'aperçut par hasard alors qu'elle franchissait les portes du palais, se précipita à sa rencontre, aussitôt imitée par plusieurs domestiques. Quelques minutes plus tard, la fillette se trouvait dans son lit et Celia et les servantes, affolées, tentaient de lui soutirer des informations. Celia fut la première à comprendre ce qui s'était passé. Elle envoya aussitôt un premier messager prévenir Jamil et un second avertir son époux.

Les enfants avaient certes tendance à exagérer, mais ce que racontait Linah semblait être la vérité. Sa première réaction fut de se lancer elle-même à la recherche de Cassie, mais la raison reprit vite le dessus. Elle se concerta avec les gardes du palais, et ensemble ils organisèrent une grande battue dans le désert, aidés par les indications de Linah. On finit par repérer l'endroit où Cassie avait été enlevée, mais la piste s'arrêta là. Personne, ni dans le village ni dans l'oasis, n'avait vu ou entendu parler des trois brigands.

Celia passa la journée à arpenter les couloirs du palais, puis elle alla s'installer dans la chambre de Linah, où elle entendait passer la nuit. Elle s'accrochait à l'espoir que Cassie allait bien et que rien de fâcheux ne lui était arrivé. Ces maudits brigands ne l'avaient pas tuée sur place et cela signifiait qu'elle était encore en vie. Les soldats de la garde royale avaient fouillé partout sans rien trouver. Pas de corps, rien. Et Celia refusait d'envisager le pire. Il en était hors de question. A plusieurs reprises, la petite princesse, qui dormait d'un sommeil agité, s'éveilla en pleurs, criant le nom de Cassie. Celia fit de son mieux pour la réconforter.

Au matin, les craintes qui s'étaient amoncelées en elle durant la nuit ne s'étaient pas dissipées, bien au contraire. Depuis la veille, elle espérait recevoir au moins une demande de rançon, mais non, il n'y avait eu aucune nouvelle des brigands. Et le prince Jamil, de son côté, n'était toujours pas revenu. Elle décida d'organiser une nouvelle battue en espérant qu'un miracle se produirait.

Jamil était soulagé. La princesse Adira avait accepté ses excuses pour le désagrément causé et c'était avec une joie qui faisait plaisir à voir qu'elle avait reçu les bijoux et les pierres précieuses qu'il lui avait apportés. Très contrarié au début, son père avait écouté Jamil énumérer les concessions qu'il était prêt à faire et il avait fini par changer d'état d'esprit. En fin de compte, les fiançailles avaient été officiellement rompues dans la bonne humeur.

A la table du dîner, Jamil offrit encore au père de la

princesse un énorme diamant rose. Ainsi, le vieil homme ne lui tiendrait pas rigueur de sa décision et ils se sépareraient bons amis, ce qui était capital pour le royaume.

Les festivités allaient bon train lorsqu'un messager se présenta avec une lettre pour le prince.

Il la parcourut rapidement et sentit ses entrailles se nouer. Aussitôt, il fit signe à ses deux meilleurs gardes et présenta ses excuses avant de quitter la table, laissant à Halim le soin d'expliquer la situation à leurs hôtes.

Il faisait déjà nuit noire lorsqu'ils se mirent en route.

Cassie, Cassie, Cassie…

Il répétait ce prénom encore et encore, pressant en permanence son chameau d'accélérer le rythme. Il priait, implorait les dieux, priait encore. Il était prêt à prendre la place de la jeune femme entre les mains des brigands. Il aurait donné n'importe quoi, sa vie, son royaume, pour la retrouver, pour qu'elle soit saine et sauve.

Cassie…

Cassie…

Cassie était l'amour de sa vie.

Il l'aimait.

Il aimait Cassie.

Ce désir qu'il éprouvait pour elle… Ce besoin qu'il ressentait de l'avoir auprès de lui… Cette passion qui le consumait… Cette envie de l'avoir rien que pour lui… Cette nécessité de lui parler sans cesse, de lui demander son avis… Ce vide qu'il ressentait depuis toujours et qu'elle était parvenue à combler en quelques jours seulement…

Il l'aimait.

Il l'aimait du plus profond de son être, d'un amour aussi pur que sincère. Elle avait raison, les poètes avaient raison ; lorsqu'on aimait quelqu'un, on le ressentait dans sa poitrine, au fond de son ventre. Chaque fois qu'il pensait à elle, son cœur se mettait à battre la chamade.

Il l'aimait.

Il était éperdument amoureux d'elle.

Amoureux.

Il se sentit renaître à cette pensée, libéré d'un poids qu'il avait porté en lui bien trop longtemps. Son passé ne le tourmentait plus, parce qu'il avait cessé d'être seul. Lorsqu'il était avec Cassie, il lui semblait pouvoir conquérir le monde. Cassie était sa force.

Oui, elle était sa force et si elle venait à mourir, lui aussi mourrait. Mais elle vivait. Il ne pouvait pas en être autrement, il l'aurait senti sinon. Il l'aurait senti dans son cœur.

Il resongea à la manière dont ils s'étaient quittés. Comme il s'était montré dur avec elle ! Jamais il ne pourrait se le pardonner s'il lui arrivait quelque chose. Et il s'en voudrait à tout jamais de ne pas lui avoir dit ce qu'il ressentait réellement pour elle.

Il l'aimait.

Et elle l'aimait.

Comment ai-je pu être aussi aveugle ?

Il comprenait à présent le refus qu'elle avait opposé à sa demande en mariage. Ce n'était pas parce qu'elle ne l'aimait pas qu'elle l'avait repoussé, mais parce qu'elle l'aimait *trop.* Et elle savait très bien qu'un couple ne pouvait survivre si l'amour n'était pas mutuel.

Mais désormais tout avait changé. Il allait la rendre heureuse. Oui, le bonheur de Cassie était ce qu'il y avait de plus important au monde.

Mon Dieu, pourvu qu'elle soit en vie ! Pourvu que j'aie l'occasion de tout arranger, de lui dire...

— ... je t'aime.

Venant de sa bouche, ces mots sonnaient étrangement, mais ils étaient justes.

— Je t'aime, répéta-t-il en levant la tête.

Altaïr, l'étoile la plus brillante de la constellation de l'aigle, scintillait dans le ciel. Jamil ferma les yeux et fit un vœu. Depuis qu'il était tout petit, il en faisait un chaque fois qu'il voyait cette étoile. Il pria pour que, cette fois, il se réalise.

— Tiens bon, Cassie. Je t'aime !

Ils passèrent à côté des Trônes des Dieux, l'amoncellement rocheux où il avait retrouvé Cassie lorsqu'elle s'était perdue, et qui marquait le début de son territoire, de son royaume.

Je t'aime. Il tressaillit. N'était-ce pas la voix de Cassie que le vent avait transportée jusqu'à lui ?

Elle était en vie, il en était certain. Elle était en vie et il allait la retrouver, même s'il devait pour cela ratisser le désert de ses propres mains.

Il arriva au palais le lendemain en fin de matinée et se rendit aussitôt dans la salle de classe. Il y trouva lady Celia, qui faisait les cent pas dans la cour.

— Oh ! prince Jamil, Dieu merci, vous êtes là ! s'exclama-t-elle en se précipitant vers lui, éperdue. Ma sœur…

Elle s'arrêta net, comme si elle venait de reprendre ses esprits.

— Je suis navrée, j'en oublie l'étiquette ! Bonjour, Votre Altesse ! Oh ! je suis si inquiète ! Vous devez l'être aussi d'ailleurs ! Mais heureusement Linah va bien. Elle n'a que quelques égratignures. Elle est encore sous le choc, mais sachez qu'elle a été très courageuse. Elle est revenue toute seule jusqu'ici, sur son poney. Vous pouvez être très fier d'elle, vous savez. Voulez-vous la voir ?

— Oui, bien sûr. Mais auparavant, expliquez-moi exactement ce qui s'est passé.

Elle lui exposa tout ce qu'elle savait : ce qu'avait raconté Linah, puis les recherches qui avaient été entreprises dans le désert et qui se poursuivaient encore.

— Et vous dites que mes gardes n'ont retrouvé aucune trace ? s'enquit-il lorsqu'elle eut terminé.

— Non. Rien, absolument rien. Et personne ne sait qui sont ces brigands ni d'où ils viennent. Linah les a un peu décrits, mais cela ne nous a pas appris grand-chose. Ils ressemblent à n'importe qui… Mais vous, vous avez des ennemis, peut-être ? Des gens qui voudraient vous nuire ?

— Non, pas que je sache. Et quand bien même, cela m'étonnerait qu'ils osent s'aventurer ainsi sur mon territoire. Non, il doit s'agir de simples brigands qui se trouvaient là par hasard. A mon avis, ils ne savaient même pas que Linah et Cassie appartenaient à la cour royale.

— Dans ce cas, peut-être la libéreront-ils quand ils auront compris leur erreur.

— Peut-être, mais je préfère ne pas me fier au hasard. En sauvant Linah, Cassie a mis sa vie en danger. Combien de fois lui ai-je dit de ne pas sortir sans escorte ! soupira-t-il en se passant la main dans les cheveux. Je n'aurais jamais dû partir. En fait, nous nous sommes disputés.

— Je sais, Cassie me l'a dit, révéla Celia avec un petit sourire.

— Ah bon ? Et que vous a-t-elle dit au juste ?

— Le plus important.

— Je vois. Alors, vous devez penser que je suis un imbécile.

— Loin de moi cette idée, Votre Altesse ! Si vous voulez que je vous donne mon avis en toute honnêteté, je vous dirai que vous n'êtes pas un imbécile, mais un homme amoureux.

— Cassie a raison de dire que vous êtes la plus intelligente de la famille ! J'ai l'impression que vous saviez que j'étais amoureux avant que je m'en rende compte moi-même.

— Le plus important, c'est que vous ayez fini par vous en apercevoir. Comme on dit chez nous, mieux vaut tard que jamais… Mais s'il vous plaît, prince Jamil, retrouvez ma sœur ! Retrouvez-la et ramenez-la ici vivante, je vous en conjure ! Je ne sais pas ce que je ferais si…

— Je la retrouverai, coupa-t-il. Je vous jure sur tout ce que je possède que je la retrouverai.

Il fit la même promesse à sa fille, qu'il état allé voir ensuite, et il lui dit à quel point il était fier d'elle et de son courage. Elle était aussi brave qu'une panthère, précisa-t-il, avant de la serrer fort dans ses bras.

Chapitre 12

Les trois brigands revinrent et une odeur nauséabonde envahit la grotte. Ils détachèrent Cassie et lui donnèrent une gourde. Elle avait extrêmement soif, mais elle suivit les conseils que lui avait donnés Jamil et but à petites gorgées. Puis elle se leva. Ses jambes lui faisaient mal et elle avait l'impression que la corde qu'on venait de lui enlever lui mordait toujours les poignets et les chevilles.

— Que me voulez-vous ? demanda-t-elle en arabe.

L'homme à la cicatrice leva la main devant elle en frottant le pouce et l'index l'un contre l'autre.

— De l'argent, répondit-il. Quelqu'un va sûrement être prêt à payer très cher pour récupérer un beau morceau comme toi.

— C'est vous qui allez payer très cher votre erreur, rétorqua la jeune femme, quand le prince Jamil apprendra ce qui s'est passé.

— Le prince Jamil ? Qu'a-t-il à voir là-dedans ?

— Vous n'imaginez même pas ce que vous avez fait, repartit Cassie, triomphante. Vous ignoriez sans doute que la petite fille qui m'accompagnait était la princesse Linah et que je suis sa gouvernante. Soyez sûrs que le prince Jamil vous retrouvera et qu'il n'hésitera pas à vous abattre comme des chiens s'il m'arrive quelque chose.

— Numair, lança l'un des deux autres hommes, visiblement ébranlé, je ne veux pas avoir affaire au prince Jamil. Laissons-la partir avant que…

— Tais-toi, imbécile ! l'interrompit l'intéressé. Rattachez-la, les gars, ajouta-t-il en tournant les talons, j'ai besoin de réfléchir à tout ça.

Ils sortirent de la grotte et Cassie, de nouveau pieds et poings liés, se retrouva, une fois de plus, abandonnée dans la pénombre.

Lorsqu'ils revinrent, bien plus tard, elle s'était assoupie.

Réveillée par leurs voix, qui demeuraient à l'extérieur de la grotte, elle réussit à se traîner jusqu'à l'entrée. Elle tendit l'oreille vers l'ouverture, qui était située étonnamment haut.

— Si nous sommes morts, nous ne pourrons pas profiter de la rançon, disait une voix. Numair, c'est quelqu'un de la cour royale que nous avons enlevé ! Le prince ne nous épargnera pas ! Moi, je dis qu'il faut la libérer.

— Non ! répondit Numair. J'avoue que je ne m'attendais pas à ça, mais nous avons eu de la chance ! Si nous faisons les choses bien comme il faut, non seulement nous aurons la vie sauve, mais nous aurons aussi beaucoup d'argent. Encore plus d'argent…

Puis elle n'entendit plus rien.

Tout à coup, le fameux Numair se matérialisa à côté d'elle et lui posa la lame d'un poignard sur la gorge. Elle se figea, effrayée.

— Tu étais en train de nous espionner, c'est ça ? Peut-être qu'il serait plus prudent de te tuer tout de suite, tout compte fait.

— Non, je… je ne dirai rien… à personne, je vous le promets…, bredouilla-t-elle. Je vous en supplie, laissez-moi partir… je ne dirai rien.

Numair la traîna loin de l'entrée et Cassie comprit alors qu'elle ne se trouvait pas vraiment dans une grotte, mais dans une sorte de grand trou. Il la força à s'agenouiller devant lui.

— Maintenant, tu restes ici ! commanda-t-il d'un ton mauvais. Je te promets que, si je ne te retrouve pas exactement à la même place quand je reviens, tu le regretteras.

Il la contempla quelques instants avec une insistance qui ne présageait rien de bon.

— Peut-être que je devrais te punir tout de suite. Te montrer qui donne les ordres ici, ajouta-t-il.

Il sortit son cimeterre et, de la pointe de celui-ci, lui déchira le haut de sa robe. Cassie poussa un cri d'effroi.

— Je vais attendre encore un peu, en fait. Il faut savoir prendre son temps pour mieux apprécier les bonnes choses, ma jolie, déclara-t-il en éclatant d'un rire démoniaque.

Jamil tapota le manche en argent du cimeterre accroché à sa ceinture. Il en avait lui-même aiguisé la lame avant de partir. Sa dague reposait dans un étui dans son dos et, comme à son habitude, il avait glissé un petit poignard en ivoire blanc dans sa botte.

Il fit encore accélérer l'allure à son chameau. Il était entièrement vêtu de vert et sa selle portait les couleurs emblématiques de la dynastie al-Nazarri. Il avait bien l'intention de faire comprendre à ces moins que rien qu'ils s'en étaient pris à la mauvaise personne. Ses gardes avaient peut-être cherché partout, mais lui-même connaissait le désert, *son* désert, mieux que personne.

En atteignant l'oasis de Maldissi, il réfléchit quelques instants. S'il était un brigand, où irait-il pour cacher quelqu'un ?

— Les Entrailles du Vautour ! songea-t-il aussitôt.

Oui, bien sûr ! Les Entrailles du Vautour se trouvaient à proximité de l'oasis. Il s'agissait d'une ancienne oasis desséchée dans laquelle s'étaient formées des grottes souterraines. Une cachette idéale, dont il était l'un des rares à connaître l'existence.

Sans perdre une seconde, il partit dans leur direction. Il ne lui fallut pas longtemps pour les atteindre. En arrivant à proximité, il aperçut des traces de sabots et mit son chameau au pas. A en croire les empreintes dans le sable, les brigands étaient trois. Il balaya l'endroit du regard et vit en effet trois têtes qui dépassaient derrière des rochers, juste à l'entrée d'une des grottes.

Ils vont le payer cher...

Il brandit son cimeterre et fit avancer le chameau vers les brigands. Ceux-ci sortirent de leur cachette et deux d'entre eux reculèrent aussitôt. La peur se lisait sur leurs visages. Ces deux-là ne poseraient pas problème, songea Jamil. Le troisième, en revanche, semblait plus coriace. Massif et musclé, il avait une cicatrice dans le cou. Jamil l'observa quelques instants.

— Où est-elle ? demanda-t-il enfin.

Il maîtrisait sa voix et son regard et présentait un visage de marbre. Il se savait impressionnant.

— Quelque part, répondit pourtant le chef des brigands en crachant par terre.

Oui, celui-là était un coriace.

— Je veux la voir, annonça Jamil.

— Bien sûr ! Seulement, tout a un prix. Et pour vous, la somme sera... royale, dit le brigand avec un sourire sardonique qui révéla des dents jaunes et irrégulières.

— Je ne vous donnerai rien et ma patience a des limites. Je veux la voir.

Il s'adressa aux deux autres.

— Immédiatement !

Les deux hommes se redressèrent aussitôt et, ignorant les ordres de leur chef, esquissèrent un petit salut respectueux avant de disparaître dans la grotte. Ils en ressortirent quelques instants plus tard. L'un d'eux portait dans ses bras une Cassie visiblement inconsciente, pieds et poings liés.

— Cassie ! cria Jamil.

Il descendit de chameau en brandissant toujours son cimeterre et se précipita vers elle. L'homme la posa à terre.

— Détachez-la, ordonna Jamil.

Le brigand s'exécuta, effrayé, puis se redressa et prit aussitôt la fuite, imité par son acolyte, tandis que le prince s'approchait de la jeune femme.

— Cassie, êtes-vous blessée ? demanda-t-il en se penchant vers elle, menaçant de son cimeterre le troisième homme, qui ne bougeait pas.

Cassie ouvrit les yeux et le regarda. Etait-elle en train d'halluciner ? Elle se sentait si faible…

— Ja… Jamil ?

— Cassie, ces hommes vous ont-ils fait du mal ?

Oui, c'était une hallucination, son esprit affaibli lui jouait de mauvais tours… Jamais Jamil ne l'avait regardée aussi tendrement, à part dans ses rêves.

— Jamil ? répéta-t-elle.

Elle lui agrippa le bras pour vérifier que ce n'était pas un mirage. Mais était-ce vraiment lui ?

— Jamil, vous êtes venu ?

Elle fut soulevée du sol et déposée délicatement à l'entrée de la grotte, tandis qu'une gourde venait atterrir dans sa main. Elle la porta aussitôt à ses lèvres pour boire une gorgée d'eau. Comme c'était bon…

Jamil jeta un dernier regard à Cassie, puis jugea plus

prudent de reporter toute son attention sur celui des trois hommes qui n'avait pas bougé. Il fallait en finir avec lui.

Le brigand avait visiblement compris qu'il ne pouvait compter que sur lui-même, aussi fit-il quelques pas en arrière quand Jamil s'avança vers lui.

— Nous… Nous ne lui avons fait aucun mal, Votre Altesse, bredouilla-t-il en levant les mains.

Jamais, de toute sa vie, Jamil n'avait éprouvé une telle soif de vengeance. Un désir irrépressible l'avait saisi : il allait anéantir cet individu.

— Aucun mal ? *Aucun mal* ? Non, mais regarde-la ! hurla-t-il en brandissant son cimeterre.

— J'implore votre pardon, Votre Altesse ! geignit l'autre en se jetant à terre.

Toutefois, au lieu de baisser la tête comme s'y attendait Jamil, il tira brusquement son épée de son fourreau et se releva d'un bond pour foncer droit sur son adversaire.

Cassie ne comprenait pas ce qui se passait, mais une chose était sûre : elle n'était plus dans la grotte.

Elle avait rêvé que Jamil venait à son secours. Il portait une cape verte et avait l'air très, très en colère. Il était en colère, parce qu'elle avait emmené Linah faire une promenade à cheval sans escorte et parce qu'il avait dû, une fois de plus, partir à sa recherche pour la sauver.

Dans le rêve, elle voulait lui dire qu'elle était désolée, et aussi qu'elle l'aimait à la folie, mais elle n'y arrivait pas. A présent, Jamil n'était toujours pas là et elle était allongée par terre devant la grotte. Sa tête lui faisait terriblement mal. Elle porta la main à son front. Ses poignets n'étaient plus liés. Lentement, elle se redressa sur un coude. Ses pieds non plus n'étaient pas attachés. Elle était libre.

Libre…

Elle distingua du mouvement devant elle et tressaillit : deux silhouettes, deux hommes étaient en train de mener un combat sans merci, cimeterre à la main. Elle entendait les lames s'entrechoquer encore et encore dans un bruit atroce, elle percevait les respirations lourdes et le bruit du sable écrasé sous les pieds.

Elle se leva à grand-peine et se dirigea vers eux d'un pas chancelant. Il y avait l'homme à la cicatrice, Numair. Et l'autre…

L'autre, c'était Jamil.

Cassie voulut crier son nom, mais aucun son ne sortit de sa bouche. Elle voulut se mettre à courir vers lui, mais c'était sans doute au-dessus de ses forces, car elle trébucha et tomba. Finalement, pensa-t-elle une fois au sol, ce n'était pas plus mal, car Numair aurait profité du moment d'inattention de Jamil pour lui porter un coup de cimeterre.

Elle regarda les deux hommes, impuissante. Le combat était bien engagé. Les échanges s'accéléraient et Numair semblait un adversaire redoutable.

Tout à coup, Cassie vit la lame du cimeterre de Jamil fendre l'air pour aller se planter dans l'épaule de Numair. Celui-ci poussa un cri de douleur et tomba à genoux dans le sable. Le sang coulait le long de son bras, qu'il se tenait avec une horrible grimace. La jeune femme se releva.

— Jamil ? appela-t-elle.

Le prince se tourna vers elle. Elle lui tendit les bras.

— Jamil…

Oui, c'était bien lui, c'était bel et bien Jamil. Il était là. Elle était tout près de lui lorsqu'une lueur attira son regard. Numair s'était redressé et tenait un poignard dans sa main indemne. Un poignard qu'il s'apprêtait à planter dans le dos de Jamil.

— Noooooon ! cria-t-elle en courant pour s'interposer entre eux.

Elle sentit la lame lui perforer la chair et baissa la tête.

Le sang était en train d'empourprer ses vêtements, mais elle ne ressentait aucune douleur.

Tout se passait si lentement… Jamil hurla, tira un poignard de sa botte et le planta dans la poitrine de Numair. Du sang se mit à couler de la bouche de ce dernier, qui tomba à terre.

Puis Jamil revint vers elle.

Il disait quelque chose. Elle crut entendre son prénom suivi d'un « je vous aime ». C'était donc bien un rêve, après tout. Oui, c'était un rêve, et maintenant elle devait s'allonger un peu. Dormir.

— Je vous aime, murmura-t-elle avant de sombrer dans l'inconscience. Je vous aime…

Cassie avait perdu beaucoup de sang et elle était très affaiblie par les trois jours de captivité qu'elle venait de vivre. Jamil avait fait de son mieux pour arrêter l'hémorragie, il avait mis son chameau au pas durant tout le trajet du retour pour éviter les secousses, mais il n'était pas sûr que la jeune femme survivrait.

Lorsqu'il arriva enfin au palais, on s'empressa d'installer Cassie dans un lit, et le médecin du roi se pencha aussitôt sur elle pour l'examiner. Lorsqu'il se releva, quelques interminables minutes plus tard, il expliqua à un Jamil atterré qu'il ne pouvait pas se prononcer. La jeune femme était entre la vie et la mort.

Jamil resta éveillé toute la nuit, tantôt avec Celia dans la chambre de Cassie, tantôt arpentant les couloirs en priant pour que sa bien-aimée survive. Il regardait Celia, qui avait chassé les infirmières pour faire et défaire elle-même les bandages et changer les draps trempés de sueur. Par moments, Cassie se mettait à marmonner des paroles incompréhensibles. Il se précipitait alors pour lui prendre la main et la gardait dans la sienne, comme si ce contact avait le pouvoir de lui insuffler un peu de sa force. Il aurait donné n'importe quoi pour la sauver.

Celia, de son côté, semblait éteinte. Même l'arrivée de son époux, qui amenait leur bébé avec lui, ne parvint pas à lui arracher un sourire.

Cinq jours plus tard, l'état de Cassie ne s'était pas amélioré et le médecin commençait à afficher son pessimisme. Fou de douleur, Jamil décida de tenter le tout pour le tout. Il se rendit au sous-sol du palais, dans la pièce où étaient conservés les documents secrets du royaume. Sachant exactement ce qu'il recherchait, il se dirigea vers un coffre fermé à clé et l'ouvrit. Il en tira un manuscrit qu'il n'avait encore jamais consulté, mais dont on disait qu'il mentionnait des rituels très anciens. Des rituels totalement en contradiction avec les lois sacrées, mais Jamil, désespéré, n'en avait cure. Il se plongea dans la lecture, puis referma le grand livre et releva la tête. Il savait ce qu'il avait à faire.

Il fit préparer son chameau et s'élança au galop en direction du Sanctuaire des Ancêtres. Il faisait clair comme en plein jour, car la lune était pleine, et il parvint rapidement à destination.

Sous le clair de lune, il enleva sa chevalière et la posa sur l'autel en pierre. Cette bague était pour lui le symbole le plus précieux de son royaume, mais il était prêt à la sacrifier pour quelque chose de bien plus précieux encore : la vie de Cassie.

Suivant les instructions qu'il avait lues, il déchira sa tunique et, de son poignard, se pratiqua une légère incision dans la peau, au niveau du cœur, tout en murmurant des formules anciennes. Puis il se pencha en avant et quelques gouttes de son sang tombèrent sur l'autel où reposait la chevalière. Il ouvrit ensuite grand les bras et leva la tête vers la lune en faisant son vœu : que Cassie guérisse.

Soudain, ses membres s'alourdirent, il eut le tournis et entendit son sang bourdonner à ses oreilles.

Il tomba à genoux. Sa vue s'était brouillée et il sentait son sang quitter son corps pour s'écouler sur le sable doré. Il jeta un dernier regard à la lune, puis s'évanouit.

A aucun moment, il ne s'était aperçu qu'une chouette blanche, fidèle messagère des Ancêtres, l'observait, et ce depuis le début.

Au même moment, au palais, Cassie ouvrait grand les yeux.

Tout le palais était en émoi quand Jamil rentra le lendemain matin. Craignant le pire, il vit Celia venir à sa rencontre. Elle pleurait et riait en même temps.

— La fièvre est retombée d'un coup cette nuit, annonça-t-elle en lui prenant les mains. Elle dort maintenant, mais je pense que le pire est passé !

Jamil sourit et se précipita sans dire un mot vers la chambre de Cassie. Il s'immobilisa sur le pas de la porte, le cœur serré.

Il l'aimait, il l'aimait à en mourir ! Une vague de tendresse déferla en lui à cette pensée.

Une petite main saisit la sienne.

— Papa, Cassie va mieux, tu n'as plus besoin d'être triste maintenant, lui chuchota Linah.

Jamil se baissa et la serra dans ses bras.

— Non, ma chérie, personne ne sera plus triste maintenant.

Il demeura de longues heures près de Cassie, à la regarder dormir. Il était à bout de forces, mais ne la quittait pas des yeux. Il allait malgré tout s'endormir lorsqu'une voix le tira de son demi-sommeil.

— Jamil…

Il sursauta et releva la tête pour contempler son beau visage, ce visage qu'il avait failli perdre.

Elle était encore pâle, mais ses yeux turquoise, dans lesquels il faisait si bon se perdre, avaient retrouvé leur éclat.

Cassie battit des paupières. Elle se sentait fatiguée. Comment pouvait-elle être aussi fatiguée, d'ailleurs, alors qu'il lui semblait avoir dormi des heures, des jours même ?

— Jamil ? répéta-t-elle. Que faites-vous ici ? Que s'est-il passé ? Pourquoi est-ce que je ne peux pas bouger mon bras ?

— Vous avez reçu un coup de poignard. Vous m'avez sauvé la vie, Cassie.

Elle avait reçu un coup de poignard ? Tout lui revint soudain à ces mots : le brigand, la grotte…

— Vous l'avez tué ?

— Oui.

— Heureusement ! C'était lui ou vous, et vous, je n'aurais pas pu le supporter… Mais où est Linah ? Est-ce qu'elle est saine et sauve ?

— Linah va très bien. Vous pourrez la voir tout à l'heure.

— J'ai… J'ai fait un rêve étrange. Un rêve avec une chouette blanche. Et quand je me suis réveillée, j'ai trouvé ceci dans ma main, dit-elle en ouvrant la paume.

Jamil fixa un long moment l'objet qui s'y trouvait, incrédule.

C'était sa chevalière, celle qu'il avait laissée sur l'autel des Ancêtres. Cela voulait donc dire que le rituel…

— Dans mon rêve, votre cœur saignait, poursuivit Cassie. Vous allez sans doute me dire que c'est ridicule et que les cœurs ne saignent pas.

— Non, Cassie, non. J'ai eu tort. Je sais maintenant que les cœurs peuvent saigner. Et je sais aussi à quel point cela fait mal.

Il ne voulait plus attendre pour lui déclarer son amour. Certes, elle était encore faible, mais il devait lui dire, et tout de suite ! Il s'agenouilla près du lit et prit la main de la jeune femme.

— Cassie, mon cœur a saigné pour vous. Je… Je vous aime. Vous aviez raison, l'amour existe ; cet amour dont vous me parliez tant, il existe, je le sais maintenant. Je vous aime, Cassie, je vous aime de tout mon cœur.

Il vit une larme couler sur la joue blême.

— Oh ! Jamil ! s'exclama-t-elle. Jamil, ne dites pas ça si vous ne le pensez pas vraiment. Ne le dites pas pour me faire plaisir. Ou par sens de l'honneur. Ou parce que je vous ai sauvé la vie. Ou parce que vous avez pitié de moi. Ou…

— Cassie, mon amour, la coupa-t-il avec un sourire radieux, je vous le dis parce que c'est vrai. Et je ne regretterai jamais assez de ne pas vous l'avoir dit plus tôt, de ne pas m'être rendu compte que j'étais amoureux de vous à ce point. Même Halim et Celia s'en étaient rendu compte avant moi ! J'ai été aveugle, je ne voulais pas voir la vérité.

— Mon Dieu, dites-moi que tout cela n'est pas un rêve !

— Non, Cassie, ce n'est pas un rêve ! Et même si c'en est un, c'est le plus beau que j'aie fait de toute ma vie ! C'est le rêve que je souhaite partager avec vous et dont je ne voudrais plus jamais me réveiller.

— Jamil… Moi aussi, je vous aime, vous savez…

— Mon amour…

Il se pencha sur elle et lui effleura tendrement les lèvres d'un baiser. Puis il la prit dans ses bras et quelque chose palpita en lui.

C'était son cœur, son cœur qui ne battait plus que pour elle désormais. En l'embrassant, il venait aussi d'embrasser une toute nouvelle vie. En lui déclarant la véritable nature de ses sentiments, il venait de lever le dernier obstacle à son bonheur. A *leur* bonheur.

Cassie s'endormit dans ses bras, la tête au creux de son épaule. Il ne desserra pas son étreinte un seul instant. Il la regarda dormir et la rassura chaque fois qu'elle se réveillait.

— Je vous aime, Cassie, lui chuchotait-il à l'oreille. Vous êtes l'amour de ma vie, le seul et l'unique.

Dix jours plus tard, Cassie était rétablie. Confortablement installée sur des coussins dans la cour Shéhérazade, elle bavardait avec Celia pendant que Linah et Bashirah faisaient la sieste.

— J'ai vraiment pensé que nous allions te perdre, avoua Celia. J'avais même écrit à Père pour le préparer à cette éventualité.

— Lord Armstrong aura de quoi lire, alors, car moi aussi, je lui ai envoyé une lettre, lança une voix masculine.

Les deux femmes se retournèrent vers la porte.

— Jamil ! s'exclama Cassie en se levant.

— Cassie, vous semblez aller beaucoup mieux.

— Oui, je vais bien, très bien même. Je me suis entièrement remise de ma blessure, n'est-ce pas, Celia ?

— Oui, entièrement, assura sa sœur en se levant à son tour.

— C'est en grande partie grâce à vous, lady Celia, dit Jamil. Vous avez droit à mon éternelle reconnaissance. Cela dit, je crois que vous devez être impatiente de rentrer à Balyrma et de retrouver votre époux.

— Je reconnais que oui.

— Et c'est tout à fait normal. Voilà presque dix jours que vous l'avez quitté. J'ai d'ailleurs pris la liberté de faire organiser votre convoi. Vos servantes ont déjà préparé vos bagages. Mes gardes vous escorteront jusqu'à la frontière, où votre époux vous attendra. Je pense que lui aussi doit être impatient de vous retrouver.

— C'est un homme extraordinaire et un père attentionné. J'ai beaucoup de chance, affirma Celia en souriant.

— Lui aussi a bien de la chance de vous avoir, lady Celia.

— Je suis certaine qu'un jour vous serez vous aussi un époux et un père formidable, répondit l'intéressée en décochant un regard malicieux à Cassie.

Celle-ci se sentit rougir.

— Jamil, vous dites avoir écrit à mon père. Mais pourquoi ? s'empressa-t-elle de demander pour changer de sujet.

— Nous aurons tout le temps d'en discuter. A présent, si vous voulez bien m'excuser, j'ai encore deux ou trois choses à régler. Je vous laisse prendre congé de votre sœur, lady Celia, conclut-il en s'inclinant, avant de saisir la main de Cassie pour y déposa un baiser.

— Mais qu'est-ce qui…, commença Cassie, une fois qu'il fut parti.

Celia étouffa un rire.

— Que crois-tu ? Il me renvoie chez moi parce qu'il a envie de se retrouver seul avec toi, bien sûr ! Bon allez, viens m'aider à me changer.

Celia et la petite Bashirah quittèrent le palais une heure plus tard. Cassie et Jamil regardèrent en silence le convoi disparaître à l'horizon du désert.

Cassie restait silencieuse. Elle se sentait nerveuse. Jamil avait un comportement étrange et elle aurait bien aimé comprendre ce qu'il manigançait. Il lui prit soudain la main.

— Venez, Cassie, dit-il. J'ai une surprise pour vous.

Elle le regarda, étonnée, et le suivit docilement vers l'aile est du palais.

Elle n'y était pas retournée depuis le terrible épisode. Jamais elle n'oublierait ce qui s'était passé ce jour-là. En arrivant, elle vit la porte d'entrée entrouverte. Celle-ci avait été repeinte. Cassie fronça les sourcils en jetant à Jamil un coup d'œil interrogateur. Il se contenta de sourire et, d'un geste, l'invita à franchir le seuil.

Elle ne reconnut pas l'antichambre, qui avait changé du tout au tout. Les quatre murs recouverts de larges carreaux blancs, rehaussés d'un liseré de mosaïque dans les tons vert émeraude et turquoise, la rendaient lumineuse. Un délicieux parfum flottait dans l'air, mélange de fleurs d'oranger et de lavande. D'un pas hésitant, la jeune femme avança vers la cour. Là encore, tout était méconnaissable.

La fontaine au motif central de bébé panthère avait disparu, remplacée par une autre, plus grande, où trônait une jolie sirène. Tous les arbres avaient été replantés. Outre des citronniers, il y avait désormais des orangers et des figuiers.

En pénétrant dans cette cour, il était impossible de se sentir triste ou angoissé. Si Cassie n'était pas venue ici quelques semaines plus tôt, elle n'aurait jamais pu croire que ce lieu ait autrefois abrité une histoire sinistre. Cassie suivit le cours d'un petit ruisseau qui partait du bassin de la fontaine et allait se déverser dans un étang orné de nénuphars. Des poissons aux écailles argentées s'y prélassaient. En face, niché à l'extrémité d'une allée, s'élevait un petit pavillon de jardin entouré de jasmin. Des lianes de chèvrefeuille en recouvraient les treillis.

Cassie se tourna vers Jamil, qui l'avait suivie en silence.

— Du chèvrefeuille ? Vous avez deviné que c'est… Ah, mais non, ce doit être Celia qui vous l'a dit, j'imagine. J'adore cette odeur. Chez moi, en Angleterre, il y a derrière la maison un chemin qui mène à un étang. Là, l'air est toujours chargé de fragrances de chèvrefeuille, parce que celui-ci pousse sur les arbres le long de ce chemin. Souvent, le matin, quand la maison dormait encore, je m'éclipsais pour aller me promener là, et je me baignais même dans l'étang quand il faisait beau. Oh ! Jamil, tout ceci est magnifique ! Comment avez-vous pu faire ça en si peu de temps, et sans même que je m'en rende compte ?

Jamil lui sourit. Sans répondre, il lui prit la main et l'entraîna dans les appartements. Là encore, tout était neuf.

Les rideaux, les murs, les meubles, tout avait été

remplacé. Dans la salle de bains, une gigantesque baignoire occupait la moitié de la pièce. Elle était encastrée dans le sol, de sorte qu'on y accédait par deux marches. Cassie caressa les robinets en or en forme de poissons.

— La baignoire est assez grande pour deux, lui murmura Jamil à l'oreille.

Elle frissonna d'anticipation.

Les couleurs chaudes dominaient dans toutes les pièces. L'endroit respirait la joie de vivre et la volupté.

— Alors, qu'en pensez-vous ? demanda Jamil lorsqu'elle eut fait le tour de l'aile.

— J'adore ! C'est magnifique.

— Il y a certaines traditions que j'ai souhaité changer. Dorénavant, nous logerons ici, ce seront nos appartements, déclara-t-il en la guidant vers la fontaine. Et je ne veux pas rester plus que nécessaire loin de vous. En revanche, il y a tout de même une tradition, une tradition anglaise, plus précisément, que je tiens à respecter.

A ses mots, il s'agenouilla devant la jeune femme et lui prit la main.

— Cassie, me ferez-vous l'honneur de m'épouser ? Si vous acceptez de devenir ma femme et de passer le restant de vos jours à mes côtés, vous ferez de moi l'homme le plus heureux de la Terre. Je vous ouvre les portes de mon royaume, de mon palais, mais surtout je vous ouvre les portes de mon cœur, qui désormais vous appartient.

— Oh ! Jamil ! Oui, oui, et encore oui !

Elle s'agenouilla en face de lui.

— Mon cœur vous appartient depuis bien longtemps, mon amour, mon prince du désert.

A peine eut-elle terminé sa phrase que Jamil l'embrassa avec une tendresse qui la bouleversa. Dorénavant, elle associerait l'odeur du jasmin et de la lavande au bonheur absolu. Pour la toute première fois, Jamil l'embrassait comme un homme aimant, il la caressait comme si elle était un objet précieux qu'on lui aurait confié.

Ses baisers étaient tendres et fougueux à la fois. Il embrassait ses lèvres, ses paupières, ses joues, sans s'arrêter une seconde. Il lui murmurait des « je vous aime » à l'oreille. Elle répondit avec la même tendresse mêlée de fougue. Il lui semblait que c'étaient leurs tout premiers baisers et qu'ils dureraient une éternité.

Soudain, Jamil la souleva dans ses bras et la porta jusqu'au lit, dans la chambre à coucher. *Leur* chambre à coucher. Il l'allongea sur les draps en satin et lui ôta ses vêtements un à un tout en la couvrant encore de baisers.

Enivrée par l'odeur de sa peau, elle respira plus vite et le sang pulsa dans ses veines. Elle était nue désormais, et elle s'enflammait encore davantage sous les baisers et les caresses. Cela faisait si longtemps qu'elle se languissait de ce corps à présent tout proche ! Comment avait-elle pu imaginer une seule seconde qu'elle réussirait à vivre sans cet homme ?

Il releva la tête et leurs regards se croisèrent, le temps pour Cassie de se perdre dans ses yeux brillants couleur d'automne. Puis Jamil recommença à la parcourir de baisers et de caresses et elle se laissa faire. Le plaisir que faisaient naître en elle ces lèvres et cette peau la dévorait de l'intérieur. Puis elle voulut le caresser et l'embrasser elle aussi, et sentir leurs deux corps peau contre peau.

Submergée par ce désir impossible à contenir, elle agrippa la chemise qu'il portait et tira dessus. Comprenant aussitôt, il se déshabilla à la hâte et elle découvrit un sexe superbement dressé. A cette vision, un frisson voluptueux la parcourut de la tête aux pieds.

Jamil déposa quelques baisers sur ses cuisses et remonta jusqu'aux replis de sa féminité.

— Oh non ! Non, attendez, attendez ! supplia-t-elle en essayant de se tourner, de se débattre, de l'arrêter, mais en vain.

Il glissa alors sa langue en elle et elle fut aussitôt secouée de spasmes. Elle rejeta sa tête en arrière en plantant les ongles dans les épaules de Jamil. Son corps entier tressaillit et elle s'arqua sous l'effet du dernier spasme avant d'atteindre l'extase.

— Oh ! Jamil… Jamiiiil !

Elle se retrouvait au paradis…

Encore tremblante, elle sentit qu'il la saisissait par les hanches et la soulevait vers lui. Il la pénétra alors et de nouvelles vagues de plaisir naquirent aussitôt dans le creux de son ventre. Puis, doucement, il commença à bouger en elle et Cassie imprima elle aussi un mouvement de va-et-vient à ses hanches.

Elle ferma les yeux et se laissa transporter dans l'univers voluptueux qui prenait vie au rythme de leurs corps réunis. Ils ne faisaient plus qu'un, à présent.

Il se redressa et l'embrassa, avant de la presser contre son torse musclé. La serrant plus fort encore contre lui, il gémit et elle le sentit jouir en elle. Une chaleur se répandait dans le bas du ventre et envahissait tout son corps. L'orgasme de Jamil était si puissant qu'il l'enveloppa et la mena vers un nouvel extase. Ensemble, ils crièrent, perdus l'un dans l'autre ; perdus dans cet univers amoureux qu'ils avaient créé et qui n'appartenait qu'à eux.

Du bout du doigt, elle suivit la cicatrice qui marquait le torse de Jamil : la preuve de l'amour qu'il lui portait. Du bout du doigt, il suivit la cicatrice sur le bras de Cassie : la preuve de l'amour qu'elle lui portait.

— Vous aviez raison, Cassie, l'amour n'est pas une faiblesse, mais bel et bien une force. Vous êtes ma force, mon amour, ma vie. Je vous aime ! Je vous aime à la folie et jamais je ne cesserai de vous aimer !

Il lui donna un long baiser passionné pour sceller cette promesse.

— Et jamais, *jamais*, je ne me lasserai de vous faire l'amour.

Ces mots, tout comme ses caresses et ses baisers, étaient empreints de douceur et de sincérité.

— Je vous aime, Jamil, murmura-t-elle entre deux baisers.

Épilogue

Londres, deux mois plus tard

— Henry, quel plaisir de te revoir ! s'exclama lord Torquil Fitzgerald en saisissant le verre de bordeaux que lui tendait une serveuse. Quelle fastueuse réception ! Je suis venu parce que j'ai entendu dire que Wellington serait là ce soir. Mais si j'avais su que j'allais être accueilli en chansons… Cette femme a une voix… !

— C'est la Fionista, précisa Henry. Il suffit de la voir pour comprendre la vraie raison de la présence de Wellington parmi nous ce soir. Son *vibrato* n'est pas la seule chose qui le fait tressaillir !

Ils rirent de bon cœur.

— Je viens de croiser ton épouse, reprit lord Fitzgerald en sortant de sa poche une blague à tabac. Elle était avec l'une de tes filles ; je suis désolé, je ne me rappelle plus son prénom. Celle qui a l'air stricte et intellectuelle.

— Cressida.

— Oui, Cressida ! Dommage qu'elle ait hérité de tes traits… Par contre, ton autre fille, Cassandra, mais quelle beauté ! D'ailleurs, chuchota lord Fitzgerald en se penchant vers son interlocuteur, la dernière fois que nous nous sommes vus, il me semble qu'elle se trouvait dans une situation un peu… délicate. J'espère que les choses ont fini par rentrer dans l'ordre.

Il offrit une prise de tabac à son compagnon.

— Merci, mon ami, dit Henry.

Il inspira une pincée de tabac et éternua deux fois. Après s'être essuyé le nez du revers de sa manche, il vida son verre d'un trait.

— Oui, on peut dire que les choses sont rentrées dans l'ordre. Seulement, entre-temps, il s'est passé pas mal de choses, mon cher Torquil !

Il fit un signe à un serveur, qui vint aussitôt remplir son verre.

— Ah, merci, mon garçon ! Vous pouvez laisser la bouteille. Oui, donc, poursuivit-il à l'intention de son interlocuteur, comme je te disais, il s'est passé beaucoup de choses depuis notre dernière rencontre. Dès le lendemain de notre discussion, j'ai envoyé une missive au Caire. Je connais là-bas une personne qui me devait une faveur ; un type bien, quoique un peu maladroit. Bref, je lui ai demandé de ramener Cassandra au Caire, pour qu'elle puisse ensuite rentrer en Angleterre.

Il marqua une pause pour renforcer son effet.

— Et alors ? s'enquit lord Fitzgerald en rapprochant son fauteuil.

— Eh bien, quelques jours après avoir envoyé ma missive, j'ai reçu une lettre de ma fille aînée, Celia. Tu sais, celle qui est mariée au prince al-Muhanna. Elle m'informait que Cassandra allait travailler comme gouvernante pour le cheikh d'un royaume voisin, le cheikh al-Nazarri ; tu sais, celui dont tu m'avais parlé… Apparemment, elle avait besoin de faire ses preuves, de se sentir utile, je crois. Je n'ai pas trop compris la raison d'une telle décision. Quoi qu'il en soit, à en croire Celia, tout a été fait dans les règles.

— Et ce cheikh…

— Riche comme Crésus, évidemment !

— Ah…

— Eh oui ! J'ai donc aussitôt envoyé une autre missive au Caire, mais il était trop tard. Finchley-Burke était déjà parti pour Daar. Pendant plusieurs semaines, je n'ai plus eu de nouvelles. Je n'avais aucune idée de ce qui pouvait se passer. Et puis, un jour, j'ai reçu trois lettres d'un coup ; une de Cassandra, qui me parlait de son poste de gouvernante et qui affirmait très bien s'occuper de la gamine du prince… Rien de bien intéressant, en somme… La deuxième lettre venait de Celia ; elle me disait que Cassandra avait été enlevée et poignardée et que ses chances de survie étaient quasiment nulles.

— Mon Dieu, mais c'est affreux !

— Oui, et je te laisse imaginer la réaction de mes autres filles ! Elles étaient inconsolables… J'ai dû demander à Sophia de venir les calmer, parce que tu connais Bella ; elle n'est pas du genre à compatir. Moi, pour ma part, j'ai trouvé refuge au Boodle's. Je ne pouvais pas rester à la maison. Trop de cris, trop de larmes…

— Oui, j'imagine… Une autre pincée de tabac ?

— Volontiers… Merci. Et c'est donc au Boodle's que j'ai lu la troisième et dernière lettre.

Il gloussa en se redressant dans son fauteuil.

— Elle venait du prince Jamil al-Nazarri. Il ne me demandait ni plus ni moins que la main de Cassandra.

— Quoi ? Mais attends… Ne viens-tu pas de me dire qu'elle était mourante ?

— Elle s'est rétablie et elle va très bien, à présent. Mais tu imagines un peu, apprendre tout *ça* le même jour ! Je m'en amuse maintenant, mais sur le coup… Ma sœur Sophia, par contre, a encore un peu de mal à digérer toute cette histoire. Et voilà ! conclut Henry, un large sourire aux lèvres. Il va sans dire qu'avec deux princes arabes dans ma famille je n'ai jamais connu autant de succès au bureau des Affaires étrangères.

— Mais dis-moi… Cassandra n'était-elle pas promise à l'un des protégés de Wellington ?

Henry laissa échapper un petit soupir contrit.

— Eh bien, il se trouve que ce pauvre jeune homme vient de mourir, emporté par la malaria. C'est horrible à dire, je le sais bien, mais cette mort a tout de même été un coup de pouce du destin. Je lui avais déjà promis la main de ma fille et je ne sais pas ce que j'aurais fait si… Enfin bref, tout est bien qui finit bien.

— Laisse-moi porter un toast, alors ! lança lord Fitzgerald en remplissant leurs verres. A ton nouveau gendre cheikh, mon vieux !

— Prince, le corrigea Henry.

— Oui, oh… prince, cheikh, c'est bonnet blanc et blanc bonnet… Santé ! s'exclama lord Fitzgerald en levant son verre.

Les préparatifs du mariage s'éternisaient.

Une foule innombrable se pressait au palais pour venir présenter ses respects ; hommes influents de la péninsule, chefs de tribus, princes des royaumes voisins, amis et parents, tous voulaient faire acte de présence et féliciter le prince. Halim lui-même ne parvenait pas à trouver le moyen d'accélérer les préparatifs.

— Et puis, n'oubliez pas que c'est la tradition, Votre Altesse, disait-il.

L'homme de confiance avait raison. Après tout, Jamil

avait déjà bafoué une grande partie des traditions et il devait faire un effort. Mais, pour lui, le plus important était d'offrir à Cassie le plus beau mariage dont elle pût rêver. Et puis, la jeune femme devait avant tout se faire accepter de ses sujets. Pour ne pas brusquer ceux-ci davantage, Jamil avait donc suivi le conseil de Halim et accepté que les préparatifs du mariage durent six semaines, comme le voulait la tradition.

En réalité, ils durèrent huit semaines. Huit longues semaines au cours desquelles Cassie ne vit presque pas Jamil. Huit longues semaines passées à compter les jours, les heures, et même les minutes qui la séparaient du mariage. Huit interminables semaines où elle dut se contenter de quelques baisers volés dans les couloirs du palais.

Le jour que Cassie et Jamil attendaient tous deux avec impatience arriva enfin.

Jamil avait accepté de se plier à une autre tradition, celle de la cérémonie des fiançailles, prévue la veille du mariage. Le futur marié devait passer la journée en compagnie des hommes, tandis que sa future épouse restait avec les femmes dans ses propres appartements.

Hélas, Celia n'avait pas pu venir. Elle avait envoyé à sa sœur cadette une longue lettre des plus touchantes. Elle annonçait à Cassie qu'elle attendait son deuxième enfant et que, sachant qu'on était à la saison des orages, Ramiz et elle préféraient ne pas prendre la route. Cassie était déçue et triste de ne pas avoir sa sœur à ses côtés pour un événement aussi important, mais il lui suffisait de penser à Jamil pour que sa tristesse s'envole aussitôt.

Son bonheur aurait été tout aussi immense s'ils s'étaient mariés sans personne autour d'eux. Ils étaient ensemble et rien d'autre ne comptait.

Les femmes lui avaient préparé un soin à base d'huile d'argan pour ses cheveux et lui avaient décoré les mains et les pieds de jolis motifs au henné. Elles l'avaient en outre revêtue de soieries de couleurs vives. Ainsi parée, Cassie avait passé le reste de la journée à danser et à bavarder avec elles.

Si Jamil avait accepté de faire une concession en respectant la tradition de la cérémonie des fiançailles, il y avait mis des conditions que le Conseil, tout d'abord outré, avait fini par approuver. Avec ce mariage, le prince commençait enfin à introduire ces changements qui lui tenaient à cœur.

Ainsi, pour la première fois de toute l'histoire de Daar, hommes et femmes se retrouvèrent à la même table pour partager le petit déjeuner avec les futurs époux le matin du mariage.

Dissimulée sous son voile, Cassie n'avait d'yeux que pour Jamil, qui deviendrait enfin son mari dans quelques heures à peine. Elle avait hâte que le mariage soit prononcé, et Jamil était tout aussi impatient, à en croire les regards langoureux qu'il lui lançait.

Le grand moment arriva enfin.

Submergée par l'émotion, Cassie avança vers l'estrade de la salle du trône. Sa robe de mariée constituait un mélange de deux cultures : elle portait un spencer de soie or aux épaules bouffantes et aux manches longues et étroites. En dessous, elle avait choisi une robe tunique aux reflets dorés, qui la couvrait jusqu'aux genoux, et un sarouel de la couleur de la veste. Ce dernier lui serrait les chevilles, et des clochettes accrochées en bas tintaient à chacun de ses pas. Derrière la mariée, douze petites filles, avec Linah en leur centre, tenaient un interminable voile, orné lui aussi de clochettes et de perles. La chevelure dorée de Cassie tombait librement sur ses épaules, ceinte d'un diadème en or auquel s'accrochait un autre voile en tulle qui lui couvrait le visage. Elle avait aux pieds des chaussons en satin ornés de diamants.

Elle marchait lentement sur le tapis vert émeraude, ce même tapis qu'elle avait foulé le jour où elle avait cru que sa vie n'avait plus aucun sens et que le destin l'avait à jamais privée du bonheur d'aimer Jamil. Toutefois, le destin avait au contraire très bien fait les choses et il était même en train de les rassembler pour la vie.

Une telle foule assistait au mariage qu'il n'y avait pas de place pour tous dans la salle du trône. On se pressait donc aussi dans l'antichambre, et même dans les couloirs.

Certes consciente du monde qu'il y avait, Cassie regardait cependant droit devant elle. Elle avait les yeux rivés sur Jamil, qui l'attendait en haut de l'estrade. Coiffé d'un turban, il portait une tunique de soie et une longue cape dorée. Sa ceinture en or incrustée de diamants jaunes lui ceignait la taille et le cimeterre royal y était accroché.

Du pouce, Cassie caressa sa bague de fiançailles. Elle était sertie d'un magnifique diamant jaune, identique à ceux qui ornaient la ceinture de son futur époux.

Lorsqu'elle ne fut plus qu'à quelques pas de l'estrade, Jamil descendit les marches pour venir la rejoindre.

— On dirait une déesse descendue tout droit du paradis, lui murmura-t-il en lui soulevant son voile.

Mon amour, avec quelle impatience j'ai attendu ce moment ! Et comme j'ai hâte d'être à ce soir !

— Jamil…

La panique venait soudain de gagner la jeune femme et elle saisit la main qu'il lui tendait comme on s'accroche à une bouée de sauvetage. Souriant, Jamil posa sur elle un regard chargé d'un tel amour que cet instant d'angoisse passa aussitôt.

Ils montèrent ensemble sur l'estrade et échangèrent des vœux courts, mais sincères.

— Je te déclare mon épouse, dit Jamil en soudant son regard à celui de Cassie.

— Je te déclare mon époux, répondit-elle sans le quitter des yeux.

Jamil se pencha alors vers elle et l'embrassa, tandis qu'un tonnerre d'applaudissements montait de l'assistance.

Le repas de noces fut un festin en bonne et due forme. Cassie avait beau avoir faim, elle ne put cependant rien avaler. Main dans la main, Jamil et elle restèrent assis à regarder les invités danser et manger en attendant l'heure de partir. Puis Halim se présenta enfin devant eux.

— Le convoi est prêt, annonça-t-il.

Il s'inclina profondément devant Cassie et leurs regards se croisèrent quand il se releva.

— Lady Cassandra, je vous présente tous mes vœux de bonheur.

Elle lui sourit et il fit de même. Elle songea avec confiance qu'il finirait par l'accepter tôt ou tard.

Les nouveaux mariés montèrent chacun sur leur chameau et se frayèrent un chemin parmi les convives, puis parmi les villageois qui les attendaient et les acclamèrent tout au long du chemin. Comme le voulait une tradition que Jamil avait cette fois-ci tenu à préserver, les jeunes mariés lancèrent des pièces d'or sur leur passage et furent en retour inondés d'une pluie de pétales de roses et de fleurs d'oranger.

Une fois sortis de la ville, ils se retournèrent une dernière fois pour saluer la foule, puis mirent leurs chameaux au trot en direction de l'oasis de Maldissi. Le silence du désert régnait tout autour d'eux à présent, cadre propice à l'émotion qui les étreignait. Ils cheminèrent sans parler, savourant cet instant riche en sensations, osant à peine se regarder ou échanger un sourire. L'un comme l'autre avaient conscience de vivre un moment unique de leur existence.

Une immense tente plantée pour eux entre les palmiers les attendait à l'oasis. Arrivé à destination, Jamil descendit de chameau et aida Cassie à en faire autant en la prenant dans ses bras.

— Ma chère épouse, lui souffla-t-il dans le creux de l'oreille, je vais t'aimer ce soir comme je n'ai jamais aimé personne. Et demain je t'aimerai encore plus, sois-en sûre…

Cassie sourit et se blottit contre son cou tandis qu'il la portait jusqu'à la tente. Il en franchit bientôt le seuil et allongea la jeune femme sur une couche parsemée de pétales de roses.

Ce fut là qu'il lui fit l'amour, avec une ardeur mêlée de tendresse qui les emmena tous deux au septième ciel.

Plus tard dans la soirée, alors qu'ils prenaient un bain au clair de lune, Jamil enlaça Cassie dans l'eau et lui refit l'amour. La chaleur que dégageaient leurs corps compensait la fraîcheur de l'eau et, lorsqu'elle accueillit Jamil tout entier en elle, Cassie eu l'impression qu'elle se trouvait au paradis.

Elle le sentit se déverser en elle et, accrochée à lui au milieu de la source, atteignit l'extase à son tour en rejetant la tête en arrière. Le ciel était parsemé d'étoiles. Parmi elles, il y en avait une qui brillait plus que les autres. C'était leur amour qui venait d'atteindre le ciel.

À découvrir ce mois-ci

6 nouveaux romans dans la collection

Les Historiques

UNE REBELLE À LA COUR

de Meriel Fuller - n°597

Angleterre, 1453. Rebelle dans l'âme, Alice Matravers refuse les riches prétendants qu'on lui présente, tous trop vieux et peu attirants pour elle qui rêve d'amour en secret. Elle n'envie guère le sort de sa mère, dame d'honneur de la reine : fuyant les intrigues de la cour, elle aime s'échapper avec son père, le médecin du roi, lorsqu'il va soigner les paysans des campagnes alentour. Un jour, alors qu'elle est déguisée en garçon pour ne pas attirer l'attention, tous deux tombent dans une embuscade et sont capturés par les hommes du duc d'York, les ennemis du roi. Le chevalier qui les conduit, Bastien de la Roche, découvre très vite l'identité d'Alice et décide de se servir d'elle : elle est le pion dont il a besoin pour s'introduire à la cour...

LA SOEUR DE LA MARIÉE

de Julia Justiss - n°598

Londres, 1813. Aux noces de son ami Nicholas, Hal Waterman a le coup de foudre pour Elizabeth, sœur de la mariée. Mais échaudé par les femmes trop séduisantes, il s'éloigne, laissant Elizabeth se marier avec un autre. Or voilà que, sept ans plus tard, la jeune femme perd son époux. Celui-ci la laisse criblée de dettes avec un enfant à élever. En l'absence de sa sœur, partie à l'étranger, Elizabeth ne sait que faire, d'autant qu'elle se refuse à accepter la protection de sir Gregory, le meilleur ami de son époux, qui lui fait une cour assidue. C'est alors qu'envoyé par Nicholas, Hal sonne à sa porte. D'abord soulagée, Elizabeth ne sait si elle doit se réjouir, car, contrairement à sir Gregory, Hal ne lui témoigne que du mépris.

LE PRINCE DU DÉSERT

de Marguerite Kaye - n°599

Egypte, 1820. Après une rupture de fiançailles, lady Cassandra s'exile au fin fond du désert afin de servir de gouvernante à la petite Linah, orpheline de mère et fille unique du prince de Daar-el-Abbah. Désireux d'apprendre les bonnes manières à sa fille, enfant capricieuse et trop gâtée, le prince Jamil al-Nazarri compte sur la jeune Anglaise qu'on lui a recommandée. Mais la fille de lord Armstrong n'a pas du tout le profil de la préceptrice collet monté qu'il attendait. Rebelle et passionnée, elle dégage même une sensualité des plus troublantes, au point qu'il l'imagine plus volontiers dans un harem que dans une salle de classe. Un désir que n'est pas loin de partager Cassandra, mais auquel elle ne peut sacrifier, elle le sait. Car le prince Jamil est déjà fiancé.

LA ROSE DE BOSTON

de Carol Finch - n°600

Amérique, 1878. Après la mort de ses parents, Quin Cahill s'est juré de préserver l'héritage familial, et il gère seul le domaine où il a passé son enfance, rachetant peu à peu les propriétés environnantes. L'une d'elles, cependant, lui échappe. Apprenant qu'elle vient d'être rachetée par un certain McKnight, originaire de Boston, et convaincu que ce citadin ne s'adaptera pas à la vie du Texas, Quin se rend chez lui afin de lui faire une offre d'achat. Quelle n'est pas sa surprise, alors, de découvrir que le McKnight en question est en réalité Adriannna McKnight, une riche héritière qui a décidé de fuir la vie mondaine afin de découvrir la vraie vie. Irrité par ce qu'il prend pour un caprice, Quin la met au défi, mais Adrianna va vite lui montrer que les roses de Boston ont aussi des épines...

PRISONNIÈRE DU CAPITAINE

de Louise Allen - n°601

Iles Scilly, 1809. Lorsqu'elle reprend conscience, après le naufrage du navire qui la ramène des Indes en Angleterre, Avril est terrifiée. Car l'homme qui l'a sauvée après l'avoir trouvée à demi morte sur la plage ne ressemble guère aux gentilshommes qu'elle a coutume de rencontrer. Et encore moins la horde de marins qui l'entoure, une bande de vauriens dont il est apparemment le chef. Des hommes qui se seraient déjà jetés sur elle s'il n'avait déclaré sa volonté de faire d'elle sa maîtresse. Certes, elle sait qu'ils ne tenteront rien tant qu'elle restera la femme du capitaine. Mais pour combien de temps ? Et ce qu'il leur a dit est-il vrai ? Comment peut-il imaginer qu'elle acceptera de partager son lit ? D'autant qu'il n'ignore pas qu'elle est une lady et qu'il peut obtenir de sa famille une énorme rançon.

SUR ORDRE DE LA REINE

de Terri Brisbin - n°602

Angleterre, 1194. Fils maudit de la reine Aliénor d'Aquitaine, le prince Jean voit d'un mauvais œil l'affection que porte la souveraine à sa jeune pupille, lady Emalie, dont il convoite secrètement le château et les biens. Après avoir tenté en vain de séduire la jeune fille, il intrigue pour qu'elle soit déshonorée par l'un de ses sbires, sir William, et contrainte de l'épouser. Mais Aliénor contrecarre ses plans en mariant sa protégée à Christian Dumont, un comte français. Cette union hâtive n'est toutefois pas consommée immédiatement car Dumont, quoique très attiré par sa jeune épouse, met un point d'honneur à ne pas la brusquer. Aussi est-il fou de rage quand, à la faveur d'une indiscrétion, il apprend qu'Emalie est enceinte de sir William...

A paraître le 1er octobre 2013

LA CHÂTELAINE SANS NOM

de Terri Brisbin - n°603

Village de Silloth, Angleterre, 1198.

— Isabelle...

Tirée de son cauchemar par la voix masculine, la jeune femme ouvrit les yeux. Elle ne s'appelait pas Isabelle, elle le savait. Les voix qui l'appelaient à travers la brume prononçaient un autre nom. Un nom qu'elle avait totalement oublié, comme celui de ceux qui avaient voulu la tuer. L'homme qui se trouvait à son chevet l'avait trouvée grièvement blessée dans la forêt. Avec l'aide de Wenda, la guérisseuse, il l'avait arrachée à la mort. Mais, malgré cela, elle n'arrivait pas à lui faire confiance. Il y avait ces ombres en lui, et ce mystère. Il vivait dans une chaumière comme un vilain mais elle avait tout de suite senti qu'il n'appartenait pas à ce monde-là. Sa voix, sa noble prestance : tout le trahissait. Non, il n'y avait rien de fruste en lui. Sauf le désir brutal qu'elle voyait parfois étinceler dans ses yeux.

LA FIANCÉE DU CALIFE

de Anne Herries - n°604

Istanbul, XVIe siècle. Capturée, lors d'un voyage en mer, par les pirates barbaresques, Harriett Sefton-Jones se retrouve quelques jours plus tard sur le marché d'Alger. Un marché aux esclaves, comprend-elle, terrifiée. Se peut-il vraiment qu'on veuille la vendre comme une marchandise ? Alors qu'elle est au fond du désespoir, un Anglais se présente afin de l'acheter. Harriett se croit sauvée. Cet homme a tout d'un gentilhomme, et il la libérera, nécessairement. D'autant qu'il semble la trouver à son goût. Hélas, Harriett découvre vite que les intentions de son compatriote sont loin d'être aussi chevaleresques qu'elle le pensait. Et que cet homme qui répond au nom de lord Hadley, et qu'elle a pris pour son sauveur, est en réalité l'homme de confiance du calife, à la recherche d'une femme pour son maître.

UNE RUPTURE INCONVENANTE

de Isabelle Goddard - n°605

Londres, 1816. A dix-huit ans, Christabel Tallis a rompu ses fiançailles à trois semaines du mariage. Non qu'elle n'ait pas apprécié son futur époux, un homme merveilleux qu'elle connaissait depuis l'enfance, mais Richard se montrait plus amical que passionné, et lorsque Joshua s'est mis à lui faire une cour plus pressante, elle a pensé trouver enfin l'amour. Une décision qu'elle a payé le prix fort. Car, outre la condamnation de la bonne société, Joshua l'a cruellement déçue. Six ans plus tard, toujours célibataire, elle vient de se fiancer, résignée à faire un mariage de raison, quand elle apprend que Richard est de retour à Londres. Pleine d'espoir, Christabel attend le moment de le revoir et de se faire pardonner. Un pari bien imprudent, car Richard n'est plus l'homme tendre et bienveillant qu'elle a connu.

LE SECRET DE MERRITT
de Debra Cowan - n°606

Amérique, 1880. Lorsqu'un télégramme de son frère Quin lui apprend que ses parents, que l'on croyait morts, ont peut-être été assassinés, Bowie Cahill quitte immédiatement son poste de sheriff à Deer County pour rejoindre ses frères et soeurs à Cahill Crossing. En raison du différend qui l'oppose à son frère aîné, il décide de s'installer, non pas dans la propriété familiale, mais en ville, dans la petite pension que gère Merritt Dixon, une jeune veuve qui a bien connu ses parents. Très vite, Bowie et Merritt sont attirés l'un par l'autre. D'abord amis, ils deviennent amants. Mais, tandis que l'enquête progresse, Bowie découvre que Merritt entretient des relations avec l'un des hommes impliqués dans le meurtre.

PRISONNIÈRE DU CAPITAINE
de Christine Merrill - n°607

Angleterre, 1815. Depuis que son mari l'a quittée au lendemain de leurs noces, Emily Longsley, comtesse de Folbroke, vit seule dans leur château du Derbyshire. Malgré sa colère, elle a d'abord patienté, refusant d'écouter les ragots faisant état des infidélités de son époux dans la capitale. Mais, après trois ans passés à l'attendre, elle n'en peut plus. Elle veut avoir des enfants et exige une confrontation. Lorsqu'elle arrive à Londres, cependant, et parvient à retrouver le comte dans l'un des tripots mal famés qu'il a pris l'habitude de fréquenter, ce dernier ne la reconnaît pas, et elle découvre avec stupeur ce qu'il a voulu lui cacher : il a perdu la vue et refuse d'être un fardeau dans la vie de son épouse. Une idée folle naît alors dans l'esprit d'Emily : puisqu'il ne veut plus d'une épouse, elle lui cachera qui elle est, et deviendra sa maîtresse.

LA FAUSSE MARIÉE
de Joanne Rock - n°608

— Nous voilà mariés, dit lord Barrett avec satisfaction. Tout a été parfait. Mais vous tremblez, ma mie. C'est l'émotion, je présume. Car qu'auriez-vous à craindre de moi ?

« Tout ! » faillit crier Ariana. Oui, elle aurait tout à redouter de son mari quand il découvrirait qu'il avait épousé, non pas la douce Ceara, comme il le croyait, mais sa cousine, Ariana. Seigneur, qu'avait-elle fait ? Lorsque lord Roch Barrett s'était présenté à leur porte en quête d'une épouse, Lord Glamorgan l'avait autorisé à courtiser Ceara, mais cette dernière, peu désireuse de convoler, avait imploré sa cousine de prendre sa place. C'était donc elle, Ariana, que lord Barrett avait courtisée sans le savoir. Elle également à qui il venait de jurer amour, protection et fidélité. Un serment éternel qui risquait fort de tourner court dès que la vérité serait éventée...

A paraître le 1er septembre

Best-Sellers n°583 • historique

La promesse d'un autre jour - Brenda Joyce

Cornouailles, 1794.

Lorsqu'elle apprend la disparition de la comtesse de St Just, l'épouse de Simon Granville morte en donnant le jour à une petite fille, Amelia est bouleversée. Car, outre la tristesse qu'elle éprouve pour la jeune femme, cela signifie le prochain retour de Simon à Greystone Manor. Simon avec lequel elle a partagé dix ans plus tôt une folle passion avant qu'il ne la quitte sans explication pour en épouser une autre. Mais quand elle revoit ce dernier, Amelia comprend que les temps ont changé. Bien que la passion flambe de nouveau entre eux, Simon semble sombre et amer. Est-ce à cause de ces fréquents voyages qu'il fait en France où la Terreur fait rage ? Des absences mystérieuses dont il ne veut rien dire. Au point qu'Amelia en vient à douter : lord Granville serait-il capable de trahir son pays comme il l'a trahie, elle, jadis ?

Best-Sellers n°584 • historique

L'aîné des McKettrick - Linda Lael Miller

Amérique, 1888.

Le matin de son mariage, Lorelei découvre son fiancé dans les bras d'une servante. Pleine de chagrin et de colère, elle brûle sa robe de mariée en place publique sans se soucier du scandale et refuse de se marier en dépit des objurgations de son père, le juge Fellows, qui menace de la faire enfermer. Jamais, au grand jamais, elle n'épousera cet individu sans vergogne. Le même jour, Holt McKettrick arrive en ville : son ami Gabe vient d'y être arrêté pour meurtre et condamné à mort après un procès hâtif. Certain de son innocence, il est venu trouver le juge, qu'il soupçonne de corruption, et tombe sur Lorelei. Stupéfait et fasciné par la fougue de cette fille rebelle, Holt lui propose son aide. Sans se douter qu'elle est la fille de l'homme qui va bientôt se révéler son pire ennemi.

Composé et édité par les
éditions HARLEQUIN
Achevé d'imprimer en France (Malesherbes)
par Maury-Imprimeur
en juillet 2013

Dépôt légal en août 2013
N° d'imprimeur : 182478